Y NANT

Cyflwynedig i Elwyn,
gyda diolch am ei holl gefnogaeth

Y NANT

BET JONES

Argraffiad cyntaf: 2016
© Hawlfraint Bet Jones a'r Lolfa Cyf., 2016

Hollol ddychmygol yw pob cymeriad a phob sefyllfa
a gaiff eu darlunio yn y nofel hon.

Cynllun y clawr: Sion Ilar
Lluniau'r clawr: Thinkstock

Rhif Llyfr Rhyngwladol: 978 1 78461 259 7

Dymuna'r cyhoeddwyr gydnabod cymorth ariannol
Cyngor Llyfrau Cymru

Cyhoeddwyd ac argraffwyd yng Nghymru
ar bapur o goedwigoedd cynaladwy gan
Y Lolfa Cyf., Talybont, Ceredigion SY24 5HE
e-bost ylolfa@ylolfa.com
gwefan www.ylolfa.com
ffôn 01970 832 304
ffacs 01970 832 782

Cynllun bras o'r Nant

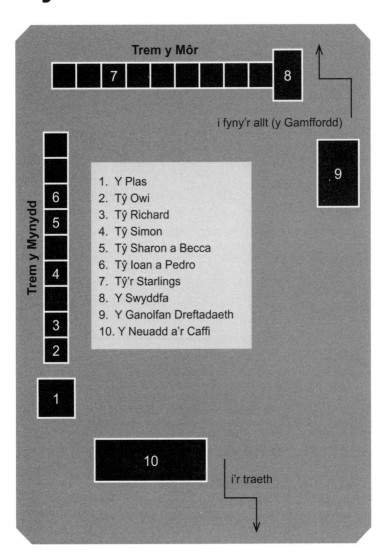

Trem y Môr

7

8

i fyny'r allt (y Gamffordd)

Trem y Mynydd

6
5
4
3
2
1

9

1. Y Plas
2. Tŷ Owi
3. Tŷ Richard
4. Tŷ Simon
5. Tŷ Sharon a Becca
6. Tŷ Ioan a Pedro
7. Tŷ'r Starlings
8. Y Swyddfa
9. Y Ganolfan Dreftadaeth
10. Y Neuadd a'r Caffi

10

i'r traeth

1

"CANSLO? YDACH CHI 'di drysu, ddyn? Mae rhagolygon y tywydd yn dangos yn glir y bydd hi'n aros yn gynnes a sych drwy gydol y penwythnos. 'Drychwch, os nad ydach chi'n fy nghredu." Cyfeiriodd Gwyndaf Price, y rheolwr, at ei gyfrifiadur.

"Dwi ddim angan rhyw gompiwtar i ddarllan y tywydd," atebodd Owi gan anwybyddu'r sgrin. "Dwi'n deud 'thach chi ein bod ni am storm."

"'Sgen i ddim amser i ddadlau efo chi, Owi Williams. Mi fydd y criw yn cyrraedd ymhen yr awr a'ch lle chi ydi gwneud yn siŵr bod popeth yn barod ar eu cyfer. Dyma chi fanylion y cwrs," meddai'r rheolwr gan osod darn o bapur yn llaw Owi cyn troi at Richard Jones, y tiwtor, a eisteddai yn gwylio'r ddadl â gwên lydan ar ei wyneb. "Dwi'n cymryd eich bod chi'n hapus efo'r trefniadau?"

"Perffaith hapus, diolch yn fawr, Mr Price," atebodd hwnnw'n bryfoclyd. "Mi fydd hi'n fendigedig yn y Nant 'ma dwi'n siŵr."

Gydag ochenaid, trodd yr hen ofalwr ar ei sawdl a gadael y swyddfa. Beth oedd y pennau bach yn ei wybod am dywydd mawr? Petaen nhw'n tynnu eu trwynau o'u compiwtars am funud ac edrych o'u cwmpas, mi fyddent yn gallu gweld drostynt eu hunain ei fod o'n dweud y gwir.

Carai Owi'r Nant yn angerddol ac roedd ar ben ei ddigon pan ddaeth y Ganolfan Iaith â bywyd newydd i'r hen bentref chwarelyddol a fu'n wag mor hir; yn enwedig pan gafodd o'i gyflogi i fod yn ofalwr gyda thŷ ei hun yn y pentref. Edrychodd o'i amgylch gyda balchder gan ddotio fel y gwnâi'n feunyddiol ar y gwaith hyfryd a wnaed i adnewyddu'r ddwy stryd o fythynnod chwarelwyr, Trem y Môr a Threm y Mynydd, a'u muriau o ithfaen, a adawyd i adfeilio cyn hynny. Ychydig ar wahân i'r bythynnod, safai'r Plas gyda'i ffenestri bwaog, a arferai fod yn gartref rheolwr y chwarel ond a oedd bellach wedi ei adnewyddu fel gweddill y pentref ar gyfer y dysgwyr a ddôi yno yn eu tro i ddysgu Cymraeg.

Gorffwysodd ei gorff byr yn erbyn y clawdd carreg a amgylchynai'r pentref a syllu draw i gyfeiriad y môr islaw, a orweddai fel pwll llonydd o driog du, heb unrhyw don nac ewyn gwyn ar ei wyneb. Ond ni thwyllwyd Owi gan y llonyddwch arwynebol oherwydd gwyddai o brofiad fod y môr yn ferw o derfysg dan yr wyneb ac yn crafu graean ei wely yn ddi-baid. Uwchben, crogai'r awyr drymaidd fel planced lwyd-felen wlanog dros y môr a llethrau'r Eifl, gan wasgu i lawr ar y pentref bach. Doedd dim mymryn o awel ac roedd hyd yn oed y gwylanod wedi tewi am unwaith. Tynnodd ei gap pig a'i ddefnyddio i sychu'r chwys a lifai'n ffrydiau i lawr ei dalcen rhychiog. Roedd hi'n anarferol o gynnes ac yn debycach i ganol haf na chanol Chwefror. Dim ond unwaith o'r blaen, yn ystod ei blentyndod, y cofiai dywydd mor annaturiol yr adeg honno o'r flwyddyn. Y tro hwnnw, trodd yn arswydus o sydyn gan adael y Nant dan orchudd trwchus o rew ac eira fel na allai neb symud i fyny'r Gamffordd, yr hen allt serth a arweiniai o'r pentref, am beth amser.

Wel, rhyngddyn nhw a'u pethau. Os oeddent yn mynnu cynnal y cwrs, eu busnes nhw oedd hynny – ond iddynt beidio â beio Owi petai'r grŵp yn methu symud cam oddi yno am ddyddiau! Trawodd ei gap yn ôl ar ei gorun moel a throdd i gyfeiriad y caffi am baned a sgwrs cyn dechrau ar ei waith.

"Mae'r hen ddyn yn mynd yn anoddach i'w drin," meddai

Gwyndaf Price ar ôl i Owi adael y swyddfa. "Dwi'n amau weithiau bod y gwaith yn dechrau mynd yn ormod iddo."

"Mae o siŵr o fod dros ei ddeg a thrigain bellach," atebodd Richard. "Rydych chi wedi bod yn hynod o dda yn ei gadw ymlaen cyhyd."

"Wel, mae o'n dipyn o gaffaeliad i'r lle yma efo'i stôr o hanesion, ac mae'r ymwelwyr yn dotio arno, fel y gwyddoch."

"Ydi, mae hynny'n ddigon gwir."

"Gyda llaw, dwi wedi anfon y ffeil efo'r wybodaeth am y dysgwyr i'ch ebost chi. Efallai y cewch chi gyfle i gael golwg arni cyn iddyn nhw gyrraedd. Mi fydda i'n gadael am hanner dydd heddiw, ond os bydd yna unrhyw broblem fel daeargryn neu losgfynydd, 'dach chi'n gwybod sut i gael gafael arna i," meddai'n goeglyd.

"Anfona i SOS atoch," cychwynnodd y tiwtor am ddrws y swyddfa â'i liniadur dan ei fraich. "Gan ei bod hi'n braf, dwi am fynd i ddarllen y ffeil dros baned y tu allan i'r caffi."

"Dyma chi'r cappuccino, Mr Jones. 'Dach chi isio siocled ar ei ben o?" holodd Nansi Owen, rheolwraig y caffi, wrth weini.

"Na, dim diolch."

"Mae hi'n rhyfeddol o gynnas bora 'ma a dwi'n gobeithio y daw dipyn o ymwelwyr draw nes 'mlaen. Gymrwch chi deisan gri? Maen nhw newydd ddŵad o'r popty'r funud 'ma."

"Na, dim diolch – dim ond coffi."

"Bechod na fysa 'na briodas y penwythnos 'ma, 'te. Does 'na unlla yn y byd i guro'r Nant 'ma ar dywydd fel hyn. Ond dyna ni, pwy fysa'n credu y gallai hi fod mor fwyn ynghanol gaea, 'te?"

"Dyma chi'r arian," meddai Richard yn sychlyd, gan anwybyddu sylw'r wraig siaradus. Ni allai'n bersonol ddychmygu unrhyw beth gwaeth na haid o westeion priodas swnllyd yn amharu ar dawelwch y lle.

"Dyna ni 'ta, Mr Jones. Cofiwch, os byddwch chi isio rwbath arall neu os byddwch wedi ailfeddwl am y deisan gri – dim ond gofyn."

Wrth weld cefn Richard yn diflannu trwy'r drws, trodd Nansi at Owi, oedd yn eistedd wrth un o fyrddau'r caffi yn yfed ei de. "Fedra i ddim cymryd at yr hen snobyn 'na. Tydi o ddim byd tebyg i'r tiwtoriaid erill achos ma 'na ddigon o hwyl i'w gael efo nhw i gyd, chwarae teg. Druan o'r criw dysgwyr fydd yn gorfod bod yn ei wersi fo dros y Sul, ddeuda i."

"Paid â sôn," meddai Owi. "Mae Price ac ynta yn meddwl eu bod nhw'n nabod y Nant yn well na fi! Dwi wedi eu rhybuddio nhw y bydd hi'n storm cyn diwadd y dydd ond 'dan nhw'n gwrando dim."

"Storm? Taw â deud! A hitha mor dawal? Mi fydd yn rhaid i ni baratoi i gau'r caffi'n reit handi pnawn 'ma felly, achos does 'na neb i dy guro di am ddarogan y tywydd."

"Dyna 'sa ora," meddai Owi, a oedd wedi ei blesio gan sylw Nansi. "Biti garw na fysa 'na fwy o bobl o gwmpas y lle 'ma'n cymryd sylw o be dwi'n ddeud!"

Aeth Richard i eistedd ar un o'r byrddau picnic pren y tu allan, yn ddigon pell o wep gyhuddgar Owi a pharablu diddiwedd gwraig y caffi. Arllwysodd lond llwy o siwgr brown yn ofalus ar ben yr ewyn gwyn gan aros iddo ymdoddi'n araf a suddo i'r hylif. Ni fyddai'n cymryd siwgr yn ei goffi fel rheol ond y bore hwnnw penderfynodd fod angen ychydig o help ar y caffîn i godi'r syrthni a deimlai yn y gwres annisgwyl. A beth bynnag, ni wnâi mymryn o siwgr fawr o ddrwg iddo, rhesymodd wrth dynnu ei wynt i mewn a thynhau cyhyrau ei stumog; o ddyn a oedd bellach dros ei hanner cant, credai ei fod mewn cyflwr pur dda – diolch i'r oriau a dreuliai yn y gampfa a'r botel o lifyn gwallt a guddiai ar silff ucha'r cwpwrdd yn ei ystafell ymolchi.

Cododd y gwpan at ei wefusau a blasu'r coffi melys ar ei dafod. Dyma beth oedd nefoedd – paned hyfryd mewn heddwch ac mewn lleoliad gogoneddus. O'i flaen disgynnai'r llwybr serth o'r llwyfandir lle safai pentref Porth y Nant i lawr at y traeth a'r môr, a orweddai yn anarferol o lonydd a thywyll y diwrnod hwnnw, heb adlewyrchu dim o olau gwelw'r haul oedd newydd ymddangos dros ysgwydd yr Eifl. Cododd ei olygon at lethrau serth y mynydd a'i gwrlid o redyn crin a warchodai'r Nant yn ei gesail. Er iddo ddod draw i gynnal cyrsiau yn rheolaidd ers rhai blynyddoedd, roedd y lle'n parhau i'w gyfareddu – lle i enaid gael llonydd, meddyliodd wrth werthfawrogi'r tawelwch o'i gwmpas a theimlo'r syrthni'n codi oddi ar ei ysgwyddau.

Torrodd sŵn electronig ei ffôn ar draws y llonyddwch gan beri syndod iddo. Peth ysbeidiol iawn oedd signal ffonau symudol yn y Nant – un o fantesion y lle ym marn Richard. Gydag ochenaid, estynnodd am y teclyn a gwasgu'r botwm.

```
B @Nant 11.30. Looking 4ward 2 do
popeth yn Gymraeg! :) xxx
```

Lledodd gwên fodlon dros ei wyneb wrth iddo ddarllen y neges. Gwyddai'n union beth oedd yr addewid y tu ôl i'r cyfeiriad hwnnw. Er ei bod yn ddigon ifanc i fod yn ferch iddo, roedd gan Becca'r ddawn i'w gyffroi a gwneud iddo deimlo fel llanc ugain oed unwaith eto. Gwasgodd y botwm i ddiffodd ei ffôn, a gadawodd i'w feddwl grwydro'n ôl at y cwrs iaith hwnnw pan gyfarfu â hi am y tro cyntaf, a'r noson nwydwyllt a dreuliodd y ddau mewn gwely cul yn un o neuaddau preswyl y coleg yn Aberystwyth, yr hen boster Cymdeithas yr Iaith yn crogi ar y wal uwch eu pennau. Cofiodd iddi holi beth oedd ystyr y slogan, a'i hymateb i'w eglurhad.

"Let's do everything in Welsh then," meddai cyn mynd ati i'w wefreiddio drachefn.

Aethai dwy flynedd heibio ers y noson honno a chafwyd sawl cyfle arall ers hynny i wneud "popeth yn Gymraeg".

"Reit 'ta, thâl hi ddim fel hyn," meddai gan wthio'r atgofion am Becca o'i feddwl. "Mi fydd y criw yn cyrraedd ymhen llai na hanner awr." Estynnodd ei liniadur ac agor y ddogfen i ddarllen manylion y dysgwyr oedd wedi cofrestru i ddod ar y cwrs. Er mai dim ond saith enw oedd yno, edrychai'n gymysgfa ddiddorol.

Cododd ei aeliau wrth weld yr enw cyntaf ar y rhestr – Simon Parry, Dirprwy Brif Gwnstabl Heddlu Gwynedd. Yn sicr, roedd agweddau wedi newid – ychydig flynyddoedd yn ôl, pleser mwyaf rhai fel hwn oedd erlid cefnogwyr yr iaith, a dyma fo rŵan yn dod i dreulio penwythnos yn y Nant.

Yr ail enw ar y rhestr oedd Sharon Jones. Methodd ei galon guriad. Doedd bosib? Na, paid â bod yn hurt, ymresymodd, mae'n debyg fod ugeiniau o Sharon Jonesiaid i'w cael – roedd yn enw digon cyffredin, wedi'r cwbl. Gorfododd ei hun i ddarllen ymlaen a gollyngodd ebychiad o ryddhad wrth sylwi mai meddyg teulu o Ddyffryn Clwyd oedd y Sharon Jones hon, a oedd yn dymuno gloywi ei Chymraeg fel y gallai gyfathrebu â'i chleifion. Chwarae teg iddi wir, a phiti na fyddai mwy o ddoctoriaid yn dilyn ei hesiampl.

Yr enw nesaf ar y rhestr oedd Pedro Gwilym Manderas o Batagonia. Fyddai'r un cwrs yn gyflawn heb gynrychiolaeth o'r Wladfa, meddyliodd. Yn flynyddol daethai pobl ifanc fel hwn i'r wlad er mwyn cael blas ar y bywyd Cymreig chwedlonol. Ond sawl un ddychwelodd adref wedi eu dadrithio, tybed?

Ioan Penwyn oedd y pedwerydd enw, aelod o Gyfeillion y Ddaear a phrotestiwr llawn-amser. Un y tybiai Richard, o gofio profiadau blaenorol, a edrychai ar yr ymgyrch i achub yr iaith fel ymgyrch i achub y panda neu ryw blanhigyn prin.

Darllenodd ymlaen at enw Becca. Byddai ei phresenoldeb hi yn ddigon i wneud y penwythnos mwyaf diflas yn gyffrous. Os byddai'r tywydd da yn parhau, efallai y dôi cyfle i ddianc am sbel i'r traeth neu i'r llannerch fach gysgodol honno ynghanol y coed ar Allt y Bwlch. Roedd o mor falch iddo allu dwyn perswâd arni i newid ei chynlluniau a chefnu ar benwythnos rygbi gyda'i ffrindiau yng Nghaerdydd.

Roedd dau enw ar ôl – yr Athro Timothy Starling a'i wraig, Mary. Wel, roedd hwn am fentro i'r Nant eto felly. Petai Richard yn ei le, mi fyddai'n cadw'n ddigon pell ar ôl helynt y tro diwethaf.

Roedd hi'n argoeli i fod yn benwythnos llwyddiannus gyda chriw addawol o ddysgwyr yr oedd ganddynt i gyd, yn ôl y cofnodion, ddealltwriaeth bur dda o'r Gymraeg. Pwysodd Richard ei fys ar y botwm i gau'r ddogfen a llyncodd weddill y coffi oer. Erbyn hyn roedd yr haul gwelw wedi dringo'n uwch yn yr awyr lwydaidd ac roedd hi'n teimlo'n gynhesach fyth. Os byddai'r tywydd yn parhau mor fwyn, efallai y caent gyfle i adael yr ystafell ddosbarth yn ystod rhai sesiynau a mwynhau'r awyr agored – os na fyddai proffwydoliaeth Owi Williams yn cael ei gwireddu, meddyliodd. "Tywydd mawr", wir! Gwenodd yn ddirmygus wrth gofio sut y ceisiodd hwnnw eu perswadio i ganslo'r cwrs. Roedd hi fel diwrnod o haf ac edrychai'r lle'n ogoneddus. Y gobaith o gael y prynhawn i ffwrdd i wylio'r gêm rygbi ryngwladol yn Nhafarn y Fic i fyny yn Llithfaen oedd wrth wraidd protest yr hen ddyn, fwy na thebyg, am nad oedd modd cael derbyniad teledu na radio yn y Nant.

Cododd Richard oddi wrth y bwrdd ac anelu am y Plas. Gan mai dim ond criw o saith oedd am fynychu'r cwrs y penwythnos hwnnw, credai y byddai'n hwylusach defnyddio'r ystafell ddosbarth leiaf ar lawr gwaelod yr adeilad, drws nesaf i'r gegin.

"Ma 'na olwg fodlon iawn ei fyd arno fo erbyn hyn," meddai Owi gan wylio Richard yn cerdded heibio â gwên ar ei wyneb. "Be roist ti yn ei goffi o, d'wad?"

"'Swn i'n deud bod gan ei hwylia da fo fwy i neud efo pwy

sy'n dŵad draw yma ato. Ddudis di bod enw'r Becca bach 'na ar y rhestr?"

"Ia, ti'n iawn, Nans. Efo'r holl gyrsia Cymraeg ma honna 'di bod arnyn nhw, peth od nad ydi hi wedi ennill cadair y Steddfod Genedlaethol bellach!" Chwarddodd Owi am y tro cyntaf ers ei ffrae efo'r rheolwr, ac wrth godi trodd ei gefn at yr haul.

2

AETH OWI DRAW at y tai er mwyn sicrhau eu bod yn barod ar gyfer yr ymwelwyr. Yna, pan oedd yn hapus â'r trefniadau, cerddodd yn araf tuag at y maes parcio yn barod i groesawu'r criw wrth iddynt gyrraedd, gan obeithio y câi gyfle i adrodd rhywfaint o hanes y Nant wrthynt yn y Ganolfan Dreftadaeth yn yr hen gapel gerllaw. O'i holl ddyletswyddau, hynny oedd fwyaf wrth ei fodd, am y byddai'n cael cyfle i drafod yr hen ffordd o fyw yn y Nant fel yr oedd yn ystod ei blentyndod – yr ysgol a'r capel a'r chwarel. Gwyddai ei fod yn ffodus iawn i gael dal ei afael yn ei swydd yn ei oed, ac na fyddai hynny'n bosib heblaw am ei gysylltiadau uniongyrchol â'r hen le.

Wrth iddo nesáu at y maes parcio, daeth gyr o eifr gwyllt a arferai bori llechweddau'r Eifl heibio iddo ar garlam. Ar y blaen roedd bwch mawr hirwallt â phâr o gyrn nodedig yn troelli'n urddasol y naill ochr i'w ben – hwn oedd yr arweinydd a'i gyfrifoldeb o oedd arwain y gweddill i lecyn cysgodol a lloches cyn tywydd garw. Os oedd angen unrhyw gadarnhad ar Owi bod y tywydd ar fin newid, roedd gweld y geifr yn ategu popeth roedd wedi ei ddarogan. Biti na feddai Gwyndaf Price a Richard Jones ar fymryn o synnwyr yr hen fwch, meddyliodd, a gorffwysodd ei glun ar y clawdd isel i aros am yr ymwelwyr.

Ni fu'n rhaid iddo aros yn hir cyn i Saab hynafol ddod i'r golwg rownd y tro a pharcio'n flêr ynghanol y maes parcio. Credai Owi bod ceir yn adlewyrchu personoliaethau eu perchnogion ac edrychai'r Saab fel hen lyffant mawr gwyrdd, yn union fel y gŵr seimllyd, barfog a ddringodd allan ohono a'i gyfarch mewn Cymraeg graenus.

"Dyma ni wedi cyrraedd, Owain Williams, ar fore bendigedig.

Braf iawn yw eich cwrdd unwaith eto, yntê Mary," meddai gan droi at ei gydymaith, gwraig lwydaidd, fain a oedd ond megis cysgod o'i gŵr allblyg, lliwgar.

Anwybyddodd Owi gyfarchiad yr Athro Timothy Starling a dweud wrtho'n eithaf swta am barcio'r Saab yn dwtiach. "Mae gan yr hen fwbach wyneb i ddod 'nôl a fy nghyfarch fel rhyw ffrind mynwesol ar ôl y tro d'waetha," meddai wrtho'i hun, tra ceisiai'r Athro fagio'r car yn sythach dan gyfarwyddyd llipa ei wraig.

Drwy lwc, ni fu'n rhaid i Owi gynnal rhagor o sgwrs gyda'r Starlings gan i Volkswagen *convertible* smart â'i do i lawr yrru i mewn i'r maes parcio gyda rhyw Grace Kelly urddasol yr olwg tu ôl i'r llyw, ei gwallt euraidd wedi ei glymu'n gocyn perffaith ar ei chorun a sbectol dywyll anferth ar ei thrwyn smwt. Roedd Owi wedi bod yn edmygydd mawr o'r actores Hollywood hardd honno yn ystod ei ymweliadau â'r Palladium ym Mhwllheli yn nyddiau ei ieuenctid – a dyma ymgorfforiad perffaith ohoni wedi cyrraedd y Nant. Gwasgodd fotwm ar ddangosfwrdd ei char a llithrodd y to i fyny mewn un symudiad llyfn.

Sychodd Owi ei ddwylo chwyslyd ar ben-ôl ei drowsus a phrysuro i agor y drws iddi, ond cyn iddo gael cyfle i gyrraedd ei char, llithrodd Jaguar du, slic i'r golwg a pharcio rhyngddo a hi. Dringodd gŵr canol oed tal, unionsyth allan o'r Jag a cheisio cymryd drosodd y dasg o helpu Grace, neu yn hytrach, Dr Sharon Jones allan o'i Volks. Hwn oedd Simon Parry, y Dirprwy Brif Gwnstabl, rhesymodd Owi gan wgu ar y newydd-ddyfodiad. Ond buan trodd ei wg yn wên pan glywodd yr ymateb a gafodd hwnnw am ei drafferth

"Dwi ddim angen help, diolch," meddai Sharon mewn Saesneg ffroenuchel wrth lithro'n osgeiddig o'r car isel.

"Fedra i gymryd eich bag, 'ta?" holodd Simon gan ymestyn am y bag du trwm yr olwg a ddaliai Sharon yn ei llaw.

"Na, dwi'n iawn. Mae fy offer meddygol yn hwn a fydda

i byth yn mynd i unlle hebddo na'i adael yng ngofal rhywun arall." Edrychodd yn ddirmygus ar y ddwy lath o ffrâm gyhyrog a'i hwynebai. Roedd yn gas ganddi ddynion a gymerai arnynt eu bod yn ymgreiniol, fel y dyn yma â'i wallt tywyll wedi ei gribo'n ôl yn orofalus o'i dalcen llydan, a'i ddwy lygad lwyd oeraidd a ddisgwyliai iddi dderbyn ei sylw yn ddiolchgar. Diolch ond dim diolch – roedd ganddi hen ddigon ar y gweill heb orfod delio ag o. Gan afael yn dynnach yn ei bag, trodd ei chefn arno a mynd i sefyll at Owi a'r lleill.

Ychydig funudau'n ddiweddarach cyrhaeddodd Becca yn ei Mini Cooper pinc gyda gŵr ifanc golygus pryd tywyll yn eistedd wrth ei hochr.

"Dyma Pedro o Patagonia," meddai gan wenu'n awgrymog ar ei chyd-deithiwr. "Roedd o wedi dal bỳs i Llithfaen a fi wedi rhoi lifft iddo fo."

Chwarddodd Owi dan ei wynt wrth feddwl beth fyddai ymateb y tiwtor pan sylweddolai fod ganddo gystadleuaeth am sylw'r gochen danllyd y tro hwn.

"Pa mor hir ydach chi'n bwriadu i ni sefyllian o gwmpas yn y gwres 'ma?" holodd Simon Parry yn awdurdodol gan dorri ar ei feddyliau.

Edrychodd Owi ar ei restr a sylwi bod un person heb gyrraedd. Yn hytrach na chadw pawb i aros yn y maes parcio, penderfynodd arwain y grŵp i'r Ganolfan Dreftadaeth gerllaw, gan adael aelodau eraill o'r staff a oedd wedi ymddangos erbyn hynny i gario'u bagiau draw i'r tai.

"Croeso i'r Nant," meddai'r gofalwr mewn Cymraeg pwyllog unwaith iddynt gyrraedd yr hen gapel. "Owi Williams ydw i a dwi am ddeud tamaid bach o hanas y Nant wrthych chi. Os 'dach chi ddim yn dallt unrhyw beth, cofiwch ddeud ac mi wna i ei ailadrodd yn Saesneg."

"Dwi wedi clywed yr hanes yma sawl gwaith o'r blaen. Does dim taw ar yr hen ddyn unwaith iddo ddechrau. Fysat ti'n hoffi dŵad efo fi? Dwi'n addo y cei di amser llawer mwy diddorol," sibrydodd Becca yng nghlust ei chydymaith.

Ond oherwydd nad oedd gan Pedro fawr o Saesneg, yr unig ymateb a gafodd oedd gwên fach ymddiheurol cyn iddo droi oddi wrthi i wrando ar Owi. Hwn oedd y tro cyntaf iddo glywed rhywun yn siarad Cymraeg naturiol ers iddo gyrraedd Cymru ac roedd acen goeth yr hen ŵr yn ei atgoffa o iaith ei nain ym Mhatagonia.

"Plesia dy hun, 'ta," meddai Becca'n swta. "Dwi am fynd draw i weld Rich. Mi fydd o'n siŵr o werthfawrogi fy nghwmni beth bynnag!"

"Dwi'n ymwybodol bod rhai ohonoch wedi clywad yr hanas o'r blaen – felly peidiwch â theimlo bod rhaid i chi aros i wrando arna i." Syllodd Owi ar gefn Becca'n diflannu drwy ddrws y Ganolfan. "Ond gan fy mod i wedi fy ngeni a'm magu yn y Nant yma, ro'n i'n meddwl y buasai dipyn o hanas y lle yn eich plesio."

"Peidiwch â phoeni, Mr Williams, mi fydd Mary a fi yn hapus iawn i glywed yr hanes unwaith eto. Does dim sydd yn well na *genuine primary source* fel chi."

Roedd y geiriau cefnogol bron yn ddigon i beri i Owi faddau camweddau blaenorol yr Athro, a chan wenu'n ddiolchgar arno aeth ati'n frwdfrydig i adrodd hanes y chwarel ithfaen a roddodd fodolaeth i'r pentref. Disgrifiodd waith y chwarelwyr a sut roedd y setiau cerrig a gynhyrchwyd ganddynt yn cael eu hallforio i balmentu strydoedd dinasoedd ar draws y byd.

Pa mor hir mae hwn am fod? holodd Simon ei hun ar ôl rhyw chwarter awr o geisio gwrando ar Owi'n disgrifio gwaith y chwarelwyr. Llaciodd ei dei ac agor botwm top ei grys gan nodi ei fod wedi gwisgo'n llawer rhy ffurfiol ar gyfer y cwrs. Mi fyddai wedi bod yn rheitiach iddynt gael mynd ar eu hunion i'w tai i ymolchi a newid ar ôl cyrraedd, meddyliodd wrth sylwi bod golwg flinedig a phoeth fel yntau ar y rhan fwyaf o'r criw. Yna, trawodd ei lygaid ar Sharon, a wrandawai'n amyneddgar ar yr hen ŵr. Edrychai hon mor ffres a digyffro, fel petai gwres annisgwyl y dydd heb effeithio dim arni. Tybed faint oedd ei hoed? Tua hanner cant, roedd yn eithaf siŵr o hynny, er ei bod yn anodd iawn bod yn bendant gan ei bod yn parhau i wisgo'i sbectol dywyll anferth a guddiai'r rhan fwyaf o'i hwyneb. Ond roedd ei hosgo hunanfeddiannol a'i hagwedd annibynnol yn awgrymu aeddfedrwydd canol oed.

Erbyn hyn roedd Owi wedi mynd i hwyl wrth ddisgrifio ei blentyndod yn y Nant: y bywyd cymdeithasol clòs a oedd yn troi o amgylch yr ysgol a'r capel yr oeddent yn sefyll ynddo ar y pryd.

Roedd gan Mr Williams wledd o wybodaeth, meddyliodd Mary Starling, a geisiodd ei gorau i ddilyn geiriau Owi wrth iddo barhau i draethu yn Gymraeg. Mi fyddai'n rhaid iddi ofyn i Tim egluro rhai pethau iddi gan y byddai ei gŵr yn siŵr o fod wedi dilyn pob gair.

"… yna, ychydig cyn dechrau'r Ail Ryfel Byd, caeodd chwaral y Nant am y tro ola a bu'n rhaid i'r dynion chwilio am waith yn chwareli Carreg y Llam a Threfor…"

"Mae'n drwg gen i bod fi yn hwyr ond fi cael twll yn olwyn beic fi." Rhuthrodd rhyw greadur main, anniben â'i wynt yn ei ddwrn i mewn i'r Ganolfan gan darfu ar sgwrs Owi. Gwisgai siwmper a jîns tyllog a phâr o Crocs plastig glas am ei draed; roedd ganddo amryw o fodrwyau yn ei drwyn a'i glustiau, a bandana pyglyd wedi ei glymu am ei gudynnau o *dreadlocks* a grogai'n rhaffau i lawr ei gefn.

"Wel dyna ni am rŵan, 'ta. Gan fod pawb wedi cyrraedd mi awn ni draw i'r pentra i chi gael gweld y tai lle byddwch yn aros," meddai Owi, a deimlai braidd yn rhwystredig am i Ioan Penwyn gyrraedd cyn iddo gael gorffen ei ddarlith. "Yna, ar ôl i chi gael cyfla i ddadbacio, bydd cinio'n barod yn y caffi cyn eich sesiwn gynta efo'ch tiwtor, Richard Jones."

3

"CROESO I CHI i gyd i'r cwrs gloywi iaith. Richard Jones ydi fy enw i, a fi fydd eich tiwtor am y penwythnos. Â'r tywydd mor anarferol o fwyn, gobeithio y cewch gyfle hefyd i fwynhau'r Nant yn ei holl ogoniant," meddai gan dynnu eu sylw at yr olygfa odidog a geid drwy'r ffenest fwa ym mhen blaen yr ystafell ddosbarth. Golygfa a ymledai o dalcen cadarn Carreg y Llam gyda'i phonciau naddedig dwfn hyd at fraich osgeiddig Porthdinllaen, a ymestynnai allan i'r môr fel petai â'i bryd ar gyrraedd Iwerddon. Golygfa a oedd yn ddigon i'w hudo allan i'r awyr agored ar brynhawn hyfryd, yn hytrach nag aros mewn ystafell ddosbarth yn ymlafnio â chymhlethdodau'r Gymraeg.

Gydag ochenaid fechan, trodd y tiwtor ei gefn ar y ffenest a chanolbwyntiodd ar y dasg o ddisgrifio natur y cwrs a pha dargedau yr oedd disgwyl iddynt eu cyrraedd yn ystod y penwythnos. "Mi ddechreuwn ni drwy ofyn i bawb gyflwyno eu hunain. Peidiwch â phoeni os cewch drafferth, rydyn ni yma i helpu ein gilydd."

Eisteddai'r grŵp mewn hanner cylch o'i flaen, a syllodd pawb yn anghyfforddus ar eu traed. Doedd 'run ohonynt eisiau bod y cyntaf i siarad o flaen y gweddill, heblaw am Timothy, a geisiai ei orau i dynnu sylw Richard. Ond gwyddai hwnnw o brofiad am hyfdra'r hen Athro a doedd o ddim am roi lle iddo gymryd drosodd unwaith eto. Felly, amneidiodd ar y gŵr tal, unionsyth a eisteddai ar y pen agosaf i'r drws a gofyn iddo fo gyflwyno'i hun.

Ni allai Simon gofio pa bryd y teimlodd mor anghyfforddus o'r blaen. Er ei fod yn hen law ar arwain cyrsiau ac wedi annerch cannoedd mewn cynadleddau heddlu, roedd siarad Cymraeg o flaen y grŵp yn codi arswyd arno. Beth gododd yn ei ben o'n cytuno i dreulio penwythnos braf fel hwn yn rhoi sglein ar yr iaith? Iaith yr oedd wedi treulio mwy na hanner ei oes yn ceisio'i hanghofio. Saesneg arferai fod yr iaith i symud ymlaen ynddi – wedi'r cwbl, roedd pawb yn deall Saesneg. Onid oedd o wedi dringo i'r gris uchaf ond un yn ei yrfa â'r heddlu heb yngan yr un gair o Gymraeg? Iaith a arferai gael ei chysylltu â Meibion Glyndŵr a rhyw eithafwyr hurt oedd honno yn y dyddiau pan oedd o'n blismon ifanc ar y bît. Yna, daeth y Prif Gwnstabl diweddaraf i Wynedd. Sais heb air o Gymraeg oedd hwnnw cyn i'r cenedlaetholwyr a'r eithafwyr iaith gael gafael ynddo a'i berswadio i'w ddysgu. Byddai dysgu ambell air o gyfarchiad wedi bod yn hen ddigon, ond aeth y Prif dros ben llestri â'r holl beth gan fynychu pob cwrs posib, a threuliodd ei wyliau haf y flwyddyn flaenorol yn yr Eisteddfod Genedlaethol o bob man! Yn wir, roedd 'na ryw sôn i un o'r mudiadau iaith ei fabwysiadu'n Gymro! Wel, croeso iddyn nhw ei gael o wir, meddyliodd Simon. Petai'r Prif ddim ond wedi bodloni ar ddysgu'r iaith ei hun mi fyddai pob dim yn iawn, ond roedd yn rhaid iddo fo gael mynd ymhellach, a datgan y dylai holl aelodau Heddlu Gwynedd fod yn ddwyieithog!

"Rhaid i ti ddangos y ffordd i'r lleill, Simon," meddai gan stwffio pamffledi gyda gwybodaeth am gyrsiau Cymraeg i law ei ddirprwy, un a fagwyd ar aelwyd gwbl Gymraeg a Chymreig, er na chredai Simon fod y Prif yn ymwybodol o hynny. Felly, doedd ganddo ddim dewis ond cyfaddef bod ganddo beth gwybodaeth o'r iaith ers ei ddyddiau ysgol.

"Bendigedig!" oedd ymateb brwdfrydig y Prif. "Mi wna i'n siŵr y cei di fynd am benwythnos i Nant Gwrtheyrn ar gwrs gloywi iaith."

A dyma fo rŵan yn eistedd mewn ystafell drymedd lle'r oedd gweddill y grŵp yn aros yn ddisgwylgar iddo gyflwyno'i hun iddynt. Llyncodd ei boer ac anadlu'n ddwfn cyn dweud, "Simon ydw i a rydw i wedi dod yma i wella fy Cymraeg." Gwenodd wrth yngan y camdreiglad bwriadol; os mai dysgwr roedd disgwyl iddo fod, roedd yn rhaid iddo chwarae'r gêm a chymryd arno'i fod yn chwithig.

"Diolch, Simon," meddai'r tiwtor cyn edrych yn ddisgwylgar ar aelod arall o'r grŵp: gwraig wargrwm a thenau a oedd sbel dros ei thrigain oed ac a wisgai siaced liain lwyd-felen yr union wawr â'i gwallt llipa, syth a'i gruddiau pantiog.

"Mary ydw i. Rydw i wedi bod yn dysgu Cymraeg gyda gŵr fi, Professor Timothy Starling, ers pump blwyddyn. Isn't that right, darling? Ever since we moved to this wonderful part of the country," gafaelodd yn betrusgar ym mhen-glin ei gŵr.

"Na, na, Mary, dim Saesneg y penwythnos yma. Dim ond siarad Cymraeg!" Edrychodd Timothy'n llym ar ei wraig.

"Mae'n drwg gen i. Mi wnaf i fy gorau," meddai gan wasgu'r dagrau'n ôl. Doedd hyn ddim yn ddechrau da o gwbl gan iddi siomi Tim cyn gynted ag yr agorodd ei cheg. Roedd yn rhaid iddi drio'n galetach a dysgu o'i esiampl, oherwydd roedd o wedi meistroli'r iaith yn ardderchog. Un fel'na oedd Tim, byth yn hanner gwneud rhywbeth, yn wahanol iddi hi. Dywedodd ei diwtoriaid ar y cyrsiau Wlpan wrtho y dylai gynnig ei enw ar gyfer cystadleuaeth Dysgwr y Flwyddyn, ond roedd Tim am i'r ddau ohonynt gystadlu ar y cyd, gan eu bod wedi gwneud popeth gyda'i gilydd ers iddynt gyfarfod yn y Brifysgol dros ddeugain mlynedd ynghynt. Yr adeg honno, ni allai Mary gredu ei lwc pan gymerodd Timothy Starling, seren yr adran Hanes, sylw ohoni hi. Gallai fod wedi dewis unrhyw un o'r genethod eraill – genethod llawer smartiach o ran golwg a deallusrwydd. Ond Mary oedd dewis Tim, a byth ers hynny bu'n dyfalbarhau'n feunyddiol i geisio plesio'i gŵr a rhoi pob cefnogaeth iddo yn ei yrfa academaidd ddisglair. Yna, un diwrnod, bum mlynedd ynghynt, daeth Tim adref o'r coleg gan ddatgan yn ddisymwth iddo gael llond bol ar fywyd academaidd a'i fod wedi penderfynu newid tyrau ifori Caergrawnt am fwthyn diarffordd ym mhen draw Llŷn. Yn ôl ei harfer, derbyniodd Mary'r penderfyniad yn ddigwestiwn – wedi'r cwbl, Tim wyddai orau.

"Maddeuwch i fy ngwraig," meddai Tim gan symud llaw Mary oddi ar ei ben-glin. "Nid oes ganddi lawer o hunanhyder wrth siarad Cymraeg gyda dieithriaid. Mae'r ddau ohonon ni wedi dod ar y cwrs y penwythnos yma er mwyn iddi hi allu meistroli ei hofnau a chael yr hyder i siarad yr iaith yn eofn, fel fi."

Pwy oedd y mochyn yn ei feddwl oedd o'n trin ei wraig mor nawddoglyd? meddyliodd Sharon. Pam roedd cymaint o ferched yn dal i dderbyn peth fel hyn? Fyddai hi byth yn gadael i unrhyw ddyn ei thrin hi mor israddol. Roedd hi cystal ag unrhyw ddyn ac yn well na'r rhan fwyaf, ac roedd hi wedi dod i'r Nant i brofi hynny, meddyliodd wrth syllu ar y tiwtor drwy ei sbectol dywyll. Doedd y cythraul ddim wedi newid llawer er ei fod yntau, fel hithau, bellach dros ei hanner cant. Rŵan 'ta, Richie, tybed wnei di fy adnabod i ar ôl yr holl flynyddoedd? gofynnodd iddi ei hun, wrth fynd ati'n fwriadol araf i dynnu ei sbectol dywyll a syllu'n syth i lygaid y tiwtor.

"Dr Sharon Jones dwi," meddai'n hyderus, "a dwi wedi dod ar y cwrs yma i…"

Sharon? Curai calon Richard fel gordd yn erbyn ei asennau gan atsain yn fyddarol yn ei ben. *Sharon?* Gorfododd ei hun i anadlu'n ddwfn – doedd fiw iddo adael i'r dosbarth weld cymaint o fraw a gawsai. Cododd yn simsan a mwmian rhywbeth o dan ei wynt am yr angen i awyru'r ystafell. Rhaid cael amser i gael trefn arno'i hun, meddyliodd gan bwyso yn erbyn ffrâm y ffenest a syllu'n ddall drwyddi ar yr olygfa wych o'i flaen. Gyda dwylo crynedig, fe'i hagorodd ac anadlodd yr awyr glòs yn ddwfn cyn troi'n ôl at y grŵp.

Roedd Sharon wedi tewi erbyn hynny ac yn syllu arno â gwên heriol ar ei hwyneb. Mewn llais crynedig, diolchodd iddi am ei chyflwyniad. "Mae eich y… ym, awydd… ym, i siarad Cymraeg â'ch cleifion yn beth i'w gymeradwyo'n fawr iawn. Mae ym… ym, prinder mawr o feddygon Cymraeg eu hia—"

Pathetig! meddyliodd Becca pan sylwodd nad oedd Richard yn gallu tynnu ei lygaid oddi ar y ddynes. Dr Sharon Jones wir! Pwy oedd hi'n feddwl oedd hi gyda'i sbectol haul anferth fel rhyw *film star*? Roedd yr ast wirion yn hen fel pechod! Penderfynodd Becca y byddai'n rhaid iddi gadw llygad barcud ar ei chariad oherwydd doedd o ddim yn mynd i gael gwneud ffŵl ohoni hi efo dynes arall.

"Becca Roberts ydw i," torrodd ar draws Richard, a oedd yn dal i faglu dros ei eiriau yn ei ymdrech i adennill rheolaeth arno'i hun. "Dwi wedi dod i'r Nant am bod fi isio gwneud *popeth yn Gymraeg*," meddai gan edrych yn heriol i'w lygaid a dadorchuddio ei hysgwydd i ddangos tatŵ gyda'r geiriau 'Gwna bopeth yn Gymraeg' oddi mewn i siâp calon ar ei chroen golau. Ond am unwaith, ni chafodd y tatŵ na'i slogan effaith ar Richard, a oedd wedi anghofio'n llwyr am ei awydd i dreulio penwythnos yng nghwmni Becca ers iddo sylweddoli ei fod ym mhresenoldeb Sharon.

"Diolch, Rebecca," meddai'n sychlyd cyn gofyn i'r person nesaf gyflwyno'i hun. Gyda lwc, byddai hwnnw, dipyn bach o hipi, yn manteisio ar y cyfle i bregethu am yr amgylchedd ac yn rhoi cyfle i Richard ddod ato'i hun.

"Fi ydi Ioan Penwyn a fi'n credu bod isio siarad Cymraeg achos ma hi'n hen, hen iaith y Celtiaid a fi'n credu bod isio… y… ym… What's 'protect' in Welsh?"

"Gwarchod."

"Yes, that's it. Fi'n credu bod isio gwarchod yr iaith a'r am… amgyl… *environment* achos mae fo'n bwysig…"

Pwy yw hwn? meddyliodd Simon Parry wrth edrych drwy gornel ei lygad ar Ioan Penwyn. Beth fyddai'r bechgyn draw yn HQ yn ei ddweud petaent yn gwybod 'mod i'n treulio penwythnos efo un o benboethiaid Cyfeillion y Ddaear? Taflodd Simon ei lygaid ar weddill y grŵp tra oedd Ioan yn parhau i falu awyr yn fratiog am berthynas yr iaith â'r amgylchedd.

Roedd hi'n amlwg fod yna ryw gysylltiad rhwng Sharon a'r tiwtor, meddyliodd Simon, oherwydd profai ymddygiad dryslyd hwnnw iddo gael braw wrth i'r meddyg gyflwyno'i hun. Tybed beth oedd yr hanes rhwng y ddau? Mi fyddai'n ddiddorol cael gwybod. Roedd hi'n amlwg hefyd nad oedd y gochen fach – Becca – yn hapus o gwbl â'r sefyllfa. Triongl serch go iawn a rysáit am benwythnos difyr!

Y cwpwl arall 'na wedyn – beth oedd yn peri i Saeson rhonc fel y rhain i wirioni ar yr iaith? Beth oedd y pwynt iddyn nhw wastraffu eu hamser yn dysgu Cymraeg yn eu hoed nhw? Fyddai hi ddim yn well iddynt fynychu dosbarthiadau brodwaith neu grochenwaith? Roedd Simon yn sicr y byddai'r wraig druan yn llawer hapusach yn gwneud rhywbeth felly, yn hytrach na cheisio ymdopi â threigladau. Ond o sylwi ar y ffordd roedd hi'n dotio ar y pen bach o ŵr 'na oedd ganddi, mae'n debyg y byddai'n barod i wneud unrhyw beth i'w blesio. Timothy a Mary Starling? Teimlai'n siŵr ei fod wedi dod ar draws yr enwau yna o'r blaen ond ni allai yn ei fyw gofio ym mhle na pha bryd. Mi fyddai'n rhaid iddo chwilio am wybodaeth amdanynt yn ffeiliau'r heddlu cyn gynted ag y gallai. A dweud y gwir, meddyliodd wrth edrych o'i gwmpas, mi fyddai'n reit ddiddorol archwilio i gefndir pob un o'r criw.

"… gwarchod y planhigion prin a'r coed fel yr…"

"Reit, diolch yn fawr i chi, Ioan. Dwi'n siŵr ein bod ni i gyd wedi mwynhau eich sgwrs ddiddorol. Ond yn anffodus, mae'n rhaid i ni symud ymlaen," torrodd Richard ar draws araith hir a diflas Penwyn wedi iddo gael trefn arno'i hun. "Mae yna un aelod o'r grŵp sydd heb gael cyfle i ddweud gair eto," meddai gan droi at Pedro a'i wahodd i gyflwyno'i hun.

"Pedro Gwilym Manderas ydi fy enw i ac rwyf yn dod o

Batagonia. Rwyf wedi dod i Gymru i gael blas ar y bywyd Cymreig a gwella fy Nghymraeg," meddai yn ei acen Sbaenaidd feddal.

Wedi dŵad i Gymru i gael blas ar fywyd Cymreig a gwella'i Gymraeg o ddiawl! meddyliodd Simon. Wedi dŵad i gael gwaith a gwell cyflog oedd o fwy na thebyg! Tybed a oedd ganddo fisa a phermit gweithio? Mi fyddai'n rhaid gwneud ymholiadau.

"Mae eich Cymraeg yn hynod o raenus," meddai Richard.

Eglurodd Pedro iddo gael ei fagu gyda'i nain a oedd yn rhugl ei Chymraeg er iddi gael ei geni a'i magu yn y Wladfa.

"Wel, croeso i chi i Gymru," meddai'r tiwtor cyn troi at weddill y grŵp a dweud, "Gobeithio y byddwch yn mwynhau'r penwythnos ac y byddwch yn teimlo'n fwy hyderus i ddefnyddio eich Cymraeg ar ddiwedd y cwrs."

Yna, tarodd gipolwg ar Sharon ac ychwanegu, "Gan fod y tywydd mor anarferol o boeth heddiw, teimlaf y buasai'n fanteisiol i chi gael gweddill y prynhawn yn rhydd i edrych o gwmpas y Nant. Mi gawn ni ailymgynnull ar ôl te – tua chwech o'r gloch. Mi ddylai'r hin fod ychydig yn ysgafnach yn y stafell ddosbarth yma erbyn hynny."

Ar hynny, cododd ar ei draed a brasgamu o'r ystafell cyn i unrhyw un gael cyfle i gwyno. Roedd yn rhaid iddo gael mymryn o awyr iach ar ôl y sioc o weld Sharon ac roedd y straen o geisio cadw wyneb o flaen gweddill y grŵp wedi bod yn dreth ar ei nerfau. Ar ôl cyrraedd drws allanol y Plas, anadlodd yn ddwfn, ond ni chafodd fawr o ryddhad am fod yr awyr lwyd, ddi-awel yn dal i bwyso'n drwm ar y pentref bach.

Cododd gweddill y grŵp yn ansicr. Doedden nhw ddim wedi disgwyl i'r sesiwn gyntaf ddod i ben mor ddisymwth, gan y gwyddent y gallai cyrsiau penwythnos fel hyn fod yn eithaf dwys, ac roeddent wedi paratoi eu hunain i fod yn yr ystafell ddosbarth drwy gydol y prynhawn.

"Tydi hyn ddim digon da," cwynodd Timothy Starling. "Sut

mae disgwyl i ni loywi ein hiaith pan mae'r sesiwn drosodd ar ôl llai na hanner awr? Mae'n well i'r tiwtor gael rheswm digonol am hyn, neu mi fydda i'n ei... Beth ydi *report*? Rhoi cyfri? Ia, dyna fo. Mi fydda i'n rhoi cyfri amdano i'r awdurdodau."

"Hysh, cariad, rhaid i ni beidio gwylltio Mr Jones, ti'n cofio?"

"Pam mae'n rhaid i ti fy atgoffa fi o hynny yn ddiddiwedd, Mary? Dwi wedi egluro i ti dro ar ôl tro mai camddealltwriaeth oedd yr holl beth ac mae popeth wedi ei setlo."

"Mae'n ddrwg gen i, Tim. Wna i ddim crybwyll y peth eto," meddai Mary gan droi i'r Saesneg. "Yli, mae'n ddiwrnod mor gynnes, beth am i ni fynd i lawr at y traeth? Yna mi gei di adrodd hen, hen hanes diddorol y Nant i mi unwaith eto."

Tybed beth oedd yr helynt roedd yr Athro mor awyddus i'w wraig anghofio? holodd Simon ei hun wrth wthio heibio i'r ddau. Roedd greddf y plismon ynddo yn ei rybuddio bod rhyw ddrwg yn y caws ond doedd ganddo ddim amser i bendroni am ei fod wedi rhoi ei fryd ar gael gafael yn Sharon cyn iddi ddiflannu o'r golwg. Ond yn anffodus, pan gyrhaeddodd y drws, gwelodd ei fod yn rhy hwyr ac i'r tiwtor achub y blaen arno.

Nid Simon oedd yr unig un i gael ei siomi wrth weld Richard a Sharon yn cydgerdded i gyfeiriad Trem y Mynydd. Petai gan Becca gyllell neu wn yn ei llaw'r funud honno, teimlai y byddai'n gallu lladd y ddau yn y fan a'r lle. Pwy oedd Rich yn meddwl oedd o, yn ceisio gwneud ffŵl ohoni gyda'r doctor 'na? Beth oedd gafael honno arno tybed? Roedd yn amlwg eu bod nhw'n adnabod ei gilydd; roedd yr olwg ar ei wyneb pan dynnodd hi'r sbectol haul yn dweud y cwbl – roedd fel dyn wedi gweld ysbryd. Ond doedd Becca ddim yn mynd i adael iddo'i thrin hi mor wael; gwyddai hithau i'r dim sut i'w wneud o'n genfigennus hefyd.

Erbyn hynny roedd y rhan fwyaf o'r criw wedi gwasgaru a'r unig un oedd ar ôl yn cicio'i sodlau o flaen y Plas oedd Pedro.

Roedd hyn yn gyfle i dalu'r pwyth yn ôl i Richard, meddyliodd Becca gan werthfawrogi ymddangosiad golygus Pedro, â'i wallt tywyll a'i lygaid brown cynnes. Felly, gyda gwên angylaidd ar ei hwyneb, cerddodd ato a gofyn mewn Cymraeg bratiog a fyddai'n hoffi mynd am dro at y traeth.

Torrodd gwên lydan dros wyneb Pedro wrth iddo gychwyn cydgerdded â Becca i gyfeiriad y llwybr a arweiniai i lawr at y môr. Ers iddo gyrraedd Cymru, ychydig iawn o gyfle a gawsai i gymdeithasu, am nad oedd wedi cwrdd â llawer o bobl a siaradai Gymraeg cyn iddo ddod i'r Nant.

Y tu ôl iddynt, wrth ddrws y caffi, safai Owi yn eu gwylio. "'Snam rhyfadd eu bod nhw 'di cael llond bol ar fod yn y stafall ddosbarth boeth 'na," meddai wrth Nansi a safai wrth ei ymyl yn cael seibiant bach cyn i'r cwsmer nesaf gyrraedd. "Ond fydd y tywydd ddim yn hir cyn torri, gei di weld."

4

SAFAI'R HANESYDD AR dalp o garreg ithfaen wastad – gwaddol o'r chwarel a adawyd ar y traeth caregog – yn traethu fel petai'n ôl mewn darlithfa llawn myfyrwyr yng Nghaergrawnt.

"… Vortigern, neu Gwrtheyrn i roi ei enw Cymraeg iddo, oedd un o arweinwyr y Brythoniaid yn y cyfnod rhwng 420 a 450 Oed Crist. Pan oedd perygl o ymosodiad gan y Pictiaid, mi dalodd Gwrtheyrn i filwyr Sacsonaidd ymladd yn eu herbyn… Llwyddodd y Sacsoniaid i gael gwared â'r Pictiaid ac fel tâl, rhoddodd Gwrtheyrn diroedd lawer iddynt…"

Teimlai Mary straen wrth geisio canolbwyntio ar eiriau ei gŵr yn y gwres trymaidd. Roedd Cymraeg Tim gymaint gwell na'i hun hi a châi drafferth deall hanner yr hyn a ddywedai. Beth oedd ots am ryw hen frenin o'r bumed ganrif, beth bynnag? Roedd y garreg yr eisteddai arni'n anghyfforddus. Ond cyn i'w chwynion gael cyfle i ffurfio'n llawn, llifodd teimlad o euogrwydd drosti – roedd hi ar fai yn cwyno a Tim mor barod i rannu ei wybodaeth helaeth â hi. Tynnodd ei siaced liain a'i rhoi oddi tani er mwyn ceisio lliniaru rhywfaint ar galedwch y garreg.

" … bu'n rhaid i Wrtheyrn ddianc am ei einioes a chuddio yn y cwm anghysbell yma gan fod y Brythoniaid yn ei gyfri yn fradwr a roddodd eu tir i'r Sacsoniaid…"

Crwydrodd meddwl Mary unwaith eto wrth iddi syllu ar y môr llonydd; fe roddai'r byd y funud honno am gael trochi ei thraed yn y dŵr melfedaidd a lyfai'r traeth yn ddioglyd. Taflodd gipolwg dros ei hysgwydd a sylwi ar yr olygfa fendigedig a ymledai draw at benrhyn Porthdinllaen yn y pellter. Mor braf fyddai cael bod yno, y tu allan i'r dafarn enwog gyda gwydraid o ddiod oer, meddyliodd wrth lyfu ei gwefusau sych. Ebychodd yn dawel cyn troi ei chefn ar y môr a cheisio canolbwyntio ar eiriau Tim. Ond buan y cafodd ei hudo gan y tirwedd unwaith yn rhagor, a heibio cefn ei gŵr gallai weld Trwyn y Gorlech, craig anferth a godai o'r dŵr fel gwanas ar ystlys yr Eifl, ac a oedd yn gartref i filoedd o adar môr o bob math. Cododd ei golygon at lethrau'r mynydd dan y garthen grin gyda chreithiau'r hen chwarel ithfaen, a fu'n fywoliaeth i drigolion y Nant yn y blynyddoedd a fu, yn ymddangos rhwng y rhedyn. Mi fyddai'n llawer gwell gan Mary gael cyfle i holi Owain Williams am hynt a helynt y chwarelwyr a'u teuluoedd a pham y gadawsant y pentref yn wag ar ddiwedd y pumdegau na gwrando ar yr hen, hen hanes sych.

Ond yr Oesoedd Tywyll oedd arbenigedd a phrif faes ymchwil Tim, a ddaliai i draethu ar ben y garreg am ryw ffynhonnell eilradd a geir yn yr *Historia Brittonum* a briodolir i Nennius, pwy bynnag oedd y creadur hwnnw! Unwaith y cychwynnai drafod ffynonellau hanesyddol, gwyddai Mary nad oedd modd rhoi taw arno. Edrychodd i fyny i gyfeiriad y llwybr serth a arweiniai o'r pentref i'r traeth a gwelodd gwpwl ifanc yn cerdded law yn llaw i lawr tuag atynt. Wrth iddynt nesáu sylwodd mai Becca, y ferch oedd ar y cwrs, oedd un ohonynt ac mai'r gŵr ifanc o Batagonia oedd y llall.

Roedd ceisio cynnal sgwrs yn ei Chymraeg cyfyngedig wedi mynd yn fwrn ar Becca. Felly trodd at Pedro gan ddweud rhywbeth am ras, a gollwng ei law a chychwyn rhedeg nerth ei thraed i lawr y llwybr. Safodd yntau'n syn am funud cyn sylweddoli beth oedd bwriad y ferch, a'i dilyn. Ond erbyn iddo gyrraedd y traeth roedd hi eisoes wedi tynnu ei hesgidiau, rhoi ei ffôn yn ofalus yn un ohonynt, torchi godrau'i jîns tyn a cherdded yn droednoeth dros y cerrig mân i'r môr. Pan ymunodd â hi, dechreuodd dasgu dŵr drosto'n chwareus a lluchiodd yntau beth drosti hithau a chyn hir roedd y ddau'n wlyb at eu crwyn. Trwy'r chwarae plentynnaidd diflannodd y mur o ddiffyg iaith rhyngddynt ac ymgollasant yn yr hwyl gan sgrechian a chwerthin yn iach.

"... daeth yr enw 'Gwrtheyrn' o'r term am y stiwardiaid a adawodd y Rhufeiniaid ar eu hôl, Gwrtheyrnion, hynny ydy 'gor' a 'teyrn'..." Tarfodd y sgrechian a'r chwerthin ar lif darlith Tim a throdd yn eithaf blin i weld beth oedd achos y fath sŵn. "Good Lord, just look at them, Mary! They're magnificent! Pass me my iPhone," meddai'r hen Athro yn gynnwrf i gyd, ac anghofio popeth am Wrtheyrn mewn amrantiad wrth iddo gofnodi delweddau o'r cwpwl â'u crysau gwlyb yn glynu'n dynn am eu cyrff lluniaidd.

Ochneidiodd Mary; roedd hi'n bosib rhoi taw ar Tim wedi'r cwbl. Llifodd atgofion am y partïon rheini yng Nghaergrawnt i'w chof, pan arferai ei gŵr wahodd criwiau o fyfyrwyr ifanc i'w cartref. Yn aml, dan ddylanwad alcohol ac ambell gyffur amheus, byddai'r myfyrwyr yn ymlacio'n llwyr ac weithiau byddai pethau, yn ei thyb hi, yn mynd dros ben llestri, er i Tim geisio'i darbwyllo mai hi oedd yn hen ffasiwn a chul.

Erbyn hynny roedd y pâr ifanc wedi dod allan o'r môr ac wedi diosg eu topiau er mwyn ceisio gwasgu peth o'r dŵr ohonynt.

"Dwi'n hoffi dy datŵ di," meddai Pedro wrth ddarllen y slogan ar ei hysgwydd. "Beth wnaeth i ti gael un yn dweud 'Gwna bopeth yn Gymraeg'?"

"Busnes fi ydi hynny," atebodd Becca a tharo ochr ei thrwyn yn chwareus.

Rhuthrodd Pedro tuag ati a chymryd arno ei chodi a'i chario'n ôl i'r dŵr.

"Na!" sgrechiodd hithau a rhedeg i ffwrdd o'i afael.

A dyna pryd y sylwodd y ddau ar Tim a Mary yn syllu arnynt.

"Sori!" galwodd Becca gan chwerthin. "Do'n ni ddim wedi eich gweld chi yn fan'na, nag oedden, Pedro?"

Gwridodd Pedro a cheisio ymddiheuro. Beth oedd y bobl yma'n ei feddwl ohono yn ymddwyn fel plentyn?

"Does dim angen esbonio, mae'n bleser gweld pobl ifanc yn mwynhau eu hunain," meddai Tim, gan werthfawrogi torso cyhyrog Pedro a bronnau bach perffaith Becca, a wthiai dros ymyl ei bra gwlyb. "Gymerwch chi 'chydig bach o hwn i gynhesu?" ychwanegodd, gan estyn fflasg o boced ei siaced.

Ar ôl cael llymaid yr un o'r brandi, eisteddodd y ddau ar y cerrig i orffen gwisgo ac ailgydiodd Becca yn ei ffôn. Eglurodd Mary i Tim fod yn adrodd hanes diddorol y Nant wrthi.

"Mae o'n *professor* yn Cambridge ac yn *famous historian*, wyddoch chi."

"Arfer bod, Mary! Arfer bod! Rydyn ni wedi ymddeol erbyn hyn," cywirodd ei gŵr hi.

"Dwi'n hoffi hanes y Nant hefyd. Dwi'n cofio'r hanes trist dywedodd Rich… ym… rhywun wrtha i am Rhys a Meinir. Ydych chi'n gwybod hwnnw?" meddai Becca cyn troi i'r Saesneg. "Mae 'na gofeb iddyn nhw dros y ffordd i'r Ganolfan Groeso ac mae'r caffi wedi ei enwi ar ôl Meinir hefyd."

"Y Dark Ages ydi *speciality* Timothy, yntê cariad?"

"Wel, fel mae'n digwydd, darllenais am y chwedl honno cyn dod," anwybyddodd Tim ei wraig.

"Ti dweud yr hanes achos ti mor dda am dweud pethau fel'na."

Penderfynodd yntau y byddai'n well iddynt fynd i fyny o'r traeth a chwilio am le mwy addas i drafod y stori. "Rydyn ni angen mynd i fyny at y coed ar y llethrau er mwyn cael yr awyrgylch iawn," meddai.

Felly, dringodd y pedwar yn y gwres trymaidd nes cyrraedd y coed pinwydd a blannwyd gan y Comisiwn Coedwigaeth yn y chwedegau. Roedd dillad Becca a Pedro wedi hen sychu ar eu cefnau erbyn hynny ac roeddent yn falch o glywed awgrym Mary: "Mae coed pin hyfryd yn y fan hyn, Tim. Beth am ni gorffwys yma i glywed y stori?"

"Na, na, Mary, mae'n rhaid i ni gael coed cynhenid. Dewch, dilynwch fi!"

"Beth ydi coed cynhenid? Dydw i ddim yn deall."

"*Native*, Mary. Rŵan tyrd!" meddai Tim, gan frasgamu yn ei flaen i fyny'r llechwedd.

O'r diwedd, cyrhaeddodd y pedwar lecyn ger nant fechan, lle tyfai amrywiaeth o goed cyll, ynn ac ambell dderwen. Wedi iddynt eistedd yn ddiolchgar a gwneud eu hunain yn gysurus ar foncyffion coed, cliriodd Tim ei lwnc cyn eu rhybuddio.

"Teimlaf hi'n ddyletswydd arnaf, fel hanesydd, i'w gwneud hi'n berffaith glir cyn dechrau nad oes tystiolaeth i brofi bod y chwedl yn wir, ond mae posibilrwydd ei bod wedi tarddu o hanes ffeithiol rywbryd yn ystod yr ail ganrif ar bymtheg neu'r ddeunawfed ganrif. Yr adeg hynny, tair fferm yn unig oedd yn y Nant ac mae eu hadfeilion i'w cael yma o hyd. Efallai y byddai'n syniad i ni fynd i'w gweld." A chododd ar ei draed yn frwdfrydig.

"Another time perhaps," meddai Becca, gan dywallt dŵr oer ar frwdfrydedd yr Athro. Roedd hi wedi cael digon ar ddringo'r llechweddau yn y gwres llethol am un diwrnod. "This place is so lovely and I think that Rhys and Meinir probably came to this very spot to make love all those years ago."

"Wel, fel y mynnwch, Becca," meddai Tim gan eistedd unwaith eto. "Ond cofiwch, rhaid ymdrechu i siarad Cymraeg drwy gydol y penwythnos yma, fel mae'r ysgrifen ar eich ysgwydd yn ein hatgoffa ni i wneud."

Tarodd Mary wên ddiolchgar i gyfeiriad Becca. Roedd

hithau wedi ymlâdd ar ôl dringo'r llethrau ond petai wedi meiddio mynd yn groes i ddymuniadau ei gŵr, ni fyddai wedi gwrando.

"Rŵan, lle'r oeddwn i?" meddai Tim, a oedd wedi colli trywydd ei stori wrth ddychmygu lleoliadau posib rhagor o datŵs ar gorff y gochen fach ddel.

"Roeddet yn dweud am y tair fferm, cariad," meddai Mary.

"O ie, Tŷ Hen, Tŷ Canol a Thŷ Uchaf."

"Oedd hyn cyn i'r pentre gael ei adeiladu?"

"Yes, yes, don't keep interrupting me, Mary!"

"Twt, twt, Professor! Pwy sydd wedi anghofio siarad Cymraeg rŵan?" holodd Becca'n gellweirus. Roedd hi'n dechrau mwynhau tynnu ar yr hen ddyn bach hunanbwysig a oedd yn trin ei wraig druan fel baw.

"Dwi ddim eisiau adrodd y stori wirion beth bynnag," meddai Tim yn bwdlyd gan gefnu ar y lleill. Doedd o ddim wedi arfer â merch ifanc yn ei herio fel hyn.

"Dim problem," atebodd Becca a thynnu ei ffôn o boced gefn ei jîns. "Dwi wedi – beth ydi *download*? O *whatever* – y stori i hwn." Gwasgodd fotymau ar y sgrin a chyn hir daeth llais pwyllog rhyw actor i adrodd y stori'n syml gyda cherddoriaeth telyn yn y cefndir:

"Tua thri chan mlynedd yn ôl roedd dau deulu yn ffermio yn Nant Gwrtheyrn. Roedd gan un teulu fab o'r enw Rhys, a'r teulu arall ferch o'r enw Meinir. Roedd Rhys a Meinir mewn cariad ac un diwrnod gofynnodd Rhys i Meinir ei briodi. Yn y cyfnod hwnnw roedd traddodiad ar fore'r briodas..."

"Beth yw 'traddodiad'?" holodd Becca wrth wasgu'r botwm saib.

"*Tradition* dwi'n credu, yntê Tim?" meddai Mary gan geisio denu ei gŵr, a oedd yn dal i bwdu, yn ôl i'r sgwrs.

Ond cyn iddo gael cyfle i ymateb, gwasgodd Becca'r botwm i barhau â'r stori.

"… mynd i guddio. Roedd ffrindiau'r priodfab am chwilio amdani a mynd â hi i eglwys Clynnog, lle'r oedd Rhys yn aros.

"Mi wnaethon nhw chwilio yn y caeau, y mynydd, y goedwig a'r traeth. Ond doedd dim golwg o Meinir.

"Aeth dyddiau heibio… wythnosau… misoedd… blwyddyn. Ond er iddo chwilio a chwilio, wnaeth Rhys ddim cael hyd i Meinir.

"Yna, un diwrnod aeth Rhys i'r goedwig at y goeden lle'r oedd o a Meinir wedi cerfio eu henwau. Yn sydyn, daeth mellten a tharo'r goeden. Holltodd y goeden yn ddwy ac yno, yn ei chanol gwag, roedd sgerbwd mewn ffrog briodas.

"Disgynnodd Rhys yn farw ac o'r diwedd roedd y ddau gariad yn ôl efo'i gilydd."

"Ti yn hoffi'r stori?" gofynnodd Becca i Pedro, a fu'n eistedd yn dawel ers iddynt gyrraedd y llannerch. "Mae hi mor drist."

"Ydi," cytunodd, er nad oedd, mewn gwirionedd, wedi gwrando fawr ddim ar yr hanes. Ers iddynt gyfarfod y Starlings ar y traeth, bu rhyw deimlad anghysurus yn ei boeni; ni allai esbonio pam, ond roedd rhywbeth ynglŷn â Tim a berai iddo deimlo gwallt ei ben yn codi. Yn sicr, doedd o ddim yn hoffi sut roedd llygaid yr hen ddyn yn aros yn rhy hir ar gyrff Becca ac yntau.

"Dwi wedi cael syniad. Beth am i ni actio'r stori? 'Na i fod yn Meinir a Pedro fydd Rhys ac fe gewch chi fod y ffrindiau sydd yn chwilio amdana i," meddai Becca yn gyffro i gyd.

"Na. Dwi am i fynd i lawr i'r caffi i gael diod oer. Mae gen i syched yn y gwres yma."

"O paid â bod yn *spoilsport*, Pedro. Mi fysa fo'n *cool* cael actio'r stori. Be ydych chi'n feddwl, Tim?

Cyffrôdd yr Athro drwyddo wrth glywed awgrym Becca a dychmygodd bob math o bosibiliadau erotig o gymryd rôl y cyfarwyddwr a disgrifio'r olygfa gyntaf lle byddai'r cariadon yn caru rhwng y coed.

Ond roedd Pedro wedi cael llond bol a doedd neb na dim yn mynd i ddwyn perswâd arno i actio caru o flaen y Starlings. Felly, gan anwybyddu ymbil taer Becca, cychwynnodd i lawr y llethr i gyfeiriad y pentref gan gofio rhybudd ei nain cyn iddo gychwyn o Batagonia i fod yn wyliadwrus o ferched anfoesol Cymru.

5

Teimlai Simon Parry fel petai'r Nant yn cau amdano a'i fygu yn y gwres annhymhorol a manteisiodd ar yr amser rhydd annisgwyl i adael am sbel. Ar ôl i'r sesiwn gyntaf ddod i ben mor ddisymwth, ac iddo yntau fethu cael gafael yn Sharon cyn i'r tiwtor fynd â hi i'w lety, treuliodd rhyw hanner awr yn pori ar ei liniadur yn chwilio am unrhyw wybodaeth am ei gyd-fyfyrwyr, ond heb fawr o lwyddiant. Synhwyrai fod mwy i'w ddarganfod am ambell un ac roedd yn benderfynol o gael gafael ym mhob manylyn. Gwyddai o'r gorau y byddai'n rhaid iddo gael mynediad i gronfa ddata'r heddlu cyn y gallai agor y dogfennau angenrheidiol a dod o hyd i'r manylion hynny.

Gwasgodd ei droed ar y sbardun a llithrodd y Jag yn ddidrafferth i fyny'r allt serth o'r Nant. Wrth yrru rownd un o'r corneli, cofiodd iddo unwaith weld hen ffilm newyddion Pathé o'r tridegau a ddangosai orchest rhyw yrrwr yn gyrru i fyny'r Gamffordd a diolchodd fod pethau wedi gwella ers yr amser hynny, pan oedd y lle mor ddiarffordd ac anghysbell. Pan gyrhaeddodd y fan uchaf ar y ffordd, a throi trwyn y car i lawr tuag at bentref Llithfaen, parciodd mewn adwy cae a dringodd allan o'r car fel y gallai anadlu'n ddwfn o'r awyr ysgafnach a gwerthfawrogi'r olygfa o'r ddau arfordir y gellid eu gweld o'r fan honno. O'i flaen gorweddai Bae Ceredigion yn dawel dan yr awyr lwyd a gwyddai ei bod yn bosib gweld cyn belled ag Aberystwyth ar ddiwrnod clir. Ar draws y ffordd iddo, safai rhes o fythynnod gwyngalchog, a sylwodd fod un neu ddau ohonynt ar werth. Lle delfrydol i ymddeol rhyw ddydd, er mae'n debyg y byddai bywyd yn galed mewn llecyn mor uchel yn nhwll y gaeaf, ystyriodd. Trodd i edrych yn ôl i gyfeiriad y Nant gan sylwi ar y cymylau melyn yn ymgasglu ar y gorwel, ac roedd digon o'r mab fferm ar ôl ynddo i adnabod yr arwyddion.

"Mi fydd hi'n heth cyn nos," meddai wrtho'i hun a synnu wrth i'r hen air cyfarwydd o'i blentyndod yn Sir Feirionnydd lithro oddi ar ei dafod mor rhwydd. Roedd yr holl sôn am wersi Cymraeg yn dechrau dweud arno. "Mae'n well i mi roi tân 'dani," meddai wrtho'i hun wedyn, cyn dringo'n ôl i'r Jag ac ailgychwyn ar ei daith i orsaf heddlu Pwllheli.

Achosodd ei ymweliad gryn gynnwrf pan gyrhaeddodd, oherwydd nid bob dydd y byddai'r Dirprwy Brif Gwnstabl yn cerdded i mewn i'r orsaf yn ddirybudd a dal y staff yn gweiddi a rhegi o flaen y teledu.

"Mae'n dda gen i weld bod y dre 'ma mor heddychlon fel nad oes angen i'r un ohonoch chi fod allan ar y strydoedd," meddai'n goeglyd ar ôl cael eu sylw o'r diwedd.

"Mae'n ddrwg gen i, syr, 'nes i ddim eich nabod chi mewn dillad bob dydd," ceisiodd y rhingyll ffrwcslyd ymddiheuro yn ei Saesneg gorau, pan sylwodd mai neb llai na'r Dirprwy Brif Gwnstabl a safai o'i flaen. "Roedd yr hogia ar fin cychwyn allan ar ôl gweld cic Halfpenny. Os gwneith o gael hon dros y pyst, mi fyddwn ni ar y blaen…"

"Does gen i ddim amser i wrando ar eich esgusodion chi, Sarjant," torrodd Simon ar draws eglurhad brwdfrydig y rhingyll. "Eich dyletswydd chi ydi sicrhau bod y swyddogion 'ma allan ar y bît. Ydach chi ddim yn ymwybodol fod lladron yn gweld achlysuron fel gêmau rhyngwladol yn gyfle euraidd i ddwyn tra bod pobl wedi ymgolli yn y rygbi?"

"Ia, syr, 'dach chi yn llygad eich lle," meddai'r rhingyll a cheisio ymsythu o'i flaen. "Ewch allan rŵan hyn, bob un ohonoch chi!" gorchmynnodd yn ei lais mwyaf awdurdodol a throi at y cwnstabliaid.

Ond roedd rheini eisoes wedi sleifio allan o'r orsaf fel haid o gŵn lladd defaid ar ôl sylwi pwy oedd wedi cyrraedd, gan adael y rhingyll i wynebu'r storm ar ei ben ei hun.

"Lle mae'r Arolygydd?"

"Mae o wedi cael y penwythnos i ffwrdd i fynd i Gaerdydd i weld y gêm..."

"Dwi ddim isio clywed gair arall am y rygbi. Y cwbl dwi ei angen ydi desg a chyfrifiadur a heddwch i wneud ymholiadau."

"Iawn, syr," meddai'r rhingyll gan arwain Simon i ystafell wag yr Arolygydd.

Ar ôl dychwelyd at ei ddesg, sychodd y rhingyll chwys oddi ar ei dalcen. Pam o pam y gadawodd o i'r criw ei berswadio i adael iddynt wylio'r rygbi pan oeddent i fod allan ar ddyletswydd? Ac i feddwl eu bod wedi cael eu dal gan Simon Parry o bawb – y swyddog llymaf a'r mwyaf cas ei wyneb yn y ffôrs! Beth wnaeth i hwnnw alw yn swyddfa Pwllheli ar bnawn Sadwrn, tybed? Chwilio am reswm i'w ddal o yn esgeuluso'i ddyletswyddau, mwy na thebyg. Mae'n siŵr bod y diawl wrthi'n sgwennu adroddiad amdana i yn swyddfa'r Arolygydd y munud 'ma, meddyliodd wrtho'i hun yn ddigalon. A fydd o ddim yn hapus tan y gwneith o'n siŵr fy mod yn colli fy streips.

Ond mewn gwirionedd roedd Simon wedi anghofio dros dro am esgeulustod y rhingyll, oherwydd roedd ganddo rywbeth amgenach ar ei feddwl. Tybiai fod gan fwy nag un o'i gyd-ddysgwyr yn y dosbarth gloywi iaith rywbeth i'w guddio ac roedd o'n benderfynol o ddatgelu eu cyfrinachau.

Teipiodd ei gyfrinair ar gyfrifiadur yr Arolygydd. Gallai bori yng nghronfa ddata gynhwysfawr yr heddlu i ddod o hyd i fanylion personol a chyfrinachol unrhyw un a fynnai, diolch i'r mesurau diogelwch newydd yn erbyn terfysgaeth. Nid bod Simon yn credu am funud bod yna derfysgwyr ymhlith y grŵp.

Ond eto, beth am Pedro Gwilym Manderas? Beth oedd y gwir reswm i hwnnw ddod i Brydain, tybed? Gwaith? Ynteu rhywbeth mwy sinistr? Roedd un peth yn bendant, doedd o ddim wedi dod i ddysgu Cymraeg, oherwydd roedd eisoes yn swnio'n rhugl yn yr iaith.

Gwasgodd fotymau'r allweddell a chyn pen dim daeth manylion pasbort Pedro ar y sgrin gyda gwybodaeth am ba bryd y cyrhaeddodd o Buenos Aires ac ym mha faes awyr y glaniodd. Ond doedd dim sôn am bermit gweithio a'r rheswm a roddwyd dros yr ymweliad oedd ei fod wedi dod ar ei wyliau. Gwyliau wir! Go brin, gan iddo fod yn y wlad ers chwe wythnos, a hynny fwy na thebyg dan honiad ffug. Chwarddodd Simon yn ddirmygus a gwneud nodyn iddo'i hun i weithredu cyn diwedd y cwrs i sicrhau bod y diawl bach yn cael ei hel yn ôl i Batagonia mor fuan â phosib.

Y Professor a'i wraig, Timothy a Mary Starling wedyn; canodd clychau yn ei ben y funud y clywodd eu henwau. Gwasgodd ychydig fotymau ac ymddangosodd memo oddi wrth Heddlu Caergrawnt ar y sgrin. Memo yn eu rhybuddio i Tim gael ei amau o weithredoedd yn gysylltiedig â throsedd o voyeuriaeth ac y bu'n rhaid iddo adael ei swydd rhyw bum mlynedd ynghynt pan ddaeth cwynion i sylw awdurdodau'r coleg ei fod yn or-hoff o sbecian ar y myfyrwyr. Ond gan eu bod eisiau osgoi sgandal, cafodd yr honiadau yn ei erbyn eu tynnu'n ôl ar yr amod ei fod yn gadael Caergrawnt ar ei union. Gwasgodd ragor o fotymau a chwibanu'n isel pan ymddangosodd manylion bancio'r Starlings ar y sgrin. Wel wir, roedd y byd yn fach! Cafodd swm sylweddol o arian ei drosglwyddo, rhyw dri mis ynghynt, o'u cyfri i gyfri rhywun arall.

Cyn hir roedd gan Simon wybodaeth drylwyr ar flaen ei fysedd. Edrychodd ar ei Rolex a sylwi bod ganddo ddigon o amser i edrych i hanes Ioan Penwyn hefyd – enw gwneud os bu un erioed, meddyliodd pan fethodd gael unrhyw wybodaeth am y creadur rhyfedd. Dysgwr gor-frwd a deimlai fod Cymreigio'i enw yn ei wneud yn fwy o Gymro, mae'n debyg. Porodd drwy'r ffeil ar weithgarwch Cyfeillion y Ddaear yng ngogledd Cymru a daeth adroddiadau am Ioan o dan ei enw cyfreithlon i fyny ar y sgrin. Tudalennau ar dudalennau o adroddiadau am ei ran mewn gwahanol brotestiadau; lle bynnag roedd datblygiadau newydd am gael eu hadeiladu, neu goed am gael eu difa, bu Ioan yno'n protestio.

Wel, doedd o ddim am wastraffu ychwaneg o amser yn chwilio am wybodaeth am hwnnw; gwell fyddai treulio'r amser yn edrych ar fanylion Sharon Jones a cheisio penderfynu beth yn union oedd ei chysylltiad hi â'r tiwtor. Yn amlwg, cafodd fraw.

Hanner awr yn ddiweddarach, gwasgodd fotwm *shut down* y cyfrifiadur a theimlo'n fodlon iawn â'i hun. Bu'n werth gwneud y daith i Bwllheli.

"Mi fydda i'n ysgrifennu adroddiad llawn am eich esgeulustod ar ôl dychwelyd i'r pencadlys fore Llun, Sarjant," meddai dros ei ysgwydd gan frasgamu'n ffroenuchel o'r swyddfa a gadael y rhingyll druan yn gegagored.

Wrth yrru'n bwyllog yn ôl i lawr yr allt i Borth y Nant, sylwodd fod llawer mwy o gymylau wedi ymgasglu erbyn hynny ac roedd y gwynt wedi codi gan rychu wyneb y môr. Wrth fynd heibio i un tro tyn rhyw hanner ffordd i lawr yr allt, gwelodd bâr o Crocs glas yn ymwthio o'r rhedyn. Stopiodd ei gar ac edrych yn fwy gofalus ar y corff llonydd ynghanol y tyfiant. "You alright there? Do you need any help?" galwodd.

Ar hynny, neidiodd Ioan Penwyn i fyny, gyda darnau o redyn wedi glynu yn ei wallt a'i ddillad. "Diolch yn mawr!" meddai'n flin. "Fi wedi aros yn y *fern* ers *ages* yn trio gorau glas fi i sbotio gafrs gwyllt. Ond ti wedi gwneud sŵn mawr i dychryn nhw ffwrdd!"

"I thought you were hurt when I saw you lying over there."

"Siarad Cymraeg!" torrodd Ioan ar ei draws.

Cymraeg ti'n galw peth fel 'na, y Pengwin anniolchgar? meddyliodd Simon, a deimlai'n flin â'i hun am stopio i'r hogyn gwirion. Mi gei di Gymraeg 'ta, 'y ngwas i!

"Dy weld di'n gorwedd yn y rhedyn wnes i a thybio dy fod wedi cael damwain neu drawiad ar y galon. Wnes i ddim meddwl mai gwylio'r geifr gwyllt oeddet ti. Ond wnei di ddim gweld geifr ar y llechweddau heddiw, oherwydd maen nhw'n siŵr o fod wedi synhwyro bod storm ar droed ac wedi mynd i lochesu i lawr yn y dyffryn."

"Waw! Mae Cymraeg ti yn *brilliant*," meddai Ioan yn llawn edmygedd. "Ti dim angen cwrs gloywi!"

Rwyt ti'n iawn yn fan 'na, meddyliodd Simon – ond tria ddeud hynny wrth y Prif Gwnstabl! Yna, sylweddolodd y byddai'n rhaid iddo greu rhyw stori er mwyn stopio'r "Pengwin" rhag dweud wrth bawb ei fod yn gallu siarad Cymraeg yn rhugl.

"Fedri di gadw cyfrinach?"

Amneidiodd Ioan yn eiddgar.

"Dwi ddim wedi dod i'r Nant i ddysgu Cymraeg," sibrydodd Simon ac edrych yn llechwraidd dros ei ysgwydd. "Dwi yma *undercover* yn gwylio rhai o'r grŵp, oherwydd mae gennym le i amau bod yna gynllun ar droed gan rai sydd yma'r penwythnos hwn i brynu'r Nant a'i ddatblygu'n bentre gwyliau gyda gwestai a siopau mawr, fel Disneyland."

Cafodd ei eiriau effaith syfrdanol ar Ioan a cheisiodd ddenu Simon i ddweud wrtho pwy'n union oedd yn bwriadu gwneud y fath beth.

"Just tell me who they are. I would do anything to stop them destroying this precious environment!"

Gwenodd Simon wrth wrando ar Penwyn yn mynd i hwyl. Pwy oedd wedi anghofio'i Gymraeg rŵan?

"Na, mae'n ddrwg gen i, ond chaf i ddim rhannu enwau â ti

achos does yna ddim digon o dystiolaeth eto. Ond mi fedri di helpu drwy gadw dy glustiau'n agored a gadael i mi wybod os byddi di'n clywed unrhyw beth amheus."

Addawodd Ioan y byddai'n helpu mewn unrhyw fodd, ac yn rhoi ei sgiliau ar waith yn syth. Yna, dywedodd ei fod eisoes wedi gweld ambell beth rhyfedd iawn.

"Fel be?"

"Fi yn chwilio am *what you call them*? Geifr gwyllt yn y coed, pan fi gweld peth *really odd*. Fi cael braw, *I tell you man!*"

Doedd Ioan ddim yn awyddus i ailadrodd beth oedd wedi achosi'r fath fraw iddo tan y gwnaeth Simon ei atgoffa y gallai unrhyw wybodaeth fod yn bwysig yn eu hymgyrch i achub y Nant. Felly, disgrifiodd sut y gwelodd y Starlings a Becca'n perfformio rhyw ddefod ryfedd, lle'r oedd y ferch wedi dringo, yn hanner noeth, i fyny i gangen coeden dderwen tra oedd y lleill yn smalio chwilio amdani gan lafarganu rhywbeth dros y lle. Pan holodd Simon beth ddigwyddodd wedyn, dywedodd Ioan ei fod wedi gadael yn syth oherwydd nad oedd o eisiau dim i'w wneud â phethau felly.

Pan sylweddolodd nad oedd gan Ioan unrhyw wybodaeth ychwanegol, diolchodd Simon iddo a dweud nad oedd yn credu bod gan yr hyn a welodd unrhyw gyswllt â'i ymchwiliadau. Yna, cynigiodd lifft iddo i lawr i'r pentref. Ond gwrthododd Ioan yn bendant, gan ddweud nad oedd wedi bod mewn car ers blynyddoedd. "Hen bethau budur. Drwg iawn i'r *environment*," meddai a chychwyn rhedeg i lawr y llethr fel gafr wyllt ei hun.

Felly, roedd diddordebau afiach Timothy Starling yn parhau, meddyliodd Simon wrth yrru i lawr gweddill y ffordd i Borth y Nant. Mi fyddai'n rhaid iddo gael gair â Becca rhyw ben er mwyn cael y manylion i gyd. Os oedd yr hen 'sglyfaeth wedi amharu arni mewn unrhyw ffordd, câi dalu'r tro hwn gyda dedfryd lem.

6

Bron i bymtheg mlynedd ar hugain, oes yn ôl! Ond fe'i hadnabu cyn gynted ag y tynnodd ei sbectol dywyll a datgelu ei llygaid gwyrddion. Diawl, roedd hi'n edrych yn dda! Gwell os rhywbeth na phan oedd hi'n ugain oed – aeddfetach yn sicr, ac yn fwy gosgeiddig ac urddasol. Gwraig a allai droi pennau dynion mewn unrhyw gwmni.

"Mae'n dda gen i dy weld di ar ôl yr holl flynyddoedd," meddai gan syllu arni wrth iddi gerdded o'r ystafell ddosbarth. "Ti'n edrych yn ffantastig…"

"Dwi eisiau siarad â ti," atebodd hithau'n swta. Doedd seboni dynion yn cyfri dim iddi bellach, ac yn sicr nid seboni Richard.

Trywanwyd o i'r byw gan ei thôn ddiystyrllyd; doedd o ddim wedi arfer cael ei drin â'r fath ddirmyg gan unrhyw ferch. Ond ar ôl ystyried, cyfaddefodd iddo'i hun fod gan Sharon rywfaint o le i deimlo'n ddig tuag ato. Felly llyncodd ei falchder a chytuno i fynd draw i'w lety yn Nhrem y Mynydd. "Mae 'na lolfa yno, lle cawn ni lonydd i siarad," meddai gan estyn am ei braich i'w thywys. "Mae gan y ddau ohonom gymaint o waith trafod."

"Paid!" Tynnodd ei braich yn rhydd o'i afael wrth i'w gyffyrddiad beri iddi godi'n groen gŵydd drosti.

Gollyngodd yntau ei afael yn anfodlon. Roedd o wedi methu eto. Fel rheol roedd merched yn mwynhau teimlo'i gyffyrddiad – ond roedd Sharon yn wahanol ac mi fyddai'n rhaid iddo gymryd pethau'n ara deg os oedd am dorri trwy ei chragen galed. Camodd oddi wrthi cyn cerdded yn dawel at ddrws y tŷ. Wrth iddo aros i chwilio am y goriad yn ei bocedi, trodd Sharon i edrych ar weddill y grŵp yn sefyllian yn ansicr ger y Plas ar ôl cael eu gollwng yn rhydd mor ddisymwth. Gwenodd wrth weld yr olwg flin ar wyneb Simon Parry, a oedd wedi cychwyn cerdded yn dalog tuag ati ac yna aros yn stond wrth ei gweld yn troi am y tŷ gyda Richard.

Tu ôl i Simon, safai Becca gan syllu arni'n llawn casineb ac eiddigedd. Cofiodd Sharon i'r ferch dorri ar draws Richard yn ystod y wers a chrybwyll rhyw slogan a dangos ei thatŵ, a oedd yn amlwg yn golygu rhywbeth i'r ddau.

"Beth am Miss 'Gwna Popeth yn Gymraeg'? Tydi hi ddim i weld yn hapus o gwbl dy fod yn ei hanwybyddu." Ni allai atal ei hun rhag gwneud y sylw.

Cododd gobeithion Richard. Oedd yna dinc o genfigen yn llais Sharon? Oedd hi mor ddifater ac oeraidd wedi'r cwbl? "Gad Becca i mi," meddai gan ei hebrwng i mewn i'r tŷ a chau'r drws yn glep. "Dydi hi ddim yn bwysig."

Cywilydd arno, meddyliodd Sharon wrth eistedd gyferbyn ag o ar soffa ledr frown. Roedd hi'n amlwg nad oedd y mochyn wedi newid dim ac roedd o'n dal i gam-drin merched.

Rhyw dair blynedd ynghynt, ychydig fisoedd wedi iddi ymuno â meddygfa yn Nyffryn Clwyd, daeth ar draws ei dudalen ar Facebook a sylwi ei fod bellach yn ennill ei fywoliaeth fel tiwtor Cymraeg i oedolion. Gan fod llawer o'i chleifion yn Gymry Cymraeg, penderfynodd fynd ati i ddysgu'r iaith, a phan welodd hysbyseb am y cwrs yn y Nant dan arweiniad Richard y penwythnos hwnnw, gwyddai fod yr amser wedi dod i'w wynebu.

"Ers pa bryd wyt ti'n ddoctor?" Torrodd Richard ar draws ei meddyliau.

"Beth sydd? Wyt ti'n synnu fy mod i wedi llwyddo i wella fy hun?"

"Paid â bod mor bigog. Dim ond gofyn 'nes i."

Anadlodd Sharon yn drwm – rhaid iddi beidio â gadael iddo'i chythruddo. Roedd yn bwysig ei bod yn ymddangos yn oeraidd a dideimlad, os nad difater. Felly, mewn tôn mor ddidaro ag y gallai, eglurodd sut yr oedd wedi penderfynu tua phymtheg mlynedd ynghynt ei bod wedi cael digon ar fod yn nyrs ddigymhwyster. Wrth ddilyn cwrs nyrsio yn y coleg, sylweddolodd fod ganddi'r gallu academaidd a'r reddf i weithio'n galed a oedd eu hangen i astudio meddygaeth. Ar ôl cymhwyso fel meddyg bu'n gweithio am sbel mewn ysbytai yn Lloegr cyn ymuno â'r feddygfa yn Nyffryn Clwyd.

Swniai'r holl beth mor rhwydd wrth iddi adrodd yr hanes moel. Doedd ganddo mo'r syniad lleiaf am yr aberth a olygodd hynny iddi – yr holl astudio caled a'r arholiadau diddiwedd; y nosweithiau hir, di-gwsg ar y wardiau, a'r straen o geisio dal dau ben llinyn ynghyd. Ond bu'r ymdrech yn werth chweil, gan iddo'i newid yn berson cryfach a hunanfeddiannol.

Bu tawelwch anghyfforddus rhwng y ddau, y naill a'r llall a'u pennau'n llawn atgofion ond yr un ohonynt yn barod i wyntyllu ei feddyliau.

Ar ddiwedd y saithdegau, yn erbyn ewyllys ei athrawon a'i rieni, gadawodd Richard yr ysgol oherwydd bod ganddo awydd gweld y byd a chael tipyn o antur. Felly, ar ddiwrnod ei ben-blwydd yn ddeunaw oed, ymunodd â'r fyddin. Ychydig fisoedd yn ddiweddarach, cyfarfu â Sharon, merch ifanc oedd newydd ddechrau gyrfa fel nyrs. Wedi carwriaeth fer, penderfynodd y ddau briodi ar eu hunion wedi i Richard gwblhau ei hyfforddiant. Er i'w rieni geisio'u darbwyllo eu bod yn rhy ifanc doedd dim troi arnynt, felly ar Sadwrn oer ym mis Chwefror 1982, priodwyd y ddau mewn swyddfa gofrestru yn Aldershot.

Bu'r wythnosau a ddilynodd yn amser hapus iawn. Ond daeth diwedd sydyn ar eu hapusrwydd pan benderfynodd General Galtieri o'r Ariannin gymryd Ynysoedd y Malvinas oddi ar Brydain. Ymateb Margaret Thatcher, Prif Weinidog Prydain ar y pryd, oedd anfon y lluoedd arfog i adennill yr ynysoedd.

Felly, ar ôl cwta dri mis o fywyd priodasol, gadawodd Richard gyda'i gatrawd am y Falklands.

Pan ddychwelodd ar ôl y rhyfel, roedd wedi newid yn llwyr. Ceisiodd Sharon ei annog i siarad am ei brofiadau. Ond gwrthodai. Gwyddai hi o wrando ar y bwletinau newyddion ei bod yn debygol fod Richard ar fwrdd y *Sir Galahad* pan drawyd y llong yn Bluff Cove, a thybiai iddo weld llawer o'i ffrindiau'n llosgi'r diwrnod hwnnw. Er iddo dderbyn medal am ei ddewrder, doedd ei gŵr ddim yn fodlon trafod na rhannu ei brofiadau â hi.

Cysurodd Sharon ei hun gan feddwl y byddai'n gwella mewn amser. Ond yn lle hynny, aeth yn fwy mewnblyg ac aeth i yfed yn drwm. Yna, dechreuodd y trais. Ceisiodd Sharon guddio'i chleisiau ar y cychwyn, ond fel yr âi'r wythnosau heibio, gwaethygodd pethau, ac yn y diwedd doedd ganddi ddim dewis ond ei adael.

"Dwi'n sylwi dy fod wedi cadw'r cyfenw Jones," meddai yntau i dorri ar y tawelwch ymhen sbel.

"Roedd hynny'n haws na mynd i'r drafferth o'i newid."

"Pam na wnest ti fy ysgaru? Fu gen ti ddim awydd ailbriodi?"

"Wyt ti'n credu y buaswn i wedi gallu ymddiried mewn unrhyw ddyn ar ôl beth wnest ti i mi?"

Gostyngodd Richard ei ben a cheisio egluro. "Do'n i ddim yn fi fy hun yr adeg hynny, 'sti. Ro'n i angen help. Ar ôl i ti adael, mi 'nes i..." oedodd i chwilio am y geiriau. "Mi... mi 'nes i... ddibynnu ar y botel... *Post-traumatic Stress Disorder,* 'na'r enw swyddogol arno erbyn heddiw." Ochneidiodd cyn parhau. "Mi gymrodd flynyddoedd i mi ddod ataf fy hun, 'sti... ac mi... mi fydda i'n dal i gael hunllefau ambell waith."

Digon hawdd iddo guddio tu ôl i derm meddygol, meddyliodd Sharon. Fel meddyg, gwyddai am y cyflwr PTSD, wrth gwrs. Ond meddyg neu beidio, roedd hi'n dal yn anodd iawn maddau gan mai hi oedd wedi dioddef y trais.

Aeth Richard yn ei flaen i ddisgrifio'i fywyd yn ystod y blynyddoedd a ddilynodd. Bu'n ffodus i gael cymorth meddyg seiciatryddol i ddod yn ôl i drefn, a chyda chefnogaeth ei rieni aeth i'r coleg a chymhwyso i fod yn athro. Yna, ar ôl blynyddoedd o ddysgu Cymraeg fel ail iaith yn ysgolion Cymoedd y De, penderfynodd roi'r gorau i'w swydd a chanolbwyntio ar ddysgu oedolion.

Yn wahanol i Richard, doedd gan Sharon ddim teulu dosbarth canol i redeg yn ôl atynt, ac ar ôl gadael ei gŵr doedd ganddi unlle i droi. Ond roedd yn benderfynol o ymdopi a gwneud rhyw fath o fywyd orau y gallai, iddi hi a'r babi.

"Babi? Dim fy mabi i?!" Methodd ei galon guriad ac aeth ei geg yn sych. Doedd bosib ei bod hi'n feichiog pan adawodd hi?

Ond babi Richard oedd o – babi y bu bron iddi ei golli oherwydd y trais. Dyna pam na chafodd o erioed wybod am fodolaeth ei fab.

Lloriwyd ef yn llwyr. Roedd ganddo fab a hwnnw bellach yn oedolyn, na wyddai o ddim am ei fodolaeth hyd at y funud honno! Sut gallodd hi gadw hynny oddi wrtho ar hyd y blynyddoedd? Llifai'r dagrau i lawr ei wyneb ac edrychodd yn gyhuddgar ar ei wraig. "Pam? Pam na fasat ti wedi deud?"

Ond roedd Sharon wedi meddwl yn galed ar ôl deall ei bod yn feichiog. Gwyddai na allai Richard reoli ei dymer ac y byddai ei bywyd hi a'r babi mewn perygl petai wedi aros.

"Beth ydi ei enw fo? Lle mae o'n byw? Be mae o'n ei wneud? Sut…? Ateba fi, ddynes! Mae gen i hawl…" Safodd o'i blaen gan weiddi'n fygythiol.

Ond ysgwyd ei phen wnaeth Sharon, gan syllu arno'n heriol. Collodd ei gŵr ei hawliau y diwrnod hwnnw pan fu bron iddo ladd y bywyd bychan yn ei chroth a lladd ei chariad hithau tuag ato am byth.

Aeth y gwynt o hwyliau Richard wrth iddo sylweddoli nad oedd ganddi fymryn o'i ofn bellach a disgynnodd yn llipa i'w gadair gan ddal ei ben yn ei ddwylo.

"Roeddat ti wedi cynllunio hyn i gyd cyn dŵad yma!" Cododd ei ben i edrych arni'n gyhuddgar. "Be ti isio gen i, Sharon?"

"Dwi'm isio dim byd. Fel yr eglurais o'r blaen, dwi wedi dod ar y cwrs am fy mod i isio dysgu siarad Cymraeg gyda fy nghleifion."

"Ond pam y dosbarth yma? Oeddet ti'n gwybod y byswn i yma?"

Anwybyddodd Sharon ei gwestiwn. Os nad oedd Richard yn cofio arwyddocâd y dyddiad, doedd hi ddim am ei oleuo ar y mater. Cododd a cherdded o'r tŷ gan adael ei gŵr yn ei ddagrau. Roedd dial yn felys a doedd hi ond megis dechrau dathlu pen-blwydd eu priodas.

Cerddodd Richard 'nôl ac ymlaen yn ddiddiwedd ar draws llawr pren y lolfa am bron i ddwy awr ar ôl i Sharon adael. Ni chafodd y fath ysgytwad ers blynyddoedd. Pan arhosai'n llonydd am funud, dechreuai grynu drosto, fel yr arferai wneud am gyfnod hir ar ôl iddo ddychwelyd o'r Falklands. Ond ceisiodd atal ei feddyliau rhag mynd yn ôl i'r fan honno. Roedd digon i feddwl amdano yn y presennol. Cerddodd 'nôl ac ymlaen, 'nôl ac ymlaen eto.

Gwyddai ei fod wedi ei drin yn wael ar ôl iddo ddychwelyd o'r rhyfel, ond fel yr eglurodd y seiciatrydd, doedd ganddo ddim rheolaeth drosto'i hun yr adeg hynny. Ond roedd beth wnaeth Sharon yn gan mil gwaeth – yn anfaddeuol! Cadw'r wybodaeth am fodolaeth ei fab oddi wrtho ar hyd y blynyddoedd! Ei amddifadu o weld ei blentyn yn tyfu; cymryd ei gamau cyntaf; yngan ei eiriau cyntaf a mynd i'r ysgol. Oedd o wedi bod yn y coleg? Oedd o wedi priodi? Oedd ganddo blant ei hun? Gallai Richard fod yn daid erbyn hyn!

Corddai'r cwestiynau yn ei ben ac aeth popeth yn ormod iddo fel na allai ddygymod heb gael diod. Gydag ychydig o wisgi yn ei stumog gallai wynebu Sharon unwaith eto a mynnu cael enw'i fab a'i fanylion cyswllt. Doedd o ddim wedi cyffwrdd alcohol ers dros ugain mlynedd, ond doedd bosib nad oedd yr amgylchiadau'n caniatáu iddo gael llymaid bach y diwrnod hwnnw! Wedi'r cwbl, nid bob dydd roedd dyn yn cael gwybod am fodolaeth ei fab. Gadawodd y tŷ a rhedeg i gyfeiriad y caffi, lle gwyddai y byddai digonedd o alcohol yn y bar.

7

"AGORWCH Y BAR!"

"Mae arna i ofn na fydd y bar ar agor heno gan y bydd y staff i gyd yn gadael yn fuan pnawn 'ma."

"Dewch â'r goriad i mi, 'ta!"

"Reit, arhoswch chi funud, a' i i'w nôl o i chi ar ôl i mi orffen clirio'r bwrdd 'ma. O edrach allan drwy'r ffenestri 'ma rŵan, mi faswn i'n deud bod Owi yn llygad ei le, achos ma hi'n edrach fel bod y tywydd yn troi…"

"Dewch â'r goriad i mi'r munud 'ma!"

"Wel wir, be 'di'r holl frys?" meddai Nansi, ac estyn y goriad iddo o du ôl y cownter. "Mi fasa dipyn bach o gwrt—"

Ond doedd Richard ddim am aros i wrando ar bregeth y wraig, felly unwaith y cafodd afael yn yr allwedd aeth ar ei union draw i gyfeiriad y neuadd weithgareddau. Wrth iddo fynd heibio'r drws gwydr a arweiniai at y decin y tu allan i'r caffi, sylwodd ar rywun yn eistedd wrth un o'r byrddau gan syllu'n hiraethus i waelod ei wydr.

"Por favor, Señor Jones!" galwodd Pedro pan gododd ei ben a gweld y tiwtor yn mynd heibio. "Mae'n rhaid i mi gael dweud wrthych chi…"

"Does gen i ddim amser rŵan." Cerddodd Richard yn ei flaen yn gyflym i gyfeiriad y bar gan holi ei hun pam na châi lonydd am sbel. Wedi'r cwbl, dim ond rhyw hanner awr i ddod ato'i hun gyda rhyw lasiad bach o wisgi oedd ei angen arno cyn wynebu Sharon unwaith eto a mynnu rhai atebion ganddi.

"Ond, Señor, dwi'n poeni am Becca. Ni ddylwn fod wedi ei gadael hi yn y coed gyda'r Athro Starling."

"Be ddudist ti?" Arhosodd ar hanner cam cyn agor drws y neuadd.

Wedi i Pedro ailadrodd beth oedd wedi digwydd yn y coed, mewn cymysgedd o Sbaeneg a Chymraeg, ochneidiodd Richard; roedd Starling yn methu rheoli ei hun unwaith eto. Daeth pwl sydyn o euogrwydd drosto; fe ddylai fod wedi rhybuddio Becca i gadw'n glir o'r hen Athro. Ond mae'n debyg y byddai hi'n ddigon abl i edrych ar ei hôl ei hun, rhesymodd gan geisio tawelu ei gydwybod.

"Dewch, Señor Jones! Brysiwch!" torrodd llais Pedro ar draws ei feddyliau.

Ochneidiodd Richard, gan y gwyddai y byddai'n rhaid i'r wisgi aros tra byddai'n gwneud ei ddyletswydd. Wedi'r cwbl, fo oedd yn gyfrifol am ddenu Becca i'r Nant.

Wrth iddynt gychwyn dringo'r allt allan o'r pentref, pwy ddaeth i'w cyfarfod rownd y tro gan chwerthin yn braf ond Becca a'r Starlings. Camodd Richard tuag atynt gan ofyn mewn llais awdurdodol am eglurhad o beth yn union oedd wedi digwydd yn y coed.

Pan sylweddolodd Becca fod Richard wedi dod i chwilio amdani, rhedodd i'w freichiau'n llawen. Roedd o'n dal i'w charu hi felly ac roedd wedi gadael Sharon er mwyn dod yn ôl ati hi. "O Rich, wnei di ddim credu'r hwyl dwi wedi ei gael gyda Tim a Mary y pnawn 'ma. Wyt ti'n cofio stori Rhys a Meinir? Wel, fe ddylet weld fersiwn Tim o'r stori." Byrlymodd y geiriau Saesneg wrth iddi ddisgrifio beth fu'n digwydd. Cawsai pawb rôl i'w chwarae: Becca oedd wedi cymryd rhan Meinir ac roedd hi wedi gorfod cuddio mewn coeden, yn union fel y gwnaeth y briodferch yn y stori. Pedro oedd i fod i gymryd rhan Rhys. "Ond fe wnaeth y babi ei heglu hi, am ryw reswm. Felly roedd yn rhaid i Mary gymryd ei le ac —"

"Cau dy geg am funud, Becca!" torrodd Richard ar ei thraws gan ei gwthio oddi arno. Roedd o'n lloerig ei fod wedi cael ei ddenu oddi wrth ei wisgi i glywed rhyw lol fel hyn. Yna, trodd at Tim, "Os bydda i'n darganfod dy fod ti wedi bod yn chwarae dy hen driciau budur unwaith eto – ti'n gwybod beth i'w ddisgwyl."

"Fel yr eglurodd y ferch yma wrthych," meddai Tim mewn llais dig a hunangyfiawn, "dim ond ail-greu stori Priodas Nant Gwrtheyrn oedden ni. Oes rhywbeth o'i le ar hynny?"

"Be yn union mae hwn wedi bod yn ei ddweud?" gofynnodd Becca wrth edrych yn flin i gyfeiriad Pedro, a lechai y tu ôl i Richard.

Trodd Richard ato gan ofyn iddo yn Gymraeg i ddweud yn union beth roedd o wedi ei weld. Eglurodd Pedro ei fod yn anghyfforddus â'r ffordd roedd yr Athro yn syllu ar Becca ac yntau.

"Eto roeddet ti'n fodlon gadael Becca ar ei phen ei hun efo'r ddau?" gofynnodd Richard yn gyhuddgar.

"Gwrthododd ddod gyda mi gan ei bod hi eisiau actio'r stori. Syniad hollol *estúpido!*"

Wrth glywed hyn, dechreuodd Tim a Becca ymosod ar Pedro a'i gyhuddo o fod yn anaeddfed ac anniwylliedig.

Cawsai Richard lond bol erbyn hynny, felly trodd ar ei sawdl a gadael y pedwar arall i gweryla ymysg ei gilydd. Roedd allwedd y bar yn pwyso'n drwm yn ei boced a'r wisgi yn dal i alw.

Am y canfed tro'r diwrnod hwnnw, edrychodd Owi i fyny'n bryderus ar y cymylau melyn a oedd bellach wedi ymgasglu'n garthen drom uwchben y Nant.

Trodd yn ôl at y caffi, lle'r oeddent yn paratoi i gau'n gynnar. "Dwi'n falch eich bod wedi gwrando ar fy rhybuddion," meddai gan helpu'r staff i godi'r cadeiriau i ben y byrddau fel y gallent fopio'r llawr cyn gadael.

"Ia, chdi oedd yn iawn, Owi – ma hi'n edrach yn debyg iawn

i eira erbyn hyn," meddai Nansi. "Ma hi 'di bod yn ddigon distaw 'ma drw' dydd beth bynnag – felly waeth i ni gau'n gynnar ddim. 'Dan ni 'di gadael digon o frechdanau ar gyfer swpar heno ac os na fyddan ni'n medru cyrraedd erbyn amsar brecwast fory, ti'n gwybod lle mae pob dim. Gyda llaw, mi ddaeth y Richard Jones haerllug 'na yma gynna a gofyn am y goriad i'r bar."

"I be oedd o isio hwnnw, tybad? O be dwi'n gofio, tydi o ddim yn yfad."

"Wel roedd o'n hynod anghwrtais efo fi beth bynnag, ac yn mynnu fy mod i'n stopio clirio'r byrddau er mwyn i mi nôl y goriad iddo fo'n syth bìn. Yna, mi welodd o'r boi bach 'na o Batagonia oedd wedi bod yn eistadd am hydoedd ar y decin tu allan yn yfed lemonêd, ac mi aeth y ddau o 'ma efo'i gilydd. Ond mi ddoth yn ei ôl wedyn ymhen 'chydig mewn hwylia gwaeth fyth a chloi ei hun yn y neuadd 'cw," amneidiodd Nansi i gyfeiriad drws yr ystafell ymgynnull.

"Ydi o dal yno?"

"Ydi am wn i. Es i ddim ar ei gyfyl o wedyn."

"Mi a' i i gael gair efo fo," meddai Owi gan gychwyn at y neuadd. Roedd o angen dwyn perswâd ar y tiwtor i ddod â'r cwrs i ben cyn i bawb gael eu dal yn gaeth yn y Nant am ddyddiau. Gwyddai Owi mai fo fyddai'n gorfod bod yn gyfrifol am bopeth petai hynny'n digwydd. Cofiai amser pan fyddai wedi gallu rhoi cynnig reit dda ar glirio'r lluwchfeydd ar y Gamffordd gyda'i gaib a'i raw, ond erbyn hyn roedd yr hen gryd cymalau wedi gadael ei ôl ac roedd o'n rhy hen i waith mor drwm â hynny.

"Mr Jones, ga i air efo chi?" Cnociodd ar y drws a wahanai'r caffi a'r neuadd.

Distawrwydd.

"Mr Jones, dwi'n gwybod eich bod chi yna. Agorwch y drws i mi gael gair, plis!"

"Rhywbryd eto – dwi'n brysur." Daeth llais aneglur Richard o'r ochr arall i'r drws. Y peth olaf oedd arno ei angen ar y pryd oedd pregeth gan Owi am galedi bywyd yn y Nant yn yr hen ddyddiau. Cododd y botel Glenfiddich at ei enau a gadael i'r hylif euraidd lithro i lawr ei gorn gwddw sych.

Ond doedd Owi ddim am adael i'r tiwtor ei anwybyddu, felly dechreuodd ddobio'r drws yn ddidrugaredd nes bod sŵn byddarol yn diasbedain dros y lle.

"Stopiwch, wir Dduw!" galwodd Richard gan orchuddio'i glustiau.

"Mi garia i 'mlaen tan agorwch chi'r drws!"

Yn bur anfodlon, cododd Richard o'r fan lle bu'n eistedd y tu ôl i'r bar ac agor cil y drws i'r hen ddyn.

"Ia? B-be sy mor bwysig bod angen t-tynnu'r lle 'ma i lawr?"

Stwffiodd Owi ei droed yn y drws cyn iddo'i gau yn ôl yn ei wyneb.

"Ylwch, Mr Jones, mae'n rhaid i chi wrando arna i a dŵad â'r cwrs 'ma i ben. Mi ddylach anfon y bobol dda 'ma adra cyn i ni gyd gael ein cau i mewn efo'r eira."

"B-be sy'n bod arnoch chi, ddyn? Ma hi fel diwrnod o ha!" Cymerodd Richard lymaid arall o'r wisgi.

"Fel 'dach chi'n gwybod, dwi wedi fy ngeni a'm magu yn y lle 'ma ac mi ydw i'n gyfarwydd iawn ag arwyddion y tywydd. Cyn y bora, gowch chi weld, mi fydd y ffordd o'r Nant wedi ei chau gan eira. Dwi'n cofio gaea mawr pedwar deg sa—"

Roedd Richard wedi clywed digon. Roedd o bron â drysu eisiau llonydd i yfed – wedi'r cwbl, nid bob dydd roedd rhywun yn cael clywed bod ganddo fab! Roedd yn rhaid iddo gael gwared â'r hen foi rhyw ffordd neu'i gilydd – hyd yn oed os oedd hynny'n golygu ei fygwth. Cymerodd ddracht arall o'r wisgi cyn dweud bod croeso i Owi adael y Nant gan ei fod mor bryderus am y tywydd. Yna, cododd ei lais a dweud wrtho mewn tôn llawn malais: "M-mi fydda i'n anfon adroddiad i'r Ymddi… awdurdoda ar ddiwedd y penwythnos 'ma ac mi fedrwch fod yn reit siŵr y byddan nhw'n dŵad â'ch cytundeb i ben ar ôl clywed be fydd gen i i ddeud amdanoch chi a'ch celwydda." Yna, aeth ymlaen i ddadlennu'r cwbl a wyddai am Owi cyn gwthio'i droed o'r drws a'i gau'n glep yn ei wyneb. Gydag ochenaid o ryddhad, cododd y botel wisgi at ei geg unwaith eto. Roedd y ddiod fel hen, hen ffrind a roddai hyder iddo ddweud pethau roedd wedi bod angen eu dweud ers peth amser. Rhyw lymaid bach arall ac mi fyddai'n barod i wynebu Sharon a mynnu atebion ganddi. Dim ond diferyn bach, bach arall…

Safodd Owi'n fud yr ochr arall i'r drws caeedig – doedd neb wedi mentro ei fygwth fel yna o'r blaen. Ar ôl dod ato'i hun, trodd ei gefn ar y drws ac aeth i chwilio am Nansi fel y gallai hithau fod yn dyst i ymddygiad amhroffesiynol y tiwtor. Ond roedd y caffi'n wag a'r gweithwyr i gyd wedi gadael. Felly, aeth draw i'r Plas ac yna i'r swyddfa i weld a oedd rhai o'r staff yn dal yno, ond roedd pob un ohonynt hwythau wedi mynd yn gynnar hefyd. Roedd Owi wedi cael ei adael ar ei ben ei hun gyda'r criw o ddysgwyr a'u tiwtor meddw.

Edrychodd i fyny ar yr awyr unwaith eto. Erbyn hyn roedd y cymylau eira wedi chwyddo'n dew ac roeddent yn gorwedd fel sachau trymion dros y Nant. Ni synnai Owi, petai'n cymryd picwarch tuag atynt, y byddent yn byrstio fel clustogau plu gan orchuddio'r lle â'u cynnwys gwyn. Aeth rhyw gryndod drwy ei gorff wrth iddo deimlo'r hin yn newid a'r tymheredd yn plymio'n gyflym. Caeodd fotymau ei gôt a sodro'i gap yn dynnach am ei ben. Doedd dim amheuaeth, roedd storm eira ar y ffordd.

8

AM CHWECH O'R gloch y noson honno, eisteddai'r grŵp yn yr ystafell ddosbarth yn aros am y tiwtor. Y tu allan, treiddiai awel oer o'r dwyrain dros grib yr Eifl gan wrthdaro â'r aer cynnes a fu'n gorwedd dros y môr a'r Nant drwy'r dydd. Cryfhâi'r gwynt wrth iddi nosi gan siglo'r coed ar y llethrau a chorddi tonnau'r môr yn geffylau gwyn gwyllt. Cleciai ffenest yr ystafell wrth i ambell sgôl egr hyrddio cenllysg ati fel cawod o gerrig mân.

Chwarter awr yn ddiweddarach, a Richard heb ymddangos, dechreuodd rhai gwestiynu ei absenoldeb. "Tydi hyn ddim digon da," cwynodd Tim. "Mi fydda i'n anfon cwyn at yr awdurdodau ac mi fydda i'n mynnu cael ad-daliad hefyd."

Eisteddai Becca yng nghornel bellaf yr ystafell ddosbarth â'i hwyneb fel taran yn ceisio dychmygu lle'r oedd Richard, gan na fyddai byth yn hwyr i'w wersi fel rheol. Roedd ei absenoldeb yn ymwneud â Sharon, roedd hi'n eithaf siŵr o hynny. Ers iddo daro llygaid ar honno, roedd wedi ymddwyn yn hollol anystyriol. Saethodd olwg lawn dicter i gyfeiriad y wraig hŷn, a edrychai'n gwbl hunanhyderus a bodlon ei byd gyda rhyw hanner gwên ar ei hwyneb.

Mi dynna i'r wên 'na oddi ar wyneb yr ast, meddyliodd Becca a mynd ati a'i chyhuddo o fod yn rhan o absenoldeb Richard. "Be 'di'r gafael sydd gen ti arno fo? Mi sylwodd pawb ar y braw gafodd o pan dynnaist ti dy sbectol dywyll yn y wers pnawn 'ma. Wedyn, dyma'r ddau ohonoch chi'n diflannu efo'ch gilydd i'w dŷ o. Be wnaethoch chi yn fan'no?"

"Tydi hynny ddim o dy fusnes di, na neb arall," atebodd Sharon yn swta.

Collodd Becca bob rheolaeth arni ei hun a dechreuodd lafoeri a sgrechian ar dop ei llais bod ganddo bopeth i'w wneud â hi, gan mai hi oedd cariad Richard. Chwarddodd Sharon a sychu poer y ferch oddi ar ei llawes, gan ddweud bod croeso iddi ei gadw, am nad oedd ganddi hi unrhyw ddiddordeb ynddo. Roedd hyn yn ormod i Becca a lluchiodd ei hun ar Sharon a pheri i'r gadair ddymchwel ac i'r ddwy ddisgyn i'r llawr.

Ceisiodd Sharon amddiffyn ei hun a chadw'i hurddas ar yr un pryd, ond wrth i Becca eistedd ar ei stumog a chripio'i hwyneb a thynnu ei gwallt yn ddidrugaredd, doedd ganddi ddim dewis ond ymladd yn ôl. Cyn hir aeth pob ymgais i reoli ei hun yn angof wrth i'r ddwy ymgodymu ar y llawr fel cathod gwyllt.

Ciliodd Ioan Penwyn i gornel bellaf yr ystafell a chuddio'i wyneb yn ei freichiau; roedd yn gas ganddo weld trais corfforol o unrhyw fath. Ond yn wahanol iawn i Ioan, roedd Tim ar ben ei ddigon, a chredai nad oedd dim gwell i gynhyrfu dyn na gweld dwy ferch yn ymladd. Estynnodd ei iPhone o'i boced a dechrau ffilmio'r ddwy.

"Be ti'n feddwl ti'n neud, y mochyn budr?" Cipiodd Simon Parry'r ffôn o'i law a'i bocedu.

Ceisiodd Tim brotestio mai diddordeb proffesiynol mewn ymddygiad emosiynol pobl oedd ganddo. "Mae'r un peth i'w weld ym myd natur pan fydd dwy lewes yn ymladd dros…"

Ond ni wrandawodd Simon ar y gymhariaeth dila, gan ei fod erbyn hynny – gyda help Pedro – yn ceisio gwahanu'r merched cyn i un ohonynt gael niwed difrifol.

Ar ôl i'r dynion lusgo Becca oddi arni, cododd Sharon a cheisio sythu ei dillad crychiog, cyn ymlwybro mor urddasol ag y gallai o dan yr amgylchiadau yn ôl at ei chadair a'i chodi. Tynnodd ddrych bychan a chrib a cholur o'i bag llaw a cheisiodd roi trefn arni ei hun – gwaith anodd pan oedd ei gwallt yn hongian yn gudynnau blêr dros ei hwyneb, ei masgara wedi rhedeg yn ffrydiau du a chripiadau brwnt yn rhesi coch ar hyd ei gruddiau gwelw.

Wedi iddo sodro Becca ar gadair ym mhen arall yr ystafell a'i darbwyllo nad oedd dim i'w ennill wrth ymladd, trodd Simon at Sharon a'i holi a wyddai hi am unrhyw reswm pam nad oedd Richard wedi ymddangos. Roedd ei hymateb yn chwyrn, a gofynnodd pam roedd pawb yn meddwl bod a wnelo hi rywbeth â'i absenoldeb. Ceisiodd Simon resymu gyda hi gan ddweud i bawb sylwi arni'n gadael gyda'r tiwtor ar ddiwedd y sesiwn gyntaf ac nad oedd unrhyw un arall wedi ei weld ar ôl hynny.

"'Nes i ddeud mai arni hi oedd y bai!" ailddechreuodd Becca. "Gorfodwch hi i gyfadd—"

"Na, paid!" gwaeddodd Ioan Penwyn yng ngwyneb Becca gan dorri ar draws ei llifeiriant. Doedd o ddim am i'r ferch ddechrau ymosod ar Sharon eto. "Fi gweld Richard Jones yn mynd i'r caffi ar ôl iddo fo gael ffrae gyda ti a Tim ar yr allt."

"Am beth oeddech chi'n dadlau?" trodd Simon at Tim.

"Dim ond rhyw gamddealltwriaeth bach, dyna i gyd. Gofynnwch i Pedro – roedd o yno hefyd."

Edrychodd Pedro'n syn wrth glywed ei enw'n cael ei grybwyll, gan na allodd ddilyn fawr ddim o'r sgwrs Saesneg.

"Waeth i chi heb a gofyn iddo fo achos tydi o'n dallt dim." Taflodd Becca olwg ddirmygus i gyfeiriad Pedro. Doedd hi ddim wedi maddau iddo am suro pethau rhyngddi hi a Richard. "Fo redodd at Rich a honni fy mod i wedi bod yn gwneud pethau anweddus efo'r Starlings."

"Oeddech chi?" cododd Simon ei ael.

"Wel nag oeddwn siŵr! Be ydach chi'n feddwl ydw i? Dim ond actio stori Rhys a Meinir oedden ni. Mae'r cwbl wedi ei ffilmio ar iPhone Tim. Dangoswch iddo fo, Tim."

"Ydi, mwn," meddai Simon, a gofiodd ei fod wedi pocedu ffôn yr Athro yn ystod y ffrwgwd. Mi fyddai'n werth dal gafael ar y teclyn am sbel i weld beth arall oedd arno.

"Fedra i ddim o'i ddangos achos mae Simon Parry wedi cipio fy ffôn i."

"Tydi hynna ddim yn iawn. Rhowch o'n ôl i Tim y munud 'ma!" gwaeddodd Becca.

Ond roedd Simon wedi cael llond bol ar Becca a'r Athro, felly anwybyddodd y ddau a throi'n ôl at Ioan i'w holi pa bryd yn union y gwelodd o'r tiwtor yn mynd i'r caffi.

"Wedi fi gweld ti ar yr allt."

"Bron i ddwy awr yn ôl felly," meddai'r Dirprwy Brif Gwnstabl, cyn troi at weddill y grŵp a'u holi a oedd rhywun arall wedi gweld Richard ers hynny.

Nid oedd Tim yn hapus o gwbl gydag ymddygiad Simon.

"Pwy wyt ti'n feddwl wyt ti?" holodd. "A pha hawl sydd gen ti i gadw fy ffôn i a mynd ati i holi pawb mewn ffordd mor awdurdodol?"

Ond ni fu Simon fawr o dro yn rhoi taw ar ei gwestiynau pan eglurodd beth oedd ei alwedigaeth. Ochneidiodd Mary – dyna'r peth olaf roedden nhw ei angen! Mi fyddai'n dda ganddi petai Tim yn dysgu i rwymo ei dafod ambell waith oherwydd doedd o ddim angen tynnu'r Dirprwy Brif Gwnstabl i'w ben ac yntau â'i ffôn yn ei feddiant. Dim ond gobeithio nad oedd lluniau rhy ddamniol ar hwnnw.

Wedi iddo ddeall nad oedd neb arall wedi gweld Richard ar ôl Ioan, penderfynodd Simon y byddai'n well iddo fynd draw i'r caffi, rhag ofn bod y tiwtor wedi cael damwain neu ei gymryd yn wael.

"Fi dod gyda ti?" cynigiodd Ioan Penwyn.

"Iawn, ond gwell i ni gymryd benthyg rhain gan fod y tywydd yn gwaethygu o funud i funud," meddai gan gipio cotiau gwlanog Tim a Mary oddi ar gefn eu cadeiriau.

Felly, ar ôl rhybuddio'r gweddill i aros yn yr ystafell ddosbarth, cychwynnodd y ddau allan i'r ddrycin, lle chwipiai'r cenllysg yn ddidostur a hyrddiai'r gwynt o'u hamgylch yn ddidrugaredd.

"Ti'n credu bod y tiwtor yn y plot?" gwaeddodd Ioan yng nghlust Simon wrth i'r ddau lochesu am ennyd wrth fôn y clawdd.

Beth mae hwn yn ei falu? gofynnodd Simon wrtho'i hun. Yna, cofiodd am y celwydd golau a raffodd ynghynt yn y dydd, pan sylweddolodd Ioan ei fod yn rhugl ei Gymraeg. Cwpanodd ei ddwylo am ei glust gan geisio osgoi'r bandana pyglyd a'r cudynnau hir a dweud wrtho ei fod yntau'n poeni bod cysylltiad rhwng diflaniad y tiwtor a'r cynlluniau i ddatblygu'r Nant – ond ei fod yn hollbwysig cadw'r peth yn gyfrinach.

"Iawn, ti gallu dependio ar Ioan Penwyn. Mae fi'n barod i gwneud *anything* i gwarchod…" Diflannodd gweddill ei eiriau ar y gwynt wrth i'r ddau ailgychwyn cerdded drwy'r storm.

Wrth iddynt gyrraedd y caffi, agorodd Owi'r drws iddynt a'u croesawu'n gynnes yn ei Saesneg gorau. "Dwi mor falch o'ch gweld chi oherwydd do'n i ddim yn siŵr be oedd orau i mi neud. A ddylwn ei adael o a dod i ofyn am help? Yntau a ddylwn i aros efo fo ac yntau yn y fath stad?"

"Lle mae o?"

"Gorwadd ar lawr tu ôl i'r bar. Roedd o wedi cloi ei hun i mewn ond mi ges i afael ar oriad sbâr. Dwi wedi trio'i symud o, ond mae o'n rhy drwm i mi ar fy mhen fy hun."

"Wedi meddwi'n dwll mae'r diawl," meddai Simon gan ysgwyd y corff llipa. "Mae o'n drewi fel bragdy!"

"Dwi'n methu dallt beth ddaeth dros ei ben o. Tydi o byth yn cyffwrdd alcohol fel rheol," meddai Owi.

"Wel mae o wedi mynd amdani heddiw." Cododd Simon y botel wisgi wag a orweddai wrth ochr Richard. "Ty'd, Ioan, tria gael rhywfaint o drefn arno."

Daeth rhyw chwithdod dros Ioan. Oedd disgwyl iddo gyffwrdd y tiwtor? Ni allai ddioddef cyffyrddiad neb heblaw ei fam. Gallai glosio at anifeiliaid a'u hamddiffyn yn ddiamod, ond ni allai agosáu at bobl. Ers dyddiau ei blentyndod, gwyddai ei fod yn wahanol i blant eraill, a synhwyrai ryw fygythiad a'i rhwystrai rhag creu perthynas agos â'i gyfoedion. Ond wrth syllu ar gorff llonydd y tiwtor yn gorwedd yn ddiymadferth ar y llawr y tu ôl i'r bar, daeth teimlad diarth drosto; gwelai Richard fel rhyw anifail a oedd angen ei ofal lawn gymaint ag unrhyw lwynog neu fochyn daear a ddaliwyd mewn magl. Penliniodd wrth ei ochr a cheisiodd lanhau'r crystyn o chŵd a lynai o amgylch ei geg â blaen ei grys. Yna, cododd o'n dyner i'w freichiau a cheisio'i ddarbwyllo i yfed llymaid o ddŵr potel er mwyn gwanhau peth ar yr alcohol oedd yn ei stumog.

Wrth iddo ddechrau dod ato'i hun, dechreuodd Richard grio fel babi ac adrodd rhywbeth aneglur drosodd a throsodd.

"Be mae o'n trio'i ddeud?" holodd Owi wrth glosio ato.

"Dwn i ddim wir," meddai Simon Parry yn ddiamynedd. "Tydi o'n gwneud dim synnwyr. Rho fwy o'r dŵr 'na iddo, Penwyn."

Gyda gofal ac amynedd, llwyddodd Ioan i godi Richard i fyny ar ei eistedd.

" P-pwy ddiawl wyt ti?" holodd wrth i amlinelliad Ioan fynd a dod o flaen ei lygaid.

"Yfed tipyn bach o dŵr," meddai Ioan yn amyneddgar gan ddal y botel blastig at enau Richard. "Ti'n gwell wedyn."

Ar ôl iddo sobri digon i sefyll yn simsan a'i bwysau ar Simon ac Ioan, hanner cariwyd y tiwtor meddw drwy'r ddrycin, a oedd yn gwaethygu wrth y funud, i'w lety yn Nhrem y Mynydd a'i roi i orwedd ar ei wely. Suddodd i drwmgwsg meddw ar ei union.

"Mi fydd ganddo goblyn o gur pen bore fory a llawer o gwestiynau i'w hateb, ond chawn ni ddim synnwyr ohono fo heno," meddai Simon Parry wrth adael. "Ty'd Penwyn, waeth i ti heb ag aros. Does dim byd arall fedri di wneud ond gadael iddo gysgu."

Estynnodd Ioan y garthen wlân oddi ar gefn cadair gerllaw a'i thaenu'n ofalus dros Richard. Roedd y tymheredd wedi plymio ers i'r tywydd newid ac nid oedd am i'r tiwtor gael annwyd. Yna, dilynodd y ddau arall allan o'r ystafell gan gau'r drws ar ei ôl yn dawel.

"Dwi am adael brechdanau a chyflenwad o ganhwyllau a matsys yn y tai, rhag ofn i'r trydan fethu yn y storm 'ma, cyn dŵad draw atach chi i'r Plas," meddai Owi. "O leia mi fydd gan bawb rywfaint o fwyd a golau wedyn tan y ca i gyfla i danio'r generadur."

Yn ystod absenoldeb Simon ac Ioan roedd yr awyrgylch wedi parhau i fod yn fregus yn yr ystafell ddosbarth. Daliai Becca i hewian ar Sharon ac roedd honno, wrth ei hanwybyddu, yn ei gwylltio'n waeth fyth. Trodd Mary at ei gŵr gan sibrwd ei bod yn ofni mai wedi dod i gadw golwg arnyn nhw oedd y Dirprwy Brif Gwnstabl.

"Paid â bod yn wirion, Mary," atebodd Tim. "Wedi dod yma i ddysgu Cymraeg mae'r dyn! A phetai pobl yn peidio rhedeg at y tiwtor efo rhyw honiadau di-sail byth a hefyd…" meddai gan droi at Pedro a'i gyhuddo, yn Gymraeg, o orymateb i ddigwyddiadau'r prynhawn. Ond beth oedd i'w ddisgwyl? Doedd rhywun fel Pedro ddim yn meddu ar synnwyr digrifwch na dyfalbarhad y Prydeinwyr. "Edrychwch beth ddigwyddodd yn y Falklands. Chymrodd hi fawr o dro i luoedd Prydain Fawr ddangos eu goruchafiaeth yno!"

Wrth glywed hyn, daeth newid mawr dros Pedro. Cododd ar ei draed a dechrau gweiddi ar yr Athro. "Peidiwch chi â meiddio sôn am y Malvinas," poerodd yn ffyrnig. "Lladdwyd fy nhad yno gan luoedd arfog eich Gran Bretaña chi!" Yna, mewn Cymraeg a oedd yn frith o Sbaeneg, dywedodd sut roedd ei dad ar fwrdd y *Belgrano* pan gafodd ei suddo gan long danfor o Brydain, a hynny y tu allan i'r ardal waharddedig. "*Asesinos* – llofruddion – oedd eich llywodraeth a llofruddion oedd eich lluoedd arfog chi hefyd! Fe laddon nhw fy nhad yn *ilegalmente*, dri mis cyn fy ngeni i! Fe dorrodd Mam ei chalon a blwyddyn yn ddiweddarach, pan oeddwn i ond yn naw mis oed, penderfynodd na allai ymdopi â'i cholled a saethodd ei hun. Felly peidiwch chi â sôn wrtho i am eich *supremacía*!" Trodd ar ei sawdl a rhedeg o'r ystafell, gan adael y gweddill yn edrych yn gegrwth ar ei ôl.

Roedd hi bron yn wyth o'r gloch erbyn i Simon ac Ioan ddychwelyd yn oer a rhynllyd i'r ystafell ddosbarth. "Fydd 'na ddim gwers Gymraeg i ni heno eto, mae gen i ofn," meddai Simon ar ôl iddo gael ei wynt ato a thwymo ychydig o flaen y rheiddiadur. "Mae hi'n ddigon oer i rewi cathod allan yn fan'na ac mae'r gwynt wedi codi'n dymestl. Welais i erioed dywydd yn newid mor sydyn. Cafodd Ioan a finna drafferth i ddod yn —"

"Ddaethoch chi o hyd i Rich?" torrodd Becca ar ei draws.

"Wel, do fel mae'n digwydd. Ond chawn ni ddim o'i gwmni o eto heno 'ma."

Yna disgrifiodd sut yr oeddent wedi dod o hyd i'r tiwtor yn feddw gaib.

"Wel wir, mae'r holl beth yn siambyls ddudwn i!" Roedd Tim yn uchel ei gloch unwaith eto, a chyn hir roedd pawb yn cwyno a grwgnach ar draws ei gilydd.

Ar ôl dianc i'w lety, bu Pedro'n cystwyo'i hun am adael i eiriau'r Athro fynd dan ei groen a pheri iddo golli arno'i hun o flaen gweddill y criw. Bu'n pendroni am sbel a ddylai fynd yn ôl i'r ystafell ddosbarth gan dybio efallai y byddai'r tiwtor wedi cyrraedd erbyn hynny, a bod y wers yn mynd yn ei blaen hebddo. Ond roedd meddwl am wynebu pawb ar ôl gwneud cymaint o ffŵl ohono'i hun yn ormod iddo, felly estynnodd am ei ffôn a cheisio cysylltu â'i nain ym Mhatagonia, ond methodd gael signal. Gwan iawn oedd cysylltiadau ffôn symudol yn y Nant ar y gorau, ond gyda'r storm yn berwi y tu allan doedd ganddo ddim gobaith. Felly estynnodd bapur a beiro o'i ysgrepan gyda'r bwriad o ysgrifennu ati. Gwyddai y byddai'r llythyr yn cymryd dyddiau i'w chyrraedd, ond roedd o angen rhyw fath o gyswllt â hi ar ôl i'r Athro ei gynhyrfu. Ond cyn iddo gael cyfle i roi fawr mwy na chyfarchiad ar bapur, daeth Owi i'r drws i ddanfon y bwyd a'r canhwyllau ac egluro bod y wers wedi ei chanslo am fod y tiwtor yn teimlo'n ddi-hwyl. Ebychodd Pedro mewn rhyddhad gan na fyddai'n rhaid iddo wynebu'r gweddill y noson honno wedi'r cwbl.

Wedi cwblhau ei dasgau, dychwelodd Owi at y gweddill yn yr ystafell ddosbarth gan egluro yn Saesneg ei fod wedi gadael canhwyllau yn y tai. "Fel y gwelwch, mae'r tywydd wedi troi ac mae hi'n hynod o stormus allan 'na," meddai. "Mi driais i fy ngora i ddarbwyllo'r rheolwr a Richard Jones i ganslo'r cwrs achos ro'n i'n gwybod mai fel hyn y bysa hi."

"Dwi'n siŵr eich bod yn gor-ddweud, Owain Williams," chwarddodd Simon, a oedd braidd yn flin gyda'r gofalwr am gymryd yr awenau oddi wrtho.

"Ond os ydi beth mae o'n ei ddweud yn wir, efallai y buasai'n well i ni adael ar ein hunion heno 'ma?" awgrymodd Tim.

"Faswn i ddim yn eich cynghori chi i wneud hynny," meddai Owi. "Lasa fod 'na goed wedi disgyn ar yr allt yn y fath dywydd a —"

Ni chafodd Owi orffen ei frawddeg cyn i fellten lachar foddi'r ystafell mewn golau gwyn. Dilynwyd y fellten ar ei hunion gan daran uchel a ysgydwodd y lle, fel petai'r Eifl ei hun yn hollti'n ddarnau. Fflachiodd y goleuadau trydan am eiliad neu ddwy, yna diffoddwyd hwy a gadael pobman mewn tywyllwch dudew.

"Wel mae hi braidd yn hwyr i ni geisio gwneud dim erbyn hyn," meddai Tim wrth droi'n ôl o'r ffenest. "Chi oedd yn iawn, Owain Williams. Mae hi wedi dechrau bwrw eira."

9

"CLYMWCH RYWBETH DROS eich cegau a'ch trwynau rhag i'r eira eich mygu a gafaelwch yn dynn ym mreichiau eich gilydd rhag ofn i ni golli un ohonach chi," gorchmynnodd Owi ac anelu golau ei dortsh at wynebau'r criw a safai yn nhywyllwch cyntedd y Plas. Byddai'n rhaid sicrhau dillad addas iddynt, meddyliodd wrth sylwi nad oedd gan y rhan fwyaf ohonyn nhw ddillad call i fynd allan yn y fath dywydd.

"Peidiwch â'n trin ni fel plant bach," protestiodd Simon Parry. "Mi fysa rhywun yn meddwl o wrando arnoch mai chi ydi Sherpa Tenzing! Dim ond rhyw hanner canllath o ffordd sydd 'na o'r fan hyn at y tŷ pella."

"Meddwl amdanach chi ydw i. Mi gowch chi weld pan agora i'r drws 'ma nad ydw i'n gor-ddweud. Unwaith y byddan ni allan yn y storm, hawdd iawn fysa i ni golli'n cyfeiriad. Mi fyddwn i'n disgwyl i rywun o'ch cefndir chi werthfawrogi hynny, Mr Parry," atebodd Owi gan ddal y golau ar wyneb y Dirprwy Brif Gwnstabl.

Am unwaith, nid oedd ateb gan Simon, felly doedd dim amdani ond cydymffurfio â gweddill y criw a dilyn cyfarwyddiadau'r gofalwr.

"Reit 'ta. Ydi pawb yn barod? Cofiwch afael yn dynn yn eich gilydd a dilynwch —" Ni fedrodd orffen ei frawddeg gan i'w eiriau gael eu cipio i ffwrdd gyda'r gwynt a'r eira rhewllyd a hyrddiodd i mewn i'r cyntedd wrth iddo agor y drws.

Aeth pob anghydfod yn angof wrth iddynt frwydro yn erbyn yr elfennau a glynu'n dynn yn ei gilydd. Treiddiai'r gwynt rhewllyd i fêr eu hesgyrn a chwyrlïai'r eira mân fel pupur o'u cwmpas. Ond er garwed y tywydd, arweiniodd Owi hwy'n ddiogel at ddrysau eu tai, yng ngolau gwan ei dortsh.

Y tŷ pen, agosaf at y Plas, oedd cartref parhaol Owi ei hun, ac wrth iddo ymlusgo heibio i'w ddrws gwyddai y byddai wedi ymlâdd cyn y gallai ddychwelyd i'w ddedwyddwch.

Richard Jones a letyai drws nesaf iddo, ac roedd y diawl meddw yn siŵr o fod yn cysgu'n ddiofal braf heb unrhyw syniad o'r drafferth a gâi Owi y funud honno, meddyliodd yr hen ofalwr wrth arwain y criw ar hyd stryd Trem y Mynydd nes cyrraedd drws Simon Parry. Roedd hwnnw wedi ffonio'r swyddfa o flaen llaw gan fynnu, yn rhinwedd ei swydd, cael tŷ cyfan iddo'i hun. Y pen bach yn creu trafferth i bawb, meddyliodd Owi wrth adael y Dirprwy Brif Gwnstabl yn ddiogel wrth ei ddrws. Mi fyddai hi wedi bod yn gymaint haws i bawb petai wedi bodloni ar rannu gydag Ioan a Pedro.

Yn y tŷ nesaf ond un roedd ystafelloedd *en suite* wedi eu paratoi ar gyfer Becca a Sharon, er mawr ofid i'r ddwy. Doedd y trefniadau hynny ddim yn taflu llwch i lygaid yr un o staff y Nant gan y gwyddai pawb o'r gorau mai yng ngwely Richard Jones yr arferai Becca aros bob tro y byddai'n dod ar gwrs. Ond o gofio sut stad oedd ar hwnnw pan adawyd o ar ei wely, ni chredai Owi y byddai'r tiwtor yn fawr o gwmni i'r ferch y noson honno.

Wrth nesáu at y tŷ a rannai Ioan Penwyn gyda Pedro, cafwyd cip drwy'r eira ar olau cannwyll yr oedd Pedro wedi ei gosod yn ffenest ei ystafell i'w helpu ar eu taith. Dim ond y Starlings oedd ar ôl o dan ofal Owi, wedi iddynt adael Ioan, a brwydrodd y tri yn eu blaenau i ben draw'r stryd ac i'r stryd nesaf, lle'r oedd llety wedi ei baratoi ar gyfer yr Athro a'i wraig. Y tro hwn, penderfynwyd mai doethach oedd gadael iddynt gael tŷ hunanarlwyo iddynt eu hunain yn Nhrem y Môr, yn ddigon pell oddi wrth bawb arall.

"Ond dwi ddim wedi gofyn am dŷ hunanarlwyo," cwynodd Tim pan arweiniwyd hwy at eu llety y bore hwnnw. Ond bodlonodd â'r trefniadau ar ôl deall nad oedd disgwyl iddynt goginio eu bwyd eu hunain, a bod y tŷ yn llawer mwy na'r ystafelloedd *en suite* eraill.

Wedi iddynt ddod o hyd i'r canhwyllau, aeth Tim a Mary ati i ddiosg eu cotiau gwlyb a sychu'r eira oddi ar eu hwynebau cyn llyncu'r brechdanau a adawyd iddynt gan Owi. Yna, aethant ar eu hunion i fyny'r grisiau i'r gwely, lle closiodd y ddau o dan y carthenni er mwyn ceisio cynhesu rhywfaint. Gyda methiant y trydan, roedd y gwres dan y llawr wedi pallu hefyd.

Ar ôl i Owi ei dywys at ei dŷ, aeth Simon Parry ar ei union i dynnu ei grys a'i siaced a'u hongian yn ofalus tu ôl i'r drws i sychu gyda'i drowsus tamp. Yna, gan anwybyddu'r oerni, newidiodd i'w dracwisg. Roedd o'n hoffi trefn, a doedd mater bach o ddiffyg gwres a golau ddim am ei rwystro rhag dilyn ei batrwm nosweithiol. Wedi iddo gyflawni'r *press-ups* a'r ymestyniadau yng ngolau cannwyll, aeth i sefyll am bum munud union o dan gawod oer cyn eillio'n ofalus a gwisgo'i byjamas a'i ŵn nos.

Cyn mynd i'w wely cofiodd am yr iPhone a gymerodd oddi ar yr Athro ac ar ôl gwisgo'i sbectol ddarllen, edrychodd drwy'r delweddau oedd wedi eu cadw ar y teclyn. Roedd y lluniau a dynnwyd y diwrnod hwnnw yn rhai digon diniwed o Becca a Mary Starling yn y coed a rhai eraill o Becca a Pedro yn chwarae ar y traeth. Agorodd ffeil o luniau cynharach a chymerodd ei wynt ato wrth weld casgliadau o luniau a oedd yn amlwg wedi eu tynnu heb yn wybod i'r cyplau oedd ynddynt. Roedd rhai o'r lluniau'n bornograffig – digon o dystiolaeth i gondemnio'r Athro, meddyliodd wrth ddiffodd y ffôn a dringo i'w wely i bori dros daflen o ganllawiau i brif gwnstabliaid yr heddlu cyn mynd i gysgu.

Doedd yr awyrgylch yn y tŷ lle safai Becca a Sharon yn fawr cynhesach na'r storm oedd yn rhuo y tu allan.

"Be ti'n feddwl ti'n neud? Ti'm am fynd yn ôl allan yn y tywydd 'ma?" holodd Sharon wrth weld Becca'n casglu ei bagiau.

"'Sa well gen i rewi'n gorcyn nag aros am funud arall efo ti," meddai Becca wrth gydio yn ei chês. "Dwi am fynd draw at Rich."

"Paid â bod yn wirion, tydi hi ddim ffit i ti fynd allan i'r storm 'na ar dy ben dy hun. A beth bynnag, ti'n cofio beth ddwedodd Simon? Mae Richard yn feddw gaib."

"Meddw neu beidio, mi fydd o'n well cwmni na ti! Dim ond 'chydig ffordd i lawr y stryd mae o wedi'r cwbl a fydda i fawr o dro yn cyrraedd yno," meddai Becca wrth agor y drws a diflannu i'r storm gan adael i'r eira chwyrlïo i mewn i'r tŷ yn gwmwl o'i hôl.

"Plesia dy hun 'ta'r ffŵl bach hurt – mi fydd hi'n brafiach o lawer i mi gael y lle i mi fy hun." Gwthiodd Sharon y drws ynghau.

Gyda'r trydan i ffwrdd, roedd hi'n dechrau oeri yn y tŷ ond doedd hi ddim yn barod am ei gwely eto. Lapiodd ei hun mewn carthen o frethyn Cymreig a orweddai dros gefn un o'r cadeiriau a bwytaodd ychydig o'r brechdanau a adawodd Owi. Yna, estynnodd botel o fodca o'i chês a thywallt mesur i wydryn a'i lyncu ar ei thalcen. Roedd angen hwnnw arni, meddyliodd. Tywalltodd fesur arall a'i lyncu ar ei union fel y cyntaf. "Dyna welliant," meddai wrthi ei hun wrth deimlo'r gwirod yn ei chynhesu. "*Just what the doctor ordered* – ac mi ddylwn i wybod!"

Gadawodd i'w meddwl grwydro'n ôl dros ddigwyddiadau'r dydd, a gwenodd wrth gofio'r boen ar wyneb Richard pan ddeallodd ei bod wedi cuddio bodolaeth ei fab oddi wrtho ar hyd y blynyddoedd. Roedd y dial y bu'n aros mor hir amdano mor felys ac yn achos dathliad, meddyliodd cyn tywallt rhagor o'r fodca i'w gwydr. Ond beth roedd hi'n ei wneud yn dathlu ar ei phen ei hun fel rhyw feudwy? Roedd angen cwmni arni. Gyda'r garthen wedi ei lapio dros ei phen a'r botel fodca yn dynn yn ei chesail, aeth allan i'r storm gan ymladd ei ffordd at ddrws tŷ'r bechgyn.

Roedd Ioan Penwyn wedi mynd i glwydo ar ei union ar ôl i Owi ei dywys drwy'r storm, felly manteisiodd Pedro ar y tawelwch i gael cyfle i orffen ysgrifennu ei lythyr. Doedd o ddim wedi sylweddoli o'r blaen fod ei deimladau am beth ddigwyddodd i'w rieni mor gryf – wedi'r cwbl, doedd o ddim yn eu cofio. Ond wrth glywed yr Athro'n clochdar am oruchafiaeth Prydain yn y Malvinas cafodd ei feddiannu gan ryw atgasedd. Wrth syllu ar y darn papur o'i flaen, daeth hiraeth drosto a byddai'n rhoi'r byd am gael bod yn ôl gartref ym Mhatagonia'r funud honno.

Doedd o ddim wedi ysgrifennu fawr mwy nag un ochr i dudalen pan glywodd guro uchel ar y drws. Pwy allai fod yno ar noson mor stormus? Cododd oddi wrth y bwrdd ac aeth i agor y drws. Cyn gynted ag y cododd y glicied, gwthiwyd o'n ôl gan nerth y gwynt a baglodd rhywun i mewn dros y rhiniog i'r cyntedd. Bu'n rhaid iddo ddefnyddio'i holl nerth i gau'r drws yn ôl. Erbyn hynny roedd yr ymwelydd wedi tynnu'r garthen oddi ar ei phen, a synnodd Pedro wrth sylwi mai Sharon Jones oedd yno. Beth wnaeth iddi hi ddod allan yn y fath storm? meddyliodd gan sylwi ar y botel fodca yn ei llaw.

"Ble mae Ioan Penwyn?" holodd mewn Cymraeg pwyllog wrth ollwng ei hun i eistedd ar wely Pedro.

"Mae o wedi mynd i fyny i'w stafell wely," atebodd Pedro, a deimlai'n anghyfforddus yng nghwmni'r wraig. "Ydach chi am i mi alw arno fo?"

"Na, na, ni'n iawn heb fo," atebodd gan godi'r botel fodca. "Oes gen ti *glasses*?"

Wrth yfed rhagor, anghofiodd Sharon bopeth am ei Chymraeg ac aeth ati i fwrw ei bol yn Saesneg. Byrlymodd ei geiriau annealladwy allan yng ngŵydd Pedro, a edrychai arni'n syn, gan ddal ei wydr yn ei law heb flasu'r fodca. Gan igian yn uchel bob hyn a hyn, soniodd hi am ddyddiau cynnar ei pherthynas â Richard ac yna am y trais a ddioddefodd ar ôl iddo ddychwelyd o'r rhyfel. Soniodd hefyd am ei mab, nad oedd yn gwybod am fodolaeth ei dad, a'r mwynhad a gafodd wrth hysbysu Richard amdano'r diwrnod hwnnw.

"That's why the coward drank himself into oblivion this evening," meddai gan lyncu rhagor o'r gwirod. "Do you agree with me, Pedro?"

Sylweddolodd ar ôl sbel nad oedd am gael ymateb, a thrwy niwl yr alcohol cofiodd nad oedd Pedro'n deall Saesneg. Ond roedd yn rhaid iddi gael esbonio iddo gymaint o hen fastard oedd Richard.

"Mae'n drwg gen i am Mam a Dad ti," meddai mewn Cymraeg herciog.

Teimlodd Pedro ei hun yn gwrido, a chyfaddefodd fod arno beth cywilydd am iddo golli ei dymer ynghynt yn yr ystafell ddosbarth. Ceisiodd Sharon ei sicrhau nad oedd bai o gwbl arno fo am ymateb fel y gwnaeth ac mai Tim oedd ar fai yn tynnu arno. Yna, gafaelodd ym mraich Pedro cyn dweud yn araf a phwyllog ei bod yn gwybod pwy oedd yn gyfrifol am ladd ei dad. Cyd-ddigwyddiad llwyr, ond roedd y person a daniodd y taflegryn at y *Belgrano* o long danfor y *Conqueror* yn digwydd bod yn y Nant y penwythnos hwnnw.

Doedd Pedro ddim yn sicr oedd o eisiau clywed rhagor, ond doedd dim dewis oherwydd roedd Sharon yn dal i siarad. "Mae Richard wedi meddwi achos dydi o ddim yn gallu *face…* wynebu ti."

Cymrodd Sharon seibiant i weld effaith ei geiriau. Wrth gwrs, roedd hi newydd balu celwyddau noeth – doedd Richard erioed wedi bod ar gyfyl y *Conqueror*. Aelod o'r Gwarchodlu Cymreig oedd o, a derbyniodd fedal am ei ddewrder yn achub cyd-filwr oddi ar long arall, sef y *Sir Galahad*. Ond roedd yn gyfle rhy dda i'w golli gan nad oedd dal beth fyddai ymateb y bachgen wedi iddo gael amser i ystyried.

Wrth weld y syndod ar wyneb Pedro aeth ymlaen yn ei Chymraeg cyfyng i ddweud ei bod yn gobeithio ei bod wedi gwneud y peth iawn am ei bod yn credu bod hawl ganddo wybod pwy oedd yn gyfrifol am ladd ei dad, ac yn anuniongyrchol ei fam yn ogystal.

Ar ôl gorffen ei chenadwri, cododd yn simsan oddi ar y gwely a lapio'i hun yn y garthen unwaith eto cyn dychwelyd yn fodlon drwy'r storm eira i'w thŷ ei hun gyda'r botel fodca, a oedd bron yn wag erbyn hynny, yn ei llaw.

Eisteddodd Pedro'n llonydd wrth y bwrdd a syllu ar fflam y gannwyll, gan gnoi cil ar eiriau Sharon. Doedd o ddim wedi talu fawr o sylw pan oedd ei nain yn cwyno am y cam a wnaeth Prydain â'i deulu. "Hen hanes ydi hwnna, Nain," arferai ddweud wrthi. "A'r Junta wnaeth benderfynu cymryd y Malvinas i ddechrau, beth bynnag."

Ond heno, filoedd o filltiroedd o'i gartref, roedd ei deimladau'n dra gwahanol. Yn sicr, roedd y casineb a ddaeth i'r golwg pan dynnodd Timothy Starling arno yn dal i gorddi. Ond rŵan roedd o wedi cael gwybod bod yr un a oedd yn gyfrifol am ladd ei dad yn gorwedd yn feddw ar ei wely ychydig ddrysau i ffwrdd! Oedd Sharon yn dweud y gwir, ynteu'r fodca oedd yn siarad? Ond pa reswm fyddai ganddi i ddweud celwydd am y fath beth, hyd yn oed yn ei diod?

Gafaelodd yn y llythyr yr oedd wedi dechrau ei ysgrifennu at ei nain a'i rwygo'n ddarnau, cyn ei losgi'n ulw yn fflam y gannwyll.

10

Ar ôl cyrraedd tŷ Richard, aeth Becca at fwrdd y cyntedd lle gwyddai y byddai Owi wedi gadael cyflenwad o ganhwyllau. Yna, ar ôl eu goleuo, dringodd i fyny'r grisiau at ystafell wely ei chariad. Doedd bosib ei fod mor feddw â hynny, rhesymodd. Mae'n rhaid bod Simon yn gor-ddweud, oherwydd roedd hi'n adnabod Rich yn well na neb a doedd hi erioed wedi ei weld yn cyffwrdd diod yn yr holl amser y bu hi gydag o. Agorodd y drws ac fe'i chroesawyd gan sŵn rhochian yn dod o gyfeiriad y gwely.

"Rich, cariad – fi sy 'ma!" galwodd wrth agosáu at erchwyn y gwely.

Doedd dim ymateb, heblaw am y chwyrnu uchel. Gafaelodd yn ei fraich a'i hysgwyd, ond doedd dim yn tycio. Camodd yn ôl, ac yng ngolau'r gannwyll syllodd arno'n gorwedd yno, yn dalp meddw a anadlai'n drwm drwy ei geg lydan-agored. Llifai glafoer yn stribed i lawr ei ên a'i wddw gan staenio'r garthen a'i gorchuddiai. O fewn ychydig oriau roedd ei chariad golygus wedi troi'n hen ddyn meddw, atgas ac anghynnes. Plygodd drosto a'i ysgwyd drachefn.

"Rich, deffra!"

Ond ddaeth dim ymateb heblaw am chwyrniad uchel arall. Llenwodd arogl sur y wisgi ei ffroenau gan droi ei stumog. Camodd yn ôl oddi wrth y gwely gan holi ei hun beth ddaeth dros ei phen i wastraffu ei hamser ar y fath bwdryn. Roedd hi wedi bod yn wirion! Doedd dim angen iddo ond codi ei fys bach ac roedd hi wedi bod yn barod i redeg ato bob tro gan ollwng popeth arall. Do, fe gafodd amseroedd da yn ei gwmni yn ystod dyddiau cynnar eu carwriaeth ond doedd waeth iddi gyfaddef, roedd y dyddiau hynny drosodd ers tro.

Trodd ar ei sawdl ac aeth i lawr y grisiau gan gysidro lle gallai dreulio'r nos. Yn sicr, doedd hi ddim am ddychwelyd at Sharon – gwell fyddai ganddi gysgu allan yn y storm na wynebu honno unwaith eto. Roedd gan Simon Parry dŷ iddo'i hun a digon o ystafelloedd gwag – ond ni allai ddychmygu cnocio ar ddrws y Dirprwy Brif Gwnstabl a gofyn am loches oherwydd roedd yna rywbeth mor awdurdodol ac oeraidd am y dyn. Gallai aros gyda Pedro ac Ioan, mae'n debyg – ond roedd yna rywbeth am Penwyn a wnâi iddi deimlo'n anesmwyth. Doedd ganddi fawr i'w ddweud wrth Pedro chwaith ar ôl y ffordd blentynnaidd y gwnaeth o ymddwyn y prynhawn hwnnw yng nghwmni Tim a Mary. Wrth gofio am yr hwyl a gafodd yng nghwmni'r Starlings, penderfynodd fynd i letya gyda nhw yn Nhrem y Môr, er y byddai'n dipyn o ymdrech cyrraedd yno drwy'r storm. Ond roedd yn sicr y câi groeso ar ôl cyrraedd gan eu bod yn gwpwl mor glên.

Curodd Becca'n hir ar ddrws y Starlings cyn i Tim godi o'i wely i'w hateb yn flin. "Iawn! Iawn! Dwi'n dŵad rŵan! Pam na chaiff dyn lonydd i gysg—? Becca bach! Ti sy'na? Tyrd i mewn, tyrd i mewn. Rwyt ti wedi fferru." Gafaelodd Tim ynddi a'i thynnu i mewn i'r tŷ. Estynnodd am liain er mwyn iddi gael sychu ei gwallt, a oedd yn glynu'n wlyb dros ei hwyneb, a thywalltodd fesur da o frandi iddi gan ddweud wrthi am ei lyncu ar ei hunion.

Teimlodd Becca'r ddiod yn ei dadebru a chyn hir roedd wedi dod ati ei hun yn ddigon da i egluro pam y daeth i ofyn am loches.

"Mae croeso i ti yma efo Mary a fi," meddai Tim gan daro

cipolwg ar ei wraig, a safai wrth droed y grisiau â golwg betrusgar ar ei hwyneb. "Er, mi fyddi di'n siŵr o fod yn oer ar dy ben dy hun bach yn y llofft sbâr 'na."

"Peidiwch â phoeni, mi fydda i'n iawn. Mi lapia i fy hun yn hon." Gafaelodd Becca mewn carthen Gymreig drom a orweddai ar gefn y soffa cyn dringo i fyny'r grisiau.

"Mae'r penwythnos yma'n draed moch," cwynodd Tim ar ôl dychwelyd i'w wely ei hun. "Dwi o ddifri am ysgrifennu at yr awdurdodau i gwyno am ymddygiad Richard Jones."

"Ti ddim yn credu y buasai'n well i ti beidio, cariad?" ceisiodd Mary ddarbwyllo'i gŵr. "Efallai y buasai'n penderfynu dial arnom a dweud am…"

"Ti wedi addo peidio â sôn am hynna eto!"

"Mae'n ddrwg gen i, ond do'n i ddim yn hoffi ei agwedd fygythiol ar yr allt yn gynharach, a fedrwn ni ddim fforddio colli rhagor o arian iddo."

"Sut oeddet ti'n gwybod am yr arian?"

"Mae'n ddrwg gen i, cariad, ond ges i gip ar ein cyfriflen banc a gweld dy fod wedi codi deg mil o bunnoedd. Ti wedi talu Richard Jones i gadw'n dawel, yn do?"

"Doedd gen i ddim dewis. Roedd y diawl am fy riportio i i'r heddlu – a does wybod ble fyddai hynny'n arwain."

"Ond blacmel ydi hynna, Tim. Mi fydd o eisiau mwy o arian eto, gei di weld. A fedran ni ddim fforddio gadael iddo gael ein cynilion i gyd."

"Paid ti â phoeni, mi setla i Richard Jones – cheith o'r un geiniog goch arall o 'mhoced i!"

"Ond fedra i ddim peidio â phoeni… am dy ffôn di… Dwi'n gwybod mai diddordeb anthropolegol sy gen ti – ond mi fydd yn anodd egluro hynny i Simon Parry."

"Rho'r gorau i boeni, Mary. Mi wna i'n siŵr fy mod yn cael y ffôn yn ôl. Does gan Parry ddim hawl ei gymryd oddi wrtha i fel yna. Mi fydda i'n anfon cwyn swyddogol at yr heddlu – Dirprwy

Brif Gwnstabl neu beidio! Rŵan, llynca rai o dy dabledi cysgu, neu mi fyddwn ni'n effro drwy'r nos."

Wedi iddo adael y Starlings wrth ddrws eu tŷ, roedd Owi wedi troi'n ôl o Drem y Môr gan aildroedio yn olion ei gamau drwy'r eira, a waethygai fel yr âi bob munud heibio. Cyrhaeddodd adref o'r diwedd yn oer a blinderog ac, wedi cael ei wynt ato, goleuodd ei ganhwyllau a thanio'r stof nwy fel y gallai ferwi dŵr ar gyfer paned. Ceisiodd edrych allan drwy ffenest ei ystafell fyw ond doedd dim golwg bod y storm am ostegu'r noson honno a doedd hi ddim ffit o dywydd iddo fynd allan drachefn i gynnau'r generadur, felly penderfynodd y câi'r orchwyl honno aros tan y bore. Roedd o wedi gwneud yn siŵr bod pawb wedi cyrraedd eu tai yn ddiogel a bod ganddynt fwyd a golau – beth mwy roedd disgwyl i ddyn o'i oed o ei wneud ar y fath noson? Wedi'r cwbl, petai Richard Jones wedi gwrando ar ei rybuddion, fyddai'r un ohonynt yn y fath sefyllfa, meddyliodd wrth ddowcio bisged Garibaldi i'w de.

Yna, cofiodd am y ffordd drahaus roedd y tiwtor wedi ymddwyn tuag ato'n gynharach y diwrnod hwnnw. Roedd y pen bach wedi ei gyhuddo o fyw celwydd. Beth petai'n dweud wrth yr Ymddiriedolwyr? A fyddent yn cael gwared ohono? Roedd yn rhaid iddo geisio dwyn perswâd ar y diawl i ddal ei dafod.

Llethwyd Owi gan atgasedd. Pwy oedd Richard Jones yn ei feddwl oedd o'n trio'i fygwth ac yntau wedi gwneud cymaint i'r lle? Fe gâi'r diawl meddw weld – doedd neb yn cael ei fygwth o fel yna! Wedi'r cwbl, roedd yntau'n gwybod rhai pethau go ddiddorol am ymddygiad Richard Jones hefyd: y Becca fach 'na, er enghraifft. Roedd yn amlwg ei fod yn mocha efo honno.

A'r trwbwl yna efo'r Athro Starling y tro diwethaf iddo fod yn y Nant? Roedd rhywbeth amheus iawn am y ffordd y rhoddwyd taw ar yr helynt hwnnw hefyd. Cynigiodd Owi riportio'r peth ar y pryd, ond dywedodd Richard Jones y byddai o'n delio â'r mater ac nad oedd Owi i ddweud gair wrth neb. Chlywodd o ddim oll am y mater ar ôl hynny, ond fe'i synnwyd pan ddychwelodd y Starlings i dreulio penwythnos arall yn y Nant fel petai dim byd wedi digwydd.

A dyna fo, yn mynd ati i esgeuluso'i fyfyrwyr ac yfed fel ych yn y bar, gan brofi nad oedd o'n ffit i gadw'i swydd. Oedd, roedd y pen bach wedi gwneud camgymeriad wrth fygwth Owi, achos fe allai yntau chwarae'n fudur os byddai'n rhaid hefyd.

Ar ôl gorffen ei baned a'i fisged, rhoddodd ei ben allan drwy'r drws ac yng ngolau ei dortsh gallai weld nad oedd unrhyw arwydd bod y storm ar fin gostegu; os rhywbeth, chwythai'r gwynt yn gryfach gan chwyrlïo'r eira mân fel cymylau o siwgr eisin yn ddiddiwedd drwy'r awyr ddu nes gwneud iddo deimlo'n benysgafn. Ond pan oedd ar fin cau'r drws ar y tywydd, gwelodd siâp tywyll drwy gornel ei lygad. Roedd rhywun yn ymbalfalu ar hyd y llwybr o flaen y tai. Pwy ddiawl oedd allan ar y fath noson? holodd ei hun a thaflu golau'r dortsh ar gefn y person. Ond ni allai adnabod y ffigwr gan fod y pen a'r ysgwyddau wedi eu gorchuddio â charthen drwchus. Ond yna, cafodd gip sydyn ar wyneb Sharon wrth iddi gamu drwy ddrws ffrynt Ioan a Pedro. Beth, tybed, oedd honno'n ei wneud yn mynd draw i dŷ'r hogia ar y fath noson? holodd Owi ei hun wrth lenwi ei botel ddŵr poeth â gweddill y dŵr yn y tegell. Wel, doedd ond un lle yr oedd o am fynd y noson honno beth bynnag, meddyliodd wrth ei throi hi am y ciando.

Erbyn hanner awr wedi dau y bore roedd y storm wedi chwythu ei phlwc o'r diwedd a'r gwyntoedd cryf wedi gostegu gan adael lluwchfeydd uchel ar eu hôl. Disgynnodd tawelwch llethol dros y Nant, y tawelwch hwnnw na cheir ond ar adeg o eira mawr.

Gwasgodd fotwm y ffôn a orweddai ar y gobennydd i weld a

oedd hi'n amser. Yna, ymbalfalodd am switsh y lamp wrth ochr y gwely. Ond wrth wasgu'r botwm, sylweddolodd nad oedd y trydan wedi ei ailgynnau. Doedd dim amdani felly ond estyn am y matsys a'r gannwyll wrth ochr y lamp. O leiaf roedd hi'n dywyllwch ar bawb, ac felly roedd yna lai o siawns i rywun weld unrhyw beth na ddylent.

Ar ôl cynnau'r gannwyll, gwthiodd y cwilt o'r neilltu a chodi o'r gwely. Diawl, roedd hi'n oer – digon oer i rewi cathod, meddyliodd wrth gerdded at y ffenest. Agorodd gwr y llenni a cheisiodd rwbio'r ager oddi ar y cwareli ond roedd hwnnw wedi rhewi'n solet, hyd yn oed ar y tu mewn. Daliodd fflam y gannwyll yn agos i'r gwydr i geisio dadmer rhywfaint ar y rhew fel y gallai weld sut roedd y tywydd erbyn hyn. Ond roedd yn amhosib gweld dim, gan fod haen dew o eira rhewllyd yn gorchuddio'r tu allan i'r ffenest. Nid oedd wedi ystyried y fath dywydd wrth baratoi'r holl gynlluniau manwl. Ond rŵan doedd dim dewis, rhaid oedd dal ati oherwydd ni ddeuai cyfle fel hyn eto. Roedd wedi aros yn hir ac nid oedd am adael i fymryn o eira ddrysu popeth.

Yng ngolau gwan y gannwyll, gwisgodd haenau o ddillad i gadw'n gynnes cyn estyn y bag oddi ar y gadair wrth draed y gwely. Agorodd y sip a thyrchu i'r gwaelod, lle gorweddai cyllell mewn gwain ledr. Yn araf a phwyllog, tynnodd y gyllell o'r wain a theimlo min danheddog y llafn yn ysgafn gyda blaen bys. Fe'i bodlonwyd ei bod yn hynod finiog wrth i ronyn o waed ffurfio'n berl coch ar wyneb y croen. Sugnodd y gwaed oddi ar y bys ac yna estynnodd bâr o fenig rwber a chlwtyn o'r bag. Ar ôl gwisgo'r menig, aeth ati i rwbio pob tamaid o'r gyllell nes ei bod yn sgleinio fel swllt yng ngolau'r gannwyll.

Agorodd ddrws yr ystafell ac aeth i'r cyntedd, ac yng ngolau'r ffôn daeth o hyd i'r gôt ddu a grogai ar fachyn ar gefn y drws. Pe gwyddai ei bod am eira, byddai wedi dewis côt wen at yr orchwyl. Ond roedd hi'n rhy hwyr i boeni am hynny. Cododd gwfl y gôt gan ofalu gorchuddio pob blewyn o wallt. Yna, llithrodd i bâr o esgidiau rwber yr oedd wedi bod yn ddigon hirben i'w pacio.

Ar ôl sodro'r gyllell yn ofalus yng ngwregys y gôt, diffoddodd y ffôn cyn ymlwybro drwy'r tywyllwch at y drws cefn a'i agor yn dawel. Er bod yr eira'n parhau i ddisgyn o'r awyr fel plu gŵydd bras, doedd dim lluwchfeydd mawr yr ochr hon i'r tŷ am fod y gwyntoedd cryf wedi chwythu o'r cyfeiriad arall. Er hynny, synnodd wrth sylwi ar drwch yr eira pan suddodd yr esgidiau rwber i'r cnu gwyn. Mi fyddai'n rhaid cael gwared o'r olion traed pan ddychwelai, meddyliodd. Ond ar y funud roedd pethau pwysicach i ganolbwyntio arnynt a gallai hynny aros tan y byddai'n dychwelyd ar ôl cyflawni'r orchwyl. Doedd dim amser i oedi; roedd yn rhaid mynd ymlaen ar unwaith neu rewi'n gorn yn y fan a'r lle. Camodd ymlaen trwy'r eira gan ochneidio wrth i'r oerni gipio pob tamaid o'r anadl a ollyngai a'i anweddu'n gwmwl rhewllyd uwchben fel eurgylch angel. Angel angau.

O'r diwedd, cyrhaeddodd ddrws cefn tŷ'r tiwtor – drws yr oedd wedi gofalu ei ddatgloi ynghynt. Gwasgodd y gliced a gwthio'r drws yn agored a cheisio cadw mor dawel â phosib. Camodd i mewn a thynnu'r esgidiau rwber. Yna, yn dawel yn nhraed ei sanau, dringodd y grisiau at ystafell wely Richard Jones.

Agorodd ddrws yr ystafell ac fe'i trawyd yn syth gan sawr chŵd a charthion yn gymysg ag alcohol sur a oedd yn ddigon i godi beil i'r geg. Llyncodd boer a gorfodi'r cyfog yn ôl. Yna, wrth gerdded i ganol yr ystafell, teimlodd ias wrth sylwi pa mor oer ac anarferol o ddistaw oedd hi yno – fel bedd neu fortiwari. Anadlodd yn ddwfn i geisio adfer ei hunanreolaeth cyn camu at erchwyn y gwely. Roedd yr oglau'n llawer gwaeth yn y fan honno a ffieiddiodd; roedd yr ysglyfaeth meddw wedi colli pob rheolaeth arno'i hun. Doedd mochyn o'r fath ddim yn haeddu cael byw.

Yng ngolau'r ffôn, sylwodd ar olion ymrafael ar y gwely. Cawsai'r garthen a'r cwilt eu cicio oddi ar y corff llonydd ac roeddent bellach yn swp blêr ar y llawr. Daliodd y ffôn yn uwch a chafodd fraw wrth sylwi ar y gobennydd a wasgwyd yn dynn dros wyneb y tiwtor. Yn araf a phwyllog, cododd y gobennydd a bu bron â rhoi gwaedd pan sylwodd ar y llygaid meirw lledagored a syllai'n gyhuddgar ar y nenfwd. Gyda bysedd crynedig, teimlodd am byls nad oedd yno. Roedd Richard Jones yn gelain! Yr holl gynllunio gofalus yn wastraff llwyr! Pam roedd rhaid iddo farw dan law rhywun arall? Dyrnodd y corff mewn rhwystredigaeth. Yna, tynnodd y gyllell o'i wregys a'i hanelu am yr union fan honno rhwng yr asennau lle gallai drywanu'r galon. Gyda'i holl nerth, gwthiodd y llafn danheddog yn ddwfn drwy'r cnawd marw a rhoi tro siarp i'r carn cyn ei dynnu allan. Ond doedd dim boddhad yn y weithred ofer – ni chawsai'r wefr o deimlo bywyd y tiwtor yn trengi. Felly, gydag ochenaid, sychodd lafn gwaedlyd y gyllell yn nillad y gwely a gadael yr ystafell ddrewllyd, oer, i'w chyfrinachau.

Wrth ymlwybro'n ôl drwy'r eira, sylwodd yn ddiolchgar bod yr olion traed cynharach wedi diflannu'n barod, a chan ei bod yn dal i bluo'n drwm ni fyddai'r rhai ffres fawr o dro yn diflannu chwaith.

Hanner awr yn ddiweddarach, ar ôl ymolchi a chuddio pob tamaid o dystiolaeth, gorweddodd yn ôl ar y gwely yn anfoddog a cheisio dyfalu pwy fu'n gyfrifol am ladd y tiwtor, ffaith a olygai na châi'r pleser bellach o wneud hynny ei hun.

11

Codododd Owi am saith o'r gloch y bore trannoeth fel y gallai gynnau'r generadur cyn i'r criw ddechrau cwyno am y diffyg trydan. Sodrodd ei gap am ei ben a gwisgo'i gôt fawr cyn gwthio'i draed i bâr o esgidiau rwber yr arferai eu gwisgo pan fyddai'n mynd allan i bysgota mecryll yn yr haf. Tybed faint o'r gwesteion fyddai wedi meddwl dod â dillad ac esgidiau call efo nhw? Yr un ohonynt, mae'n debyg. Doedd gan bobl y trefi ddim syniad sut gallai'r tywydd droi yng nghefn gwlad. Mi fyddai'n rhaid iddo dyrchu yn y storfa i weld a oedd yna gotiau ac esgidiau rwber addas i'r criw ar ôl iddo adfer y trydan.

Pan sylweddolodd fod y drws ffrynt wedi rhewi'n gorn o dan y lluwch, aeth i'r cefn. Doedd yr eira ddim mor ddwfn yr ochr honno, am y bu'r coed pinwydd tal a dyfai gerllaw yn gysgod rhag y gwyntoedd a'r lluwchfeydd. Erbyn hyn, troellai plu gŵydd tew yn dawel o'r cymylau beichiog – mor wahanol i'r eira mân rhewllyd a gafodd ei luwchio gan y storm y noson cynt. Ond er mor ddiniwed a hardd yr edrychai'r plu, gwyddai Owi eu bod yn ychwanegu at y cnwd trwchus a ddisgynnodd yn ystod y nos ac y byddent yn sicr o achosi mwy o waith clirio iddo yn ystod y dydd.

Camodd allan i'r llwydolau ac ymlwybro'n ofalus heibio talcen y tŷ ac at gwt y generadur. Cyn hir llwyddodd i gynnau'r peiriant swnllyd a fyddai'n rhoi peth golau a chynhesrwydd nes adfer y prif gyflenwad. Doedd dim dal pryd y byddai hynny'n digwydd chwaith, gan nad oedd hi'n mynd i fod yn hawdd i hogiau Scottish Power gyrraedd y Nant am sbel go lew. Dim ond gobeithio bod digon o ddiesel coch i fwydo'r generadur yn y cyfamser.

Ar ôl gadael y cwt, aeth i'r storfa yng nghefn y Plas, lle cadwai'r dillad a'r esgidiau a adawyd ar ôl gan ymwelwyr dros y blynyddoedd. Gwastrafflyd oedd rhai pobl, a phur anaml y byddai unrhyw un ohonynt yn dychwelyd i hawlio'u heiddo. Ond roedd Owi wedi cadw popeth yn ofalus ac mi fyddai gan y criw presennol le i ddiolch iddo am hynny, yn enwedig yr Ioan Penwyn 'na a ddaeth i'r Nant gyda dim ond jîns tyllog a siwmper a phâr o sandalau plastig am ei draed.

Wedi iddo ddewis eitemau y credai y byddent yn addas, dychwelodd i'r tŷ gyda llond ei hafflau o gotiau, capiau gwlân, menig ac esgidiau rwber. O leiaf ni fyddai'r un o'r criw yn gorfod dioddef llosg eira.

Erbyn iddo ddadebru gyda phowlaid o uwd trwchus â thalp da o fenyn yn ei lygad, roedd hi wedi goleuo'n llawn y tu allan. Edrychodd ar y cloc a gweld ei bod yn tynnu at wyth o'r gloch ac yn hen bryd i'r tiwtor ddeffro ac ysgwyddo'i siâr o'r cyfrifoldeb. Cawsai'r diawl ddigon o amser i sobri erbyn hynny – er y byddai ganddo gythraul o ben mawr trwy'r dydd, mwy na thebyg. Ond ni allai Richard Jones feio neb heblaw fo'i hun, meddyliodd Owi wrth gofio'r stad oedd arno pan roddwyd o i orwedd ar ei wely'r noson cynt.

Cododd dderbynnydd ei ffôn ond roedd hwnnw'n farw – polion BT wedi eu difrodi yn ystod y storm, rhesymodd. Estynnodd am ei ffôn poced ond doedd dim signal i'w gael ar hwnnw chwaith. Mi fyddai'r gwesteion yn gandryll pan fyddent yn sylweddoli nad oedd ganddynt unrhyw ffordd o gysylltu â'r byd tu allan. Gydag ochenaid, gadawodd drwy'r cefn am yr eildro'r bore hwnnw ac ymlwybro trwy'r eira at lety'r tiwtor. Synnodd wrth sylwi bod y drws cefn yno heb ei gloi a bod eira wedi dadmer yn bwll ar lawr y tu mewn iddo, fel petai rhywun wedi bod yno eisoes y bore hwnnw. Camodd dros y llawr gwlyb gan alw, "Helô! Oes 'na bobol?"

Ond doedd dim ateb. Gwylltiodd Owi'n gacwn. Roedd

Richard Jones yn ymddwyn yn hollol anystyriol. Galwodd eto, yn uwch y tro hwn. Ond doedd dim ymateb. Felly, tynnodd ei esgidiau rwber a dringo i fyny'r grisiau yn nhraed ei sanau, gan obeithio nad oedd Becca'n rhannu gwely'r tiwtor ac mai dyna oedd y rheswm na chawsai ateb. Arhosodd ar ben y grisiau i roi digon o amser i'r naill neu'r ddau wisgo dillad amdanynt cyn iddo agor y drws a chamu'n betrusgar i'r ystafell wely.

Er i'r hen ofalwr fod yn dyst i sawl damwain ddrwg yn ystod ei gyfnod yn y chwarel ac ar y môr, doedd dim wedi ei baratoi ar gyfer yr olygfa hynod a'i hwynebai'r bore hwnnw. Gorweddai'r tiwtor ar ei wely â'i wyneb cyn wynned â'r eira tu allan, gyda briw mawr agored yn ei frest a gwaed wedi ceulo'n grachen ddu o'i amgylch. Syllai ei lygaid marw yn gyhuddgar ar Owi, fel petai'n ei feio fo am yr anfadwaith. Roedd rhywun wedi stwffio pelen o ddefnydd oren i'w geg, a wnâi iddo edrych fel pen mochyn mewn siop gigydd. Cododd yr olygfa gyfog ar Owi a chwydodd yr uwd y bu'n ei fwynhau rhyw chwarter awr ynghynt dros y llawr wrth droed y gwely. Sychodd ei geg ar lawes ei gôt cyn troi ar ei sawdl a rhuthro'n grynedig i lawr y grisiau.

Beth ddylai o wneud? meddyliodd wrth wthio'i draed yn ôl i'w esgidiau rwber. Doedd dim modd cysylltu ag awdurdodau'r Nant na'r heddlu gan nad oedd y ffôn yn gweithio. Yna, cofiodd fod Dirprwy Brif Gwnstabl Heddlu Gwynedd yn un o'r grŵp a oedd yn aros yno. Ochneidiodd mewn rhyddhad – fe gâi hwnnw rannu'r cyfrifoldeb.

Bu'n rhaid i Owi ddyrnu ar ddrws cefn Simon Parry am beth deimlai fel oes cyn i'r Dirprwy Brif Gwnstabl ymddangos o'r diwedd yn ei ŵn nos a'i slipars.

"Oes raid ichi ddobio cymaint ar y drws 'ma, ddyn? Mi fysa rhywun yn meddwl bod cŵn y fall ar eich ôl chi. A pham dod i'r cefn?"

Ond doedd gan Owi ddim amser i egluro iddo am y lluwchfeydd a oedd wedi ei gwneud yn amhosib defnyddio drysau ffrynt y tai.

"Ma'n rhaid i chi ddŵad efo fi rŵan hyn," meddai yn ei Saesneg bratiog. "Ma... ma 'na rwbath ofnadwy wedi digwydd!"

"Daliwch funud," meddai Simon wrth sylwi ar stad yr hen ddyn. "Dewch i mewn o'r eira a chymrwch eich amser i ddweud yn iawn beth sydd wedi digwydd. Oes 'na ddamwain wedi bod?"

"Na, dim damwain," atebodd Owi wrth gamu i mewn. "Llofruddiaeth. Ma... ma'r tiwtor wedi cael ei ladd!"

"Beth? Ydach chi'n siŵr o hynny?"

"Fedra i ddim deud wrthach chi... gymaint o fraw ges i... ei... ei weld o'n gorwadd ar ei wely... a'r... a'r ddau lygad 'na fel petaen nhw'n syllu drwydda i. Dim ond neithiwr dd'waetha wnaethon ni ei roi o yn ei wely... Wnes i'm meddwl am funud... na, yn wir i chi... bysa'r creadur druan yn gelain erbyn y bora... Pwy fysa isio gwneud peth mor ofnadwy, dw'ch?" parablai Owi'n fyglyd wrth geisio disgrifio'r olygfa erchyll.

"Wnaethoch chi gyffwrdd ag unrhyw beth yn y stafell?"

"Na. Ond mi ges i gymaint o fraw fel y chwydais fy mrecwast dros y llawr wrth droed y gwely. Ar wahân i hynny, 'nes i'm cyffwrdd dim. Dwi wedi darllan digon o nofelau ditectif fel rhai Inspector Morse a Frost ac ambell un Gymraeg hefyd. Oeddach chi'n gwybod mai dros y mynydd yn Nhrefor y sgwennodd Colin Dexter rai o lyfra Morse? Roedd gynno fo dŷ —"

"Ia, ia. Ac mi ddaethoch chi yma'n syth ar ôl canfod y corff?" torrodd Simon ar draws y llifeiriant cyn i Owi ddweud popeth a wyddai am bob llyfr ditectif a ysgrifennwyd erioed.

"Do yn tad, ar fy union, ar ôl i mi gofio eich bod chi'n Ddirprwy Brif Gwnstabl."

"Mi wnaethoch chi'r peth iawn, Mr Williams. Rŵan, yn

eich geiriau eich hun, disgrifiwch bopeth yn ofalus unwaith eto."

Wedi iddo gael ei fodloni gan ddatganiad Owi, gwisgodd Simon yn frysiog a gyda'i ffôn yn ei boced a'i liniadur dan ei gesail, camodd allan i'r eira. Gwell oedd iddo weld drosto'i hun cyn hysbysu'r awdurdodau.

"Ydach chi isio i mi nôl sî-bŵts i chi? Mae'r eira'n mynd dros eich sgidia."

"Na, does dim amser am hynny rŵan," meddai Simon gan frasgamu gystal ag y medrai drwy'r cnu gwyn at ddrws cefn tŷ'r tiwtor. "Arhoswch chi i lawr yn fan hyn i wneud yn siŵr nad oes neb yn dod i darfu arna i," meddai wrth y gofalwr, cyn tynnu ei esgidiau a'i sanau gwlyb a dringo'n droednoeth i fyny'r grisiau.

"Iawn," atebodd Owi'n ddiolchgar, am nad oedd yn awyddus i ddychwelyd at yr olygfa erchyll.

Pan gyrhaeddodd Simon yr ystafell wely, gwelodd fod yr amodau'n union fel y disgrifiwyd hwy gan y gofalwr, hyd yn oed y chŵd sur wrth droed y gwely. Yn ystod ei flynyddoedd gyda'r heddlu magodd Simon stumog gadarn, ac er bod awyrgylch yr ystafell bron â bod yn annioddefol, ni wnâi adael i hynny darfu arno. Roedd ganddo waith i'w wneud ac roedd yn bwriadu gwneud hwnnw mor broffesiynol ag yr oedd modd o dan yr amgylchiadau. Oedodd yn hir uwchben y corff gan ystyried pa gwrs i'w ddilyn. Gwasgodd fotwm ei ffôn ond doedd dim signal na chyswllt *wi-fi* ac os oedd yr hyn ddywedodd Owi'n wir, ni fyddai modd cysylltu â'r byd tu allan gan y byddai'r lluwchfeydd yn sicr o fod wedi cau'r allt.

Edrychodd eto ar y corff a phenderfynu mai'r peth cyntaf y dylai ei wneud oedd galw'r meddyg. Roedd yn rhaid cael tystiolaeth feddygol i sicrhau bod y tiwtor yn farw, ac i roi barn broffesiynol am achos y farwolaeth. Roedd hi'n hollbwysig gwneud pethau'n iawn fel na fyddai gan y CID achos i gwyno yn nes ymlaen.

"Owain Williams! Ydach chi'n dal yna?" galwodd o ben y grisiau. "Wnewch chi ddod â Dr Sharon Jones draw?"

Syllodd Simon yn fanwl ar wyneb Sharon i weld oedd yna unrhyw arwydd o emosiwn. Ond roedd y meddyg yn ymddwyn yn gwbl broffesiynol ac ar wahân i'r ebychiad anfwriadol a ollyngodd pan welodd yr olygfa frawychus am y tro cyntaf, cuddiodd ei theimladau y tu ôl i fwgwd ei phroffesiwn. Ar ôl archwilio'r corff, trodd at Simon gan egluro nad oedd fforensics yn faes yr oedd wedi arbenigo ynddo, ond ei bod yn credu i Richard farw rai oriau ynghynt.

"Rhywbryd rhwng deg o'r gloch neithiwr a phump y bore ddwedwn i."

"Fedrwch chi fod yn fwy manwl?"

"Na, mae'n anodd bod yn fwy pendant. Gallai'r broses *rigor mortis* fod wedi arafu oherwydd ei bod hi mor oer yn y stafell 'ma."

"Ac achos y farwolaeth?"

"Wel, mae hynny'n bur amlwg, tydi?" atebodd Sharon a gwenu'n nawddoglyd ar y Dirprwy Brif Gwnstabl hunanbwysig.

"Ydi, ydi. Ond er mwyn y cofnodion. Dwi angen eich barn broffesiynol, Dr Jones."

"Wel, os ydach chi'n mynnu!" ebychodd. "Bu'r ymadawedig farw o'i anafiadau a achoswyd wrth iddo gael ei drywanu trwy'i galon gydag arf miniog."

"Arf miniog? Sut gallwch chi ddweud hynny?"

"Wel, edrychwch ar yr archoll. Mae'n amlwg ei fod wedi ei achosi gan lafn miniog. Cyllell ddanheddog faswn i'n tybio, o edrych ar y rhwygiadau yn y croen o amgylch y briw."

Diolchodd Simon iddi a dweud ei fod yn edmygu ei phroffesiynoldeb ac ystyried y braw roedd hi'n siŵr o fod wedi ei gael o weld rhywun oedd yn golygu cymaint iddi wedi ei lofruddio.

"Doedd Richard Jones yn golygu dim i mi," gwadodd Sharon yn bendant. "Felly, os nad oes fy angen ymhellach…"

"Yr ast ddideimlad," meddai Simon dan ei wynt wrth ei gwylio'n cerdded yn ddifater o'r ystafell.

Ar ôl dychwelyd i breifatrwydd ei thŷ ei hun, caniataodd Sharon i'w hemosiwn ymddangos, ac er ei bod yn dal yn gynnar iawn yn y bore agorodd ei photel fodca a thywallt mesur da i'r gwydr oedd ar y bwrdd ers y noson cynt.

Yn fuan ar ôl i Sharon adael, daeth Simon i lawr y grisiau at Owi, a oedd yn aros yn ddiamynedd yn yr ystafell fyw. Roedd ganddo gant a mil o bethau i'w gwneud y bore hwnnw a dim amser i sefyllian. Ond roedd yn rhaid i bopeth aros nes i Simon orffen ag o.

"Gan eich bod yma, mi fanteisia i ar y cyfle i'ch holi chi'n ffurfiol, Owain Williams," meddai gan agor ei lyfr nodiadau a'i osod ar fwrdd y cyntedd. "Disgrifiwch yn fanwl sut y daethoch o hyd i'r corff eto."

Adroddodd Owi y manylion: sut yr oedd wedi penderfynu dod draw i dŷ'r tiwtor er mwyn ei ddeffro, gan iddo fethu cysylltu ag o dros y ffôn. "Synnais i pan sylwais fod y drws cefn heb ei gloi a bod rhywun wedi dod drwyddo cyn i mi gyrraedd."

"Sut gwyddoch chi hynny?"

"Roedd 'na bwll o ddŵr y tu mewn i'r drws, lle'r oedd yr eira wedi dadmer. Dowch, mi ddangosa i i chi."

"Wnaethoch chi weld neu glywed unrhyw beth amheus neithiwr?" holodd Simon ar ôl archwilio'r cyntedd cefn.

"Na, mi es i'n syth i fy ngwely a chysgu fel twrch drwy'r nos achos ro'n i wedi ymlâdd ar ôl danfon pawb i'w tai drwy'r storm."

"Oeddech, siŵr o fod."

"Ond, arhoswch chi funud," cofiodd Owi'n sydyn. "Cyn i mi fynd i fy ngwely, mi rois i fy nhrwyn allan drwy'r drws, a dyna lle'r oedd Sharon Jones yn ymbalfalu drwy'r ddrycin at dŷ'r hogia."

"Tŷ'r hogia?"

"Ia, tŷ Pedro ac Ioan Penwyn."

"Diddorol iawn," meddai Simon gan ysgrifennu yn ei lyfr nodiadau.

"A sut fuasech chi'n disgrifio eich perthynas â'r tiwtor?" gofynnodd, gan fynd ar drywydd newydd.

"Wel, doeddwn i ddim yn gneud rhyw lawar efo fo. Un go beth 'ma oeddwn i'n gweld Richard Jones a deud y gwir wrthach chi."

"Sut felly?"

"Wel, doedd o byth yn barod i wrando ar gyngor, achos roedd o'n meddwl ei fod o'n gwybod yn well na phawb. Mi driais i ei rybuddio y bysa'r tywydd yn troi'r penwythnnos 'ma ond wrandawodd o ddim. Tasa fo wedi gneud – wel, pwy a ŵyr, 'te?"

"Ydych chi wedi dod ar draws y Starlings o'r blaen?" holodd Simon gan anwybyddu'r sylwadau.

Eglurodd Owi iddynt fynychu cwrs arall yn y Nant rhyw chwe mis ynghynt a bod yna drwbwl y tro hwnnw.

"Sut fath o drwbwl?" Swniai hyn yn fwy addawol.

"Roedd rhyw ferchaid ifanc wedi cwyno bod Starling yn cymryd gormod o ddiddordeb ynddan nhw. Ond pan gynigais i riportio'r mater, mi ddwedodd Richard Jones y buasai o'n delio â'r peth, a chlywis i ddim mwy. Ond rhyngddoch chi a fi, ro'n i'n synnu ei weld o a'i wraig yn ôl yma ddoe fel petai dim byd wedi digwydd."

"Oes gennych chi allwedd i gloi'r drws cefn? Dwi ddim am i neb arall ddod i'r tŷ cyn y gall tîm fforensics ddod yma i archwilio'r lle'n iawn."

"Oes, mae gen i oriad i'r tai yn fy mhocad," meddai Owi gan estyn yr allwedd o boced ei gôt.

"Ardderchog." Cipiodd Simon yr allwedd o law Owi. "Mi wna i ofalu am hwn am y tro."

"Ond y fi sydd yn gyfrifol am y Nant. Mae'n rhaid i mi gael y goriad er mwyn gallu gneud fy ngwaith."

"Ydach chi ddim yn sylweddoli difrifoldeb y sefyllfa, ddyn? Mewn achos o lofruddiaeth, fy nyletswydd i fel swyddog heddlu ydi cymryd cyfrifoldeb llawn. Rŵan, ewch i ofyn i weddill y grŵp ymgynnull yn y stafell ddosbarth ar unwaith. Ond peidiwch â dweud dim am beth sydd wedi digwydd oherwydd dwi eisiau astudio eu hwynebau pan fydda i'n torri'r newydd iddynt."

"Iawn. Dwi wedi dŵad o hyd i gotiau a sî-bŵts a ballu iddyn nhw hefyd achos does gan y rhan fwya ohonan nhw ddim byd addas i'w wisgo yn yr eira 'ma. Mi ranna i'r rheini yn eu plith yr un pryd."

"Syniad da. Oes gennych chi bâr o esgidiau rwber maint deg fuasai'n gwneud i mi? Mae gen i ofn bod yr eira wedi dod dros fy esgidiau," meddai Simon gan edrych ar ei draed gwlyb.

"Arhoswch chi tra bydda i'n nôl rhai i chi. Fydd hi fawr o dro wedyn cyn y cewch sychu'ch traed a gwisgo'ch slipars unwaith eto."

"Gwisgo slipars wir! Fydd gen i ddim ams—"

Ond arhosodd Owi ddim i wrando ar ei brotest, a bum munud yn ddiweddarach gwenodd wrth wylio'r heddwas hunanbwysig yn ceisio camu'n urddasol drwy'r eira i gyfeiriad yr ystafell ddosbarth yn ei esgidiau rwber benthyg. O leiaf roedd o wedi gallu torri ychydig ar grib y pwysigyn trwy ddewis pâr oedd ddau faint yn rhy fawr iddo!

Ond buan y diflannodd y wên oddi ar ei wyneb wrth iddo ystyried y bu llofruddiaeth yn y Nant. Gyda'r Gamffordd ar gau, ni allai yr un o'r staff eraill gyrraedd i lawr y bore hwnnw. Felly, roedd y cyfrifoldeb o redeg y lle a gwarchod y criw wedi ei adael yn gyfan gwbl ar ei ysgwyddau o. Roedd ganddo gymaint o waith i'w wneud: clirio'r eira o'r llwybrau, bwydo pawb, gofalu am y generadur – roedd y rhestr yn ddiddiwedd. Ond yn gyntaf roedd yn rhaid iddo ddeffro'r lleill a rhannu'r dillad rhyngddynt cyn eu bod yn ymgynnull yn yr ystafell ddosbarth.

12

"Pam oedd yn rhaid ein llusgo ni i'r fan hyn drwy'r eira, a hynny cyn i ni gael brecwast?" holodd Tim yn eithaf blin ar ôl iddo ymuno â'r gweddill yn yr ystafell ddosbarth. "Dwi jyst â marw isio bwyd. Heblaw am y 'chydig frechdanau yna a adawyd i ni neithiwr, tydan ni ddim wedi cael tamaid i'w fwyta ers amser cinio ddoe. Mae trefniadau'r cwrs yn draed moch. Mae'n rhaid i rywun achwyn wrth y rheolwyr."

"Dwi ddim yn gwybod beth fydd Rich yn ei feddwl ohona i pan welith o fi yn yr anorac afiach 'ma – c'wilydd!" meddai Becca'n bwdlyd.

"O leia mi 'neith hi dy gadw di'n gynnes yn y tywydd oer 'ma. Mae'r dillad mae Penwyn druan wedi eu cael yn gwbl anaddas," meddai Tim gan amneidio'i ben i gyfeiriad Ioan, a wisgai siaced ddenim denau a dderbyniodd gan Owi Williams. "Rhywbeth gwlanog, cynnes fel sydd gen i a Mary oedd o ei angen."

"Does 'na ddim rhyfedd bod pobl wedi gadael y dillad yma ar eu holau – dyna faswn inna wedi ei wneud hefyd," oedd sylw pwdlyd Becca.

"Esgusodwch fi. Os caf i eich sylw os gwelwch yn dda," torrodd Simon ar draws y cleber. Yna, pan oedd yn berffaith fodlon bod pawb yn talu sylw, dywedodd wrthynt sut y darganfuwyd Richard Jones yn farw yn gynharach y bore hwnnw. "Mae yna achos cryf i ni gredu iddo gael ei lofruddio."

Clywid ebychiadau uchel drwy'r ystafell wrth i eiriau Simon dreiddio i'w hymwybyddiaeth a dechreuodd pawb holi a gwadu ar draws ei gilydd: Richard Jones wedi ei lofruddio? Ai jôc wael oedd hyn? Os hynny, doedd o ddim yn ddoniol. Doedd y fath beth ddim yn bosib! Doedd pethau fel hyn ddim yn digwydd yn y byd go iawn! Mae'n rhaid bod yna gamgymeriad…

"Na, mae'n ddrwg gen i ddweud wrthych nad oes dim camgymeriad," torrodd llais awdurdodol Simon dros y cleber. Yna, aeth ymlaen i egluro nad oedd modd cysylltu â'r byd y tu allan i'r Nant gan fod y cysylltiadau ffôn a'r *wi-fi* wedi eu colli oherwydd y storm. Arweiniodd hyn at lawer mwy o holi a grwgnach wrth i rai ohonynt wirio'u ffonau a darganfod drostynt eu hunain nad oedd ganddynt unrhyw fath o signal.

"Does 'na'm lein ddaearol chwaith," ychwanegodd Owi. "Y polion wedi eu taro gan y storm neithiwr, mae'n siŵr a —"

"Gadewch hyn i mi, os gwelwch yn dda, Owi Williams," meddai Simon gan edrych yn flin ar y gofalwr am feiddio torri ar draws ei ddatganiad. "Yn rhinwedd fy swydd fel Dirprwy Brif Gwnstabl Heddlu Gwynedd, dwi'n cymryd gofal o'r achos hyd nes bydd hi'n bosib i'r tîm CID gyrraedd yma."

Yna, trodd at weddill y grŵp. "Does dim rhaid i mi eich rhybuddio, dwi'n siŵr, na chewch chi adael tra bo'r ymchwiliad yn cael ei gynnal."

"Tydi hynny ddim yn opsiwn beth bynnag, gan fod y Gamffordd yn siŵr o fod ar gau," torrodd Owi ar ei draws unwaith eto. "Roedd pobl yn styc yn y Nant 'ma am wythnosau yng ngaea pedwar deg sa—"

"Mr Williams, dwi ddim am ofyn eto!" rhybuddiodd Simon cyn iddo golli pob rheolaeth ar y grŵp. "Cofiwch ein bod yn trafod mater o lofruddiaeth a chredaf y dylwn rybuddio pob un ohonoch i fod yn hynod ofalus, oherwydd fwy na thebyg mae'r llofrudd yn un ohonon ni. Mae o neu hi wedi lladd unwaith yn barod. Gallai daro eto!"

Aeth ebychiad arall drwy'r ystafell ac edrychodd pawb yn amheus ar ei gilydd. Gafaelodd Mary'n ofnus ym mraich ei gŵr.

"Dwyt ti ddim o ddifri yn credu mai un ohonon ni sydd yn gyfrifol?" holodd Tim yn anghrediniol. "Edrycha arnom ni – oes golwg llofruddion arnom ni?"

"Onid yw hi'n bosib fod y llofrudd wedi dod yma o rywle arall yn ystod y nos?" gofynnodd Sharon.

"Annhebygol iawn, ddwedwn i," atebodd Simon. "Mae siawns dda fod y ffordd wedi ei chau gan eira cyn i'r tiwtor gael ei ladd. Na, dwi'n eitha sicr bod y llofrudd yn bresennol yn ein mysg."

Edrychodd Mary'n ofnus ar weddill y criw. Beth petai'r llofrudd yn wallgofddyn? Beth petaent i gyd yn cael eu lladd cyn i neb o'r tu allan eu cyrraedd?

Pan sylweddolodd Becca arwyddocâd geiriau Simon, dechreuodd feichio crio – roedd Rich, ei chariad annwyl, wedi ei ladd. Bu adegau'r diwrnod cynt pan deimlodd fel ei dagu, ond doedd hi ddim wedi golygu hynny o ddifri. Roedd popeth wedi bod mor dda rhyngddynt cyn i'r Sharon yna ddod i'r Nant a difetha pob dim.

"Ar honna mae'r bai!" gwaeddodd gan edrych yn llawn atgasedd ar Sharon. "Honna laddodd o!"

"Mae'n well i ti fod yn ofalus beth ti'n ei ddweud, 'y mechan i, rhag ofn y byddi di'n wynebu achos enllib," atebodd Sharon yn oeraidd. "Chdi wrthododd aros o dan yr un to â fi neithiwr gan ddeud dy fod am fynd at Richard. Felly, chdi oedd yr ola i'w weld o'n fyw a chdi gafodd y cyfle perffaith i'w ladd o!"

"Paid ti â meiddio fy nghyhuddo i," meddai Becca a chamu ymlaen yn fygythiol at Sharon.

Ond roedd Simon Parry yn barod amdani y tro hwn a doedd o ddim am adael iddi danseilio ei awdurdod.

"Dyna ddigon, Becca!" rhybuddiodd gan atal y ferch rhag taro Sharon. "Os na fedrwch chi reoli eich tymer, mi fydd yn rhaid i mi eich cloi yn un o stafelloedd llawr ucha'r Plas 'ma." Yna, gan droi at weddill y grŵp, meddai, "Cofiwch mai fi sy'n gyfrifol am yr achos yma, ac mi fydda i'n sicr o roi digon o gyfle i bob un ohonoch drafod eich sylwadau a'ch amheuon efo fi. Felly, dwi ddim am i chi drafod y mater ymysg eich gilydd na lluchio cyhuddiadau byrbwyll a di-sail o gwmpas y lle!"

Roedd hi'n amlwg i Pedro bod rhywbeth go ddifrifol wedi digwydd, ond nid oedd wedi deall fawr ddim o'r manylion gan fod y drafodaeth wedi ei chynnal drwy gyfrwng y Saesneg. Felly, pan gafodd gyfle, gofynnodd i Owi egluro beth yn union oedd wedi digwydd. Ar ôl deall, daeth teimlad o banig llwyr drosto. Edrychodd o'i gwmpas yn wyllt ar weddill y criw – oedden nhw i gyd yn ei amau o? Oedden nhw'n barod i wneud bwch dihangol ohono? Roedd o filoedd o filltiroedd o'i gartref mewn gwlad ddieithr, lle nad oedd yn sicr o'i hawliau. Ceisiodd ei orau i wneud pen a chynffon o'r rheolau fisa Prydeinig ond gan iddo dderbyn pob dogfen swyddogol yn Saesneg, nid oedd yn gwbl siŵr a oedd ganddo hawl i fod yng Nghymru ai peidio.

Yna, ar ben yr holl ansicrwydd gyda'r dogfennau, deffrowyd rhyw gynddaredd ofnadwy y tu mewn iddo'r noson cynt. Bu'n troi a throsi yn ei wely am oriau gan ystyried yr hyn a ddywedodd Sharon wrtho, ac er nad oedd yn greadur dialgar fel rheol, bu'n trywanu gobennydd ei wely'n ddidrugaredd â'i ddyrnau i geisio cael gwared o'r casineb a'i meddiannodd a'r ysfa i unioni'r cam a gawsai ei dad ar y *Belgrano*. A rŵan roedd Richard Jones yn farw a gwyddai Pedro y gallai'n hawdd fod wedi bod yn gyfrifol am ei ladd yn ystod y nos.

Dechreuodd ei ddychymyg chwarae triciau arno, ac ni allai atal ei hun rhag chwilio i'r posibiliadau mwyaf annhebygol. Oedd hi'n bosib ei fod wedi codi yn ei gwsg fel yr arferai wneud pan oedd o'n blentyn? Yr adeg hynny, ni fyddai ganddo unrhyw gof am y pethau y byddai wedi eu gwneud pan fyddai ei nain yn dweud wrtho yn y bore. Doedd o ddim wedi gwneud peth felly ers blynyddoedd bellach. Ond eto, beth os? Ysgydwodd ei ben.

Beth oedd yn bod arno'n mynd o flaen gofid? Doedd y ffaith iddo deimlo fel lladd Richard Jones ddim yn golygu ei fod o'n euog. A beth bynnag, byddai'n oer ac yn wlyb ar ôl dychwelyd petai hynny'n wir, neu mi fyddai wedi deffro cyn gynted ag y byddai wedi camu allan drwy'r drws i'r fath storm. Anadlodd yn drwm a cheisio adfer ei hunanreolaeth wrth sylwi bod llygaid yr heddwas arno.

Gwnaeth Simon nodyn manwl o adwaith pawb. Roeddent i gyd wedi ymateb mewn ffyrdd gwahanol a diddorol: Becca ar un llaw yn torri ei chalon ac yn colli rheolaeth arni ei hun, a Sharon ar y llaw arall wedi ymddangos yn oeraidd a diemosiwn wrth archwilio'r corff. Crynai Mary Starling ac edrychai'n ofnus, fel petai'n disgwyl i'r llofrudd neidio allan o'r cysgodion unrhyw funud a'i llarpio yn y fan a'r lle. Gafaelai'n dynn ym mraich ei gŵr, a oedd yn fwy tawedog na'r arfer. Craffodd Simon yn fwy manwl ar yr Athro. Gallai daeru bod rhyw olwg o ryddhad ar wyneb hwnnw, er ei fod yn ceisio'i orau i gelu hynny. Doedd y Penwyn ddim fel petai wedi dirnad difrifoldeb yr hyn oedd wedi digwydd – ceisiai gael sylw Owi drwy fwydro rhywbeth am fwydo'r adar, ond ni chymerai hwnnw unrhyw hid ohono. Syllai'r gofalwr mewn penbleth ar Pedro, a edrychai fel petai wedi ei lorio gan y newydd am lofruddiaeth y tiwtor. Tybed pam roedd hwnnw'n edrych mor euog?

"Dwi'n siŵr nad oes raid i mi eich rhybuddio rhag mynd yn agos at dŷ Richard Jones gan mai fan'no ydi lleoliad y drosedd," meddai Simon ar ôl adennill sylw'r criw. "Bydda i'n defnyddio'r stafell ddosbarth yma fel stafell ymholiadau ac mi fydda i'n cyf-weld pob un ohonoch yn unigol yn ystod y dydd. Yn y cyfamser, os oes gennych unrhyw wybodaeth, gadewch i mi wybod yn syth."

"Esgusodwch fi," meddai Owi, a oedd yn benderfynol o

gael dangos ei fod yntau'n parhau i fod yn gyfrifol am y Nant. "Dwi'n siŵr eich bod chi i gyd ar lwgu erbyn hyn. Ond does dim pwrpas i chi fynd draw i'r caffi gan na fydd y staff wedi gallu dŵad i lawr heddiw. Felly, os dowch chi efo fi i'r stafall drws nesa, mi fedra i baratoi rhyw fath o frecwast syml i chi yn y gegin. Mae gen i ofn nad oes gen i amsar i weini bacwn ac wyau ond mae croeso i chi gael uwd poeth neu dost a phanad. Wedyn, ar ôl brecwast, mi faswn i'n ddiolchgar tasa rhai ohonoch yn rhoi help llaw i mi i drio clirio dipyn o'r eira yma oddi ar y llwybr o flaen y tai. Mae hi wedi stopio pluo erbyn hyn ac mae'r haul yn trio dod allan."

"Efallai y dylai rhywun geisio dringo'r allt i weld oes modd mynd i fyny i Lithfaen i ffonio'r awdurdodau," awgrymodd Tim.

"Ydach chi'n cynnig rhoi tro arni, Proffesor?" gofynnodd Owi'n goeglyd. "Coeliwch chi fi, eith neb i fyny'r Gamffordd ar chwarae bach tra bo'r lluwchfeydd wedi blocio bob cornel. Ond ar ôl clirio rhywfaint ar y llwybrau o gwmpas y pentra, ella y gallwn fynd i weld pa mor ddrwg ydi hi i fyny yna."

Tra dilynodd pawb arall Owi allan o'r ystafell ddosbarth, arhosodd Ioan Penwyn i gael gair â Simon. Ochneidiodd yr heddwas pan sylwodd ei fod yn mynd i gael ei fyddaru gan y Pengwin a'i syniadau hurt.

"Yli, Ioan, dwi'n hynod o brysur y bore 'ma. Dos di i gael brecwast rŵan a gadael i mi…"

Ond doedd hi ddim mor hawdd â hynny cael gwared ar Ioan gan iddo fynnu adrodd hanes rhyw ffrae a fu rhwng y gofalwr a'r tiwtor y diwrnod cynt.

"Mae Owi Williams dim wedi bod yn bachgen bach yn y Nant, a mae o yn lot, lot rhy hen i neud gwaith o yn iawn, meddai Richard Jones."

Felly wir, mae'r hen Owi Williams wedi bod yn rhaffu celwyddau ers blynyddoedd am ei gysylltiadau â'r Nant, meddai Simon wrtho'i hun wedi i Ioan orffen adrodd hanes y ffrae i gyd. "Da iawn ti, Ioan, am fod mor graff. Mae unrhyw stori fel hyn yn mynd i fod o help i mi gyda fy ymchwiliadau," trawodd gefn yr hipi. Roedd y creadur diniwed yn profi'n hynod ddefnyddiol wedi'r cwbl. "Mi faswn i'n falch petaet ti'n cadw dy lygaid yn agored am y gyllell ddanheddog a ddefnyddiwyd i drywanu Richard Jones hefyd. Dyma i ti'r *master key* wneith agor pob un o ddrysau cefn y tai. Ond cofia, paid â mynd yn agos at dŷ Richard Jones."

Cytunodd Ioan yn frwd gan bocedu'r allwedd. Nid yn aml y câi ei hun ar yr un ochr â'r heddlu ond roedd yn fwy na bodlon helpu Simon y tro hwn. Ar ôl brecwast, fe geisiai cael cyfle i chwilio am dystiolaeth a allai helpu gyda'r ymchwiliad. Ond roedd yn rhaid iddo fwydo'r adar bach yn gyntaf.

Edrychodd Simon ar ei Rolex wrth i Ioan adael yr ystafell – hanner awr wedi naw. Fe âi drwodd i'r gegin i nôl tamaid i'w fwyta cyn ysgrifennu ei adroddiad a pharatoi am y cyfweliadau. Ond ni fyddai'n aros i fwyta gyda'r lleill gan y teimlai y dylai gadw hyd braich tra oedd yr ymchwiliad yn parhau.

Tawedog iawn oedd y criw o amgylch y bwrdd brecwast; pawb wedi ymgolli yn eu meddyliau eu hunain ac yn taro cipolwg amheus ar y naill a'r llall ar ôl derbyn y newyddion am lofruddiaeth Richard Jones. Cytunai Tim gyda Becca pan ddywedodd honno bod Richard wedi ymddwyn yn rhyfedd ers iddo daro llygad ar Sharon. Beth bynnag oedd barn bersonol Tim amdano, gwyddai iddo ymfalchïo yn ei broffesiynoldeb yn ystod y cwrs blaenorol, a doedd canslo gwersi ar y funud olaf a meddwi ddim yn nodweddiadol ohono. Edrychodd drwy gil ei lygad ar y meddyg. Roedd yna ryw galedwch oeraidd yn llechu o dan ei hymarweddiad soffistigedig a chredai'r Athro y gallai fod yn ddigon abl i lofruddio mewn gwaed oer.

Wrth ochr Tim, eisteddai Mary gan chwarae â'r uwd yn ei phowlen. Ers iddi glywed am y farwolaeth bu geiriau ei gŵr yn troi yn ei phen: "Mi setla i Richard Jones," oedd ei rybudd yn y gwely'r noson cynt. Allai Tim fod wedi codi yn y nos tra oedd hi'n cysgu'n drwm dan ddylanwad y tabledi y mynnodd ei bod yn eu cymryd?

Yr ochr arall i'r bwrdd eisteddai Becca gan fwytho cwpanaid o goffi du. Edrychodd yn gyhuddgar ar y lleill. Sut gallent fwyta eu brecwast mor ddidaro pan oedd Rich druan yn gorwedd yn gelain? Roedd hi angen bod ar ei phen ei hun i alaru.

Wrth iddi ruthro allan drwy ddrws y Plas, trawodd yn erbyn Ioan Penwyn, a oedd wedi bod yn rhannu ei frecwast gyda'r adar. Rhoddodd hergwd galed iddo cyn gwthio heibio.

Eisteddai Pedro ar wahân ar fwrdd bychan yng nghornel bella'r ystafell. Rhoesai'r gweddill y gorau i bob ymgais i siarad Cymraeg erbyn hyn, felly ni allai ymuno ag unrhyw sgwrs hyd yn oed petai'n teimlo fel gwneud hynny. Doedd o erioed wedi teimlo mor unig ac fe roddai'r byd yn grwn am gael bod yn ôl yn y Wladfa'r funud honno. Gwthiodd yr uwd oddi wrtho heb ei brofi.

"Dwyt ti ddim yn ei licio fo?" holodd Owi gan estyn cadair i eistedd wrth ei ochr. "Dyma i ti damaid o dost."

"*Gracias*, Owi Williams, ond does gen i fawr o awydd bwyd ar ôl clywed y newyddion."

"Mae'n rhaid i ti fwyta, siŵr iawn. Fydd stumog wag yn dda i ddim yn y tywydd oer 'ma."

"Os ydych chi'n mynnu," meddai Pedro gan geisio cnoi'r tost caled. "Ond dwi ddim yn gwybod sut rydych chi'n gallu ymddwyn fel tasa dim byd o'i le a chithau wedi darganfod y corff a phopeth."

"Wel, pan gyrhaeddi di fy oed i, mi sylweddoli di fod yn

rhaid i fywyd fynd yn ei flaen. Mi ges i goblyn o fraw, mae'n rhaid cyfadda. Ond mae gen i lawar iawn o gyfrifoldebau ar hyn o bryd a dim amser i hunandosturi… Rŵan, os wyt ti wedi gorffan y tost 'na, ty'd i fy helpu i glirio'r llwybrau cyn i rywun lithro a thorri ei goes."

Cododd Owi a mynd at y bwrdd arall. "Os wnewch chi, Dr Jones a Mrs Starling, olchi'r llestri a meddwl am damaid o fwyd i ni erbyn amser cinio? Mae 'na gig lobsgows yn y ffrij a digon o lysia. Mi gaiff y dynion ddŵad efo fi i glirio'r eira."

"Peidiwch â bod mor siofenistaidd, ddyn!" syllodd Sharon ar Owi'n llawn dirmyg.

"Wel, meddwl oeddwn i y buasai'n gynhesach i chi i mewn yn y gegin 'ma. Ond os ydi'n well gennych chi glirio'r eira – mae popeth yn iawn efo fi. Fyddwch chi'n iawn yn paratoi'r bwyd, Mrs Starling?"

"Mi arhosa i efo Mary," meddai Tim gan fachu ar y cyfle i beidio â mynd allan i'r oerfel. "Dwi ddim am iddi fod ar ei phen ei hun a'r llofrudd yn rhydd o gwmpas y lle."

Ar ôl rhannu'r rhawiau a'r brwshys rhwng Ioan, Pedro a Sharon, arweiniodd Owi'r criw at y llwybr o flaen Trem y Mynydd. Roedd yr eira wedi peidio â disgyn erbyn hyn ac roedd haul gwan wedi ymddangos dros ysgwydd y mynydd.

"Mae'n rhaid i ni drio clirio hynny fedrwn ni cyn iddi wneud rhagor o eira ar ben hwn. Os disgynnith y tymheredd yn isel eto heno 'ma, mi fydd hi ar ben arnon ni tan y daw'r glaw – a does wybod pryd y bydd hynny. Dowch, mi drïwn ni glirio llwybr at ddrysau'r tai."

13

S GRECHIAI POB CYHYR yng nghorff Sharon wrth iddi rawio'r eira rhewllyd o un ochr i'r llwybr i'r llall. Petai hi wedi cau ei cheg, gallai fod yn y gegin gynnes efo Mary Starling y funud honno yn hytrach nag yn lladd ei hun tu allan yn yr oerni, ond roedd hi'n llawer rhy falch i gyfaddef hynny.

Roedd hi'n amlwg fod Owi'n cael trafferth hefyd, gan iddo aros yn aml i bwyso ar goes ei raw. Lle'r rhai ifanc oedd bod allan yn yr oerfel yn clirio'r eira, meddyliodd wrth edrych ar Pedro'n ymosod ar yr eira'n eiddgar. Yna, gwenodd wrth sylwi ar sut roedd Ioan Penwyn druan yn ymdrechu ei orau ond yn cyflawni fawr ddim wrth i'w raw wneud fawr mwy na chosi wyneb yr eira. O leiaf roedd o'n gwneud rhyw fath o ymdrech, chwarae teg iddo. Dim fel Becca! Lle oedd honno nad oedd hi allan yn helpu, beth bynnag? Wrthi'n osgoi gwaith mae'n siŵr, tybiodd Sharon wrth wthio blaen ei rhaw o dan delpyn o eira caled. Mi fyddai'n gwneud byd o les i honno dynnu ei phwysau fel pawb arall yn lle ymdrybaeddu mewn hunandosturi.

"Dwi'n meddwl ein bod ni'n haeddu brêc bach," galwodd Owi ar y criw wedi iddynt orffen agor llwybr cul heibio ffrynt y tai a chlirio'r lluwchfeydd rhewllyd oedd wedi casglu'n bentyrrau o gwmpas y drysau. "Dowch, mi awn am banad cyn mynd i weld cyflwr yr allt."

Gollyngodd Sharon a Pedro eu rhawiau'n ddiolchgar gan ddilyn y gofalwr i gegin y Plas. Roedd meddwl am gael mwytho mygiad o de poeth rhwng ei ddwylo oerion yn apelio'n fawr at Ioan Penwyn hefyd, ond penderfynodd fanteisio ar y cyfle i lithro i ffwrdd yn dawel. Roedd Simon Parry wedi gofyn iddo geisio dod o hyd i'r gyllell a ddefnyddiwyd i drywanu Richard Jones, a thra oedd pawb yn y gegin, fe gâi gyfle i chwilio'r tai.

Wedi i'r lleill fynd o'r golwg, troediodd yn ôl ar hyd y llwybr cul y bu'n helpu ei glirio i gyfeiriad y tŷ pen. Ar ôl ymlwybro rownd talcen y tŷ, agorodd y drws cefn yn llechwraidd gyda'r *master key* a sleifiodd i mewn cyn i neb ei weld. Doedd Ioan ddim yn un i sylwi ar flerwch fel rheol, ond fe'i synnwyd pan welodd yr annibendod cyfforddus oedd yn nhŷ'r gofalwr. Roedd y lle mor wahanol i'r tai *minimal* eraill. Ymdebygai'r gegin gefn i weithdy, gydag offer llaw o bob math wedi eu gadael ar hyd y lle: sgriwdreifers, cynion, morthwylion, llifiau ac ambell dwlsyn nad oedd gan Ioan syniad beth oedd ei bwrpas. Ar y bwrdd o dan y ffenest roedd pentwr o lestri budron a sosban gyda rhimyn o uwd wedi glynu wrth ei gwaelod, ac ar silff y ffenest eisteddai tun baco, papurau sigaréts a phaced o fisgedi Garibaldi hanner gwag. Wrth weld y bisgedi, sylweddolodd Ioan pa mor llwglyd ydoedd ar ôl bod yn clirio'r eira. Ni fyddai, fel rheol, yn helpu ei hun i eiddo rhywun arall heb ganiatâd, ond ni fyddai Owi'n gwarafun iddo gymryd un fach, darbwyllodd ei hun wrth frathu'r fisgeden.

Cefnodd ar y gegin ac aeth drwodd i'r ystafell fyw. Yn wahanol iawn i weddill tai'r pentref, heblaw am y tŷ cyfnod, roedd cartref Owi wedi ei ddodrefnu â dodrefn cartrefol a hen ffasiwn gyda channoedd o lyfrau wedi eu pentyrru ar silffoedd a rhagor yn fwndeli ar y llawr wrth ochr ei gadair freichiau. Roedd hi'n amlwg fod Owi Williams yn ddarllenwr brwd, meddyliodd Ioan wrth edrych ar glawr y llyfr a orweddai'n agored ar dop y bwndel: *Diawl y Wasg* – stori lofruddiaeth yn ôl pob golwg, meddyliodd wrth ddarllen y broliant.

Mewn cwpwrdd o dan y grisiau roedd offer pysgota: rhwydi a photiau dal crancod a chimychiaid. Crychodd Ioan ei drwyn wrth i arogl pysgod cryf lenwi ei ffroenau. Camodd yn ôl a chau drws y cwpwrdd yn glep cyn mynd i'r llofft. Ond er iddo chwilio ym mhob twll a chornel o'r ystafell wely a'r ystafell ymolchi anniben, doedd dim golwg o unrhyw beth tebyg i'r gyllell ddanheddog yr oedd y Dirprwy Brif Gwnstabl mor awyddus iddo'i ddarganfod.

Gadawodd Ioan dŷ Owi drwy'r cefn, gan y gwyddai y byddai llai o siawns iddo gael ei weld yr ochr honno i'r stryd. Wrth ymlwybro at ddrws y tŷ nesaf, anghofiodd bopeth am ei orchwyl wrth iddo sylwi ar robin goch yn sboncian yn ysgafn dros wyneb yr eira gan adael ei ôl-traed yn batrwm igam-ogam ar y gynfas wen.

"Chwilio am fwyd wyt ti, robin bach?" holodd gan blygu i lawr i gyfarch yr aderyn fel petai'n hen ffrind.

Arhosodd y robin i syllu â'i ben ar un ochr ar y dyn rhyfedd, cyn penderfynu nad oedd yn fygythiad o fath yn y byd.

"Aros di, mae Ioan am chwilio am damaid bach i ti," meddai gan droi yn ei ôl am dŷ Owi.

Ar ôl malu'r bisgedi Garibaldi'n ddarnau mân, taenodd y briwsion ar wyneb yr eira o flaen yr aderyn bach, a ddechreuodd eu pigo'n awchus. Cyn pen dim cyrhaeddodd degau o adar newynog o bob math wrth i'r newyddion ledaenu bod bwyd ar gael yng nghefn tai Trem y Mynydd.

"Peidiwch â bod yn farus!" galwodd Ioan a chodi ei ddwrn ar y gwylanod a sgrechiai uwchben i geisio dychryn yr adar llai ymaith. "Mi fedrwch chi ddal pysgod yn y môr. Ond mae'r eira'n ei gwneud hi'n amhosib i'r adar bach 'ma gael bwyd. Dewch, adar bach, bwytwch cyn i'r gwylanod drwg fachu'r cwbl!"

Roedd Ioan yn ei elfen ynghanol yr adar; gallai ymlacio yn eu cwmni mewn ffordd na allai yng nghwmni pobl. Doedden nhw ddim yn ei watwar na'i farnu a doedden nhw chwaith ddim yn peri drwg i'r amgylchedd fel y gwnâi pobl. Ar hynny, cofiodd iddo addo helpu i achub y Nant. Roedd yn rhaid iddo adael yr adar a mynd i chwilio am y gyllell fel y gofynnodd Simon Parry iddo'i wneud. Gan addo dod â mwy o fwyd iddynt ar ôl gorffen ei orchwyl, ffarweliodd â'i ffrindiau pluog a cherdded at y drws nesaf yn y stryd.

Cyn iddo roi'r allwedd yn nhwll y clo, cofiodd yn sydyn mai tŷ'r tiwtor oedd hwn ac aeth rhyw gryndod trwy ei gorff main wrth iddo ddychmygu Richard Jones yn gorwedd yn farw ar y gwely lle rhoddodd o i orwedd y noson cynt. *Scene of the crime* roedd Simon wedi galw'r lle wrth ei rybuddio i gadw draw.

Cerddodd ymlaen yn gyflym at y tŷ nesaf ond un. Ystyriodd am funud a oedd yna bwrpas iddo chwilio drwy eiddo'r Dirprwy Brif Gwnstabl – ond doedd o ddim wedi cael rhybudd i beidio, felly agorodd y drws a chamu i mewn i'r ystafell, lle nad oedd fawr o eitemau personol yn y golwg, ar wahân i bâr o slipars meddal a adawyd yn dwt wrth draed y gwely. Roedd popeth mor drefnus yno. Ar y gobennydd roedd pâr o byjamas wedi eu plygu'n destlus, ac ar y bwrdd wrth ochr y gwely roedd cannwyll wedi llosgi bron i'w bôn a thaflen bapur wedi ei gosod yn dwt o'i blaen. Cododd y daflen er mwyn gweld beth oedd defnydd darllen Simon cyn iddo fynd i gysgu. Ond collodd ddiddordeb yn syth wedi darllen y teitl sych: *Lord Advocate's Guidelines to Chief Constables.*

Agorodd glawr y siwtces lledr a orweddai ar yr ail wely sengl, ac ynddo roedd crysau a dillad isaf wedi eu plygu'n ofalus. Ar gefn y drws crogai'r dillad a wisgai Simon y diwrnod cynt yn drefnus ar gambren. Yna, aeth draw i'r ystafell ymolchi, a oedd yr un mor dwt â'r ystafell wely. Ar silff fechan uwchben y sinc gorweddai rasel, crib a brwsh dannedd yn unionsyth gyda'r un bwlch yn union rhyngddynt, fel petai eu perchennog wedi defnyddio pren mesur i'w gosod. Ond doedd yno ddim o ddiddordeb i Ioan, felly gadawodd drwy'r drws cefn cyn mynd ymlaen at ddrws y tŷ lle arhosai'r merched. Tybed a fyddai'n dod o hyd i rywbeth yno?

Gwelodd wydr a photel fodca a oedd bron yn wag ar y bwrdd

ac roedd carthen wlân wedi ei thaenu ar gefn un o'r cadeiriau esmwyth. Cododd y garthen at ei ffroenau gan arogli arogl y persawr drud a wisgai Sharon. Roedd popeth yn ei le, gyda'i gwely wedi ei wneud yn dwt a'i photiau colur wedi eu gosod yn drefnus ar y bwrdd ymwisgo. Agorodd y droriau a thyrchu drwy'r dillad a blygwyd yn ofalus, ond ni ddaeth o hyd i unrhyw beth amheus. Pan oedd ar fin gadael yr ystafell, trawodd ei lygaid ar fag du wrth ochr y gwely. Agorodd y bag, a oedd yn llawn offer meddygol: stethosgop, thermomedr, chwistrelli, yn ogystal â meddyginiaethau o bob math. Er bod ynddo sawl sgalpel finiog, doedd dim golwg o gyllell ddanheddog.

Dringodd y grisiau i'r ystafell wely arall. Ond roedd yr ystafell honno'n wag a dim golwg bod neb wedi aros yno. Tybed lle'r oedd Becca wedi cysgu felly? holodd Ioan ei hun wrth gamu allan o'r tŷ.

Penderfynodd adael tŷ Pedro ac yntau tan y diwedd a manteisio ar absenoldeb y Starlings i chwilio drwy eu pethau hwy yn gyntaf.

Ers iddi adael y gegin amser brecwast bu Becca'n gorwedd ar ei gwely yn ystafell sbâr y Starlings gan adael i'w dagrau lifo'n rhydd i lawr ei gruddiau a gwlychu'r gobennydd dan ei phen. Pam lladd Rich? holodd ei hun am y canfed tro. Pam chwalu ei holl freuddwydion? Byth ers iddi ei gyfarfod am y tro cyntaf, gwyddai mai fo oedd yr un iddi hi. Am ei fod sbel yn hŷn na hi, llenwai ryw fwlch a adawyd yn ei bywyd byth ers pan adawodd ei thad pan oedd hi'n blentyn ifanc. Teimlai'n ddiogel yn ei gwmni a breuddwydiai am gael ei briodi a chael ei blant rhyw ddydd.

Pan nad oedd ganddi ragor o ddagrau i'w gollwng, cododd ar ei heistedd ar y gwely a cheisio rheoli'r igian a ysgytiai ei chorff. Edrychodd arni ei hun yn y drych wrth droed y gwely ac nid adwaenai'r wyneb coch chwyddedig a syllai'n ôl arni drwy lygaid clwyfus. Ochneidiodd – roedd yn rhaid iddi geisio cael rheolaeth arni ei hun. Ni allai aros funud arall yn y Nant, lle'r oedd y llofrudd a'i draed yn rhydd. Cododd oddi ar y gwely a dechrau pacio'i dillad, a orweddai'n bentyrrau blêr ar hyd yr ystafell. Penderfynodd gadw'r anorac goch ofnadwy. Mi fyddai'n ei chadw'n gynnes tra byddai'n dringo'r allt petai'n methu gyrru'r Mini bach i'r top. Wrth wthio'i thraed i'r esgidiau rwber, clywodd sŵn rhywun yn dringo'r grisiau a methodd ei chalon guriad. Cododd yn betrusgar ac aeth i sefyll tu ôl i'r drws. Roedd rhywun yn croesi pen y grisiau ac yn mynd i ystafell wely'r Starlings. Yn sicr, nid Tim na Mary oedd yno oherwydd symudai'r person yn esmwyth ac ysgafndroed. Ai'r llofrudd oedd yno? Edrychodd o'i chwmpas yn wyllt am unrhyw beth y gallai ei ddefnyddio i geisio arbed ei hun, a thrawodd ei llygaid ar esgid stileto a oedd heb ei phacio. Gyda dwylo crynedig, estynnodd am yr esgid a'i dal gyda'r sawdl hir fel arf miniog yn ei llaw.

Ar ôl chwilio drwy'r ystafell fyw, dringodd Ioan i fyny'r grisiau a cherdded i'r ystafell wely lle'r oedd dillad y Starlings yn gorwedd yn blith draphlith ar hyd y llawr a'r gwely blêr. Ar lawr, un ochr i'r gwely, roedd pentwr o lyfrau academaidd trwm a sych yr olwg ac ar y gadair wrth droed y gwely roedd bag llaw lledr. Agorodd y bag a dod o hyd i ddau bâr o efynnau dur ymysg y dillad isaf. Ar ôl eu tynnu allan, daliodd hwy i fyny a syllu arnynt yn ddiamgyffred. Efallai y byddai gan Mr Parry ddiddordeb yn eu gweld, meddyliodd wrth eu cadw ym mhoced ei siaced ddenim.

Croesodd y pen grisiau cul at yr ystafell wely arall a mwmian canu dan ei wynt. Ond wrth iddo agor y drws, daeth sŵn sgrech uchel o'r ystafell a pheri iddo rewi yn ei unfan. Yna neidiodd Becca o'r tu ôl i'r drws a'i herio.

"Be ti'n dda yn fama'r perfert ddiawl? Gad i mi basio neu mi drawa i di efo hon," gwaeddodd gan ddal ei hesgid yn fygythiol o'i blaen.

"Na, fi dim…" ceisiodd Ioan egluro.

Ond roedd nerfau Becca wedi chwalu'n chwilfriw. Efallai fod Penwyn yn seicopath a'i fod yn bwriadu ei lladd hithau hefyd, rhesymodd. Wel, doedd hi ddim am aros i weld. Gwthiodd heibio iddo a rhedeg i lawr y grisiau ac allan o'r tŷ fel petai cŵn Annwn yn ei dilyn.

Safodd yntau a chrafu ei ben mewn penbleth. Pam roedd Becca wedi dweud pethau mor ffiaidd wrtho a'i fygwth gyda'r esgid pan nad oedd o wedi gwneud dim byd iddi hi? Mae'n rhaid bod ei nerfau'n rhacs, rhesymodd cyn ei rhoi o'i feddwl a mynd ati i chwilota drwy weddill y tŷ.

Pan gyrhaeddodd lety Pedro ac yntau, gwyddai nad oedd pwrpas chwilio yn ei ystafell ei hun am na ddaeth â dim i'r Nant heblaw y dillad a wisgai. Yn wir, roedd o'n llawer cyfoethocach erbyn hyn, gan iddo dderbyn y siaced ddenim a phâr o esgidiau rwber gan Owi Williams. Felly aeth ar ei union i ystafell Pedro.

Wrth sylwi ar bentwr o weddillion brau papur wedi llosgi'n lludw ar fwrdd ger y gwely, cofiodd i Pedro grybwyll rhywbeth y noson cynt am ysgrifennu llythyr at ei nain, ond mae'n rhaid na orffennodd y dasg. Taflodd gipolwg sydyn ar weddill yr ystafell. Ychydig iawn o eitemau personol oedd gan ei gydletywr, ar wahân i'r ysgrepan fawr ar y gwely. Ym mhoced flaen y bag roedd ei basbort a'i fisa ynghyd ag ychydig arian Prydeinig a thramor. Edrychodd yn fanwl ar y *peso*; doedd o ddim wedi gweld arian yr Ariannin o'r blaen. Mewn poced arall roedd llun o wraig oedrannus gydag wyneb rhychiog, siriol. Rhoddodd y llun yn ôl yn y boced cyn agor y cortyn a oedd yn cau ceg yr ysgrepan. Yno roedd dillad Pedro wedi eu gwthio i mewn rywsut rywsut. Tyrchodd i lawr heibio i barau o jîns, crysau, tronsys a siwmperi nes teimlo rhywbeth caled yng ngwaelod y bag. Caeodd ei fysedd am y gwrthrych a'i dynnu allan yn ofalus. Agorodd ei lygaid fel soseri pan sylweddolodd beth oedd yn ei feddiant. Yn araf a phwyllog, rhyddhaodd y gyllell o'r crys a oedd wedi ei rwymo o'i hamgylch ac ebychodd wrth sylwi ar y llafn danheddog ac ychydig o olion gwaed wedi ceulo'n frown arno. Roedd rhywfaint o staen ar y crys hefyd.

Heb oedi dim, gollyngodd Ioan y dilledyn a rhedeg â'i wynt yn ei ddwrn i'r ystafell ddosbarth lle'r oedd Simon yn parhau i weithio ar ei adroddiad.

"Mr Parry, Mr Parry. Dwi wedi dŵad o hyd iddi!" Roedd Penwyn yn gyffro i gyd.

Cododd Simon ei ben o sgrin ei liniadur i weld Ioan yn sefyll o'i flaen gyda'r gyllell yn ei law.

"Lle gest ti hi?"

"Yn *haversack* Pedro. Roedd wedi ei lapio mewn crys o dan dillad fo."

"Pam… pam… na faset ti wedi ei gadael hi yn y crys?"

"Fi eisiau gweld oedd hi yn danheddog."

"A wnest ti ddim meddwl gwisgo menig, mae'n siŵr?"

"Fi dim wedi meddwl am hynny."

"Naddo mwn!" ochneidiodd Simon dan ei wynt. "Mi fydd olion dy fysedd di drosti i gyd bellach ac efallai y bydd yn amhosib cael rhai'r llofrudd."

Edrychodd Ioan ar ei draed.

"Mae'n drwg gen i," meddai'n ddigalon.

"Ond rwyt ti'n bendant mai yn ysgrepan Pedro oedd y gyllell?" holodd Simon yn fwy caredig wrth weld y pryder yn crynhoi yn llygaid Ioan.

"Fi yn siŵr."

"Wel paid â phoeni gormod am yr olion bysedd – mi gaiff fforensics gopi o dy rai di er mwyn eu dileu o'r ymchwiliad."

"Fi gweld rhein hefyd yn bag Tim," meddai Ioan gan dynnu'r

gefynnau o'i boced. "Fi dim gwybod beth oedd o isio efo nhw ond fi'n meddwl byset ti yn hoffi cael nhw."

Roedd gan Simon eithaf syniad beth roedd yr hen Athro yn ystyried ei wneud â nhw, ond doedd o ddim am geisio egluro hynny wrth Ioan. Felly, rhoddodd y gefynnau yn nrôr y ddesg gan y gallent fod o ddefnydd.

"Rwyt ti wedi gwneud gwaith ardderchog, Penwyn. Rŵan, dos di i'r gegin i gael cinio."

Wedi i Ioan adael, rhoddodd Simon y gyllell yn ofalus mewn cwdyn plastig fel y gallai'r adran fforensics gadarnhau mai olion gwaed Richard oedd arni. Roedd digon o dystiolaeth i arestio Pedro bellach ond am nad oedd modd iddo ddianc o'r Nant fe adawai iddo fod â'i draed yn rhydd dros dro i weld a fyddai'n cymryd unrhyw gam gwag. A beth bynnag, roedd o awydd ymchwilio ymhellach a holi a phrocio gweddill y criw i weld pa gyfrinachau y gallai eu datgelu. Doedd cyfle i gael chwarae rôl ditectif ddim yn dod i ran swyddog mewn lifrai yn aml, hyd yn oed pan oedd hwnnw'n Ddirprwy Brif Gwnstabl.

14

YMDRECHAI BECCA ORAU y gallai i frysio heibio tai Trem y Môr er mwyn rhoi hynny o bellter rhyngddi hi a'r seico a adawodd yn ei hystafell wely, ond roedd symud yn anodd gan fod ei choesau a'i thraed yn suddo i'r eira dwfn gyda phob cam. Bob hyn a hyn, taflai gip sydyn yn ôl dros ei hysgwydd, ond doedd dim golwg ohono'n ei dilyn. Beth petai wedi mynd drwy gefnau'r tai? holodd ei hun. Ond roedd yn rhaid iddi gredu y byddai'n gallu cyrraedd y maes parcio o'i flaen. Unwaith y byddai yn niogelwch ei Mini bach, mi fyddai popeth yn iawn.

O'r diwedd, daeth i ben draw'r stryd, lle'r oedd yr eira'n ddyfnach fyth, gyda lluwchfeydd uchel yn gorchuddio topiau'r cloddiau cerrig, ond doedd ganddi mo'r amser i aros i werthfawrogi'r olygfa cardyn Nadoligaidd eithriadol o dlws a'i hwynebai. Dringodd heibio i'r Ganolfan Dreftadaeth lle bu Owi'n traethu yng ngwres llethol y diwrnod cynt. Ond plymiodd ei chalon pan gyrhaeddodd y maes parcio a sylweddoli bod y ceir i gyd wedi eu claddu dan drwch mawr o eira rhewllyd ac y byddai'n cymryd ymdrech goruwchnaturiol i'w cael yn rhydd. Hyd yn oed wedyn, ni fyddai'n bosib gyrru cam o'r lle gan y byddai trwch yr eira yn ei gwneud hi'n amhosib i unrhyw beiriant 4x4, heb sôn am ei Mini bach hi. Doedd dim amdani felly ond dianc ar droed – wedi'r cwbl, roedd hi'n ifanc ac yn ffit ac ni fyddai'r allt yn cael y gorau arni.

Brwydrodd ymlaen at y gornel gyntaf ar yr allt a chofiodd i Richard ddod yno i'w chyfarfod hi a'r Starlings y diwrnod cynt. Llethwyd hi gan hiraeth a suddodd ar ei gliniau i'r eira. Rich druan – ei ofal amdani hi wnaeth iddo wylltio a chyhuddo'r

Starlings o'i cham-drin. Ond ni fyddai'n gallu ei gwarchod byth eto gan iddo gael ei lofruddio am ddim rheswm gan y Penwyn ddiawl a geisiodd ei lladd hithau hefyd. Gydag ymdrech, cododd yn ôl ar ei thraed, tynnu cwfl coch yr anorac dros ei phen ac ailgychwyn dringo'r allt. Roedd yn rhaid iddi ddianc o'r Nant ac o'i afael. Ond wrth ddringo'n uwch roedd hi'n amhosib gweld amlinelliad y ffordd mewn rhai mannau am fod y lluwchfeydd mor uchel; gallai'n hawdd grwydro oddi ar y ffordd a disgyn i lawr un o glogwyni'r llethrau. Âi pob cam yn anoddach wrth i'w choesau suddo dros ymylon ei hesgidiau rwber ac i'w hoerni tamp fferru bodiau ei thraed. Brwydrai am ei hanadl, a godai'n gwmwl o fwg gwyn o'i cheg, a llifai chwys i lawr ei thalcen a'i cheseiliau er gwaetha'r oerni a'i hamgylchynai. Roedd y daith yn galetach o lawer nag y dychmygodd a chyn hir bu'n rhaid iddi gyfaddef iddi ei hun nad oedd ganddi'r egni i ddringo cam ymhellach. Doedd dim dewis ond aros i orffwys wrth fôn coeden binwydd dal. Yna, ar ôl cael ei gwynt ati, byddai'n troi'n ôl a cheisio lloches gyda gweddill y criw yn y pentref – fel dywed y Sais, "there's safety in numbers". Dim ond gobeithio na fyddai'r llofrudd yn dod ar ei thraws cyn iddi eu cyrraedd. Gan roi ei phwys ar y goeden, cododd yn sigledig ar ei thraed ond roedd yr oerni wedi treiddio i'w hesgyrn ac nid oedd teimlad yn ei choesau. Disgynnodd yn swp i'r llawr. Daeth ton o flinder llethol drosti ac ildiodd i'r demtasiwn o gau ei llygaid trwm – dim ond am funud fach tan y byddai'n cael ei nerth yn ôl.

Siglodd canghennau'r goeden wrth i'r rhewynt chwythu o'i hamgylch a gollyngodd ei llwyth eira gan orchuddio'r corff eiddil a orweddai'n llonydd wrth ei bôn.

Erbyn amser cinio roedd y straen o fod yn sownd yn y Nant gyda llofrudd oedd â'i draed yn rhydd yn dechrau dweud ar y criw ac roedd sawl un yn fyr ei dymer. Galwodd Simon heibio i'r gegin i nôl ei fwyd a'u rhybuddio i beidio â chrwydro'n rhy bell rhag ofn y byddai angen eu holi yn ystod y prynhawn.

Cododd hynny wrychyn Owi. Crwydro'n bell wir! Lle oedd disgwyl iddyn nhw fynd â'r lle wedi ei gau gan eira? Os oedd Simon Parry'n meddwl am funud ei fod am aros yn segur, fe gâi ei siomi. Bwriadai fynd i weld sut stad oedd ar y Gamffordd ar ôl cinio, rhag ofn bod yna unrhyw siawns y gallai rhywun ddringo i fyny o'r Nant. Cododd lwyaid o'r lobsgows di-flas i'w geg. "Tydi hwn ddim digon hallt," cwynodd wrth ymestyn am yr halen a'r pupur. "Ac mae'r cig 'ma fath â lledar."

"Peidiwch â chwyno, ddyn," atebodd Tim. "Mae Mary a fi wedi gwneud ein gorau efo'r hen gig rhad 'na roesoch chi i ni."

Yna, trodd yr Athro at Ioan a gofyn iddo'n flin pam nad oedd o wedi cyffwrdd ei fwyd.

"Fi ddim yn bwyta anifeiliaid. Fi'n llysfwytäwr."

"Peidiwch â phoeni, Ioan," meddai Mary, a oedd yn llysieuwr ei hun. "Mae gen i gawl llysiau dwi wedi ei baratoi. Mae croeso i chi gael peth o hwnnw."

Ar ôl treulio'r bore'n clirio'r eira ac archwilio'r tai am dystiolaeth, roedd Ioan ar ei gythlwng a llowciodd y cawl yn ddiolchgar.

"Dwi'n poeni am Becca," meddai Mary toc. "Tydi'r peth bach ddim wedi cael tamaid i'w fwyta ers pnawn ddoe. Mi ddylwn fynd â 'chydig o ginio iddi."

"Gad lonydd iddi. Mae hi angen amser ar ei phen ei hun i alaru," meddai Tim.

"Galaru wir!" atebodd Sharon yn ffyrnig. "Osgoi gwaith mae honna'n ei wneud. Mi ddaw hi draw yma'n ddigon buan pan sylwith ei bod hi'n llwglyd."

Ar ôl cinio safai Pedro yn cicio'i sodlau y tu allan i'r Plas pan ddaeth Owi heibio gan gario'i gaib a rhaw dros ei ysgwydd.

Eglurodd wrth y bachgen ei fod am fynd i fyny i weld cyflwr y Gamffordd a chynigiodd yntau helpu. Byddai gwaith caled corfforol yn ei atal rhag hel meddyliau'n ddiddiwedd.

Wrth droedio heibio i dai Trem y Môr, sylwodd y ddau ar yr olion traed yn yr eira. Roedd rhywun wedi troedio'r ffordd honno o'u blaenau. Dilynodd y ddau'r olion i ben draw'r stryd ac yna heibio i'r Ganolfan Dreftadaeth ac at y maes parcio.

"Edrychwch, Señor Williams, mae'r olion traed yn mynd ymlaen i fyny'r allt," meddai Pedro a chamu ymlaen yn eiddgar.

"Aros am funud," meddai Owi'n fyglyd. "Mae dringo'r allt yn yr eira 'ma'n anodd i rywun o fy oed i."

Ond doedd sefyll yn segur ddim wrth fodd Pedro. "Gadewch i mi glirio peth o'r eira, tra byddwch chi yn cael eich gwynt atoch," meddai gan ymosod ar y lluwch agosaf gyda'r gaib. "Os gallaf i greu llwybr, mi fydd yn haws dringo i fyny."

Pwysodd Owi ar goes ei raw wrth wylio Pedro'n ceibio'r eira caled. "Ti wedi arfer trin caib ddwedwn i."

Eglurodd Pedro yr arferai ei nain gadw mymryn o dir lle byddai'n tyfu cnydau a chadw ychydig o warcheg yn ôl yn y Wladfa.

Gallai Owi adnabod gweithiwr da pan welai un, ac roedd y bachgen yma o Batagonia yn un o'r goreuon. Hen foi bach neis hefyd, meddyliodd, a llond ceg o Gymraeg da ganddo. Beth oedd y creadur yn ei wneud ar gwrs dysgu'r iaith?

Eglurodd Pedro ei bod yn uchelgais ganddo i ddod i Gymru ers blynyddoedd, er mwyn cael blas ar y ffordd Gymreig o fyw. Yna, disgrifiodd y siom a gafodd pan gyrhaeddodd y wlad a sylwi cyn lleied o bobl oedd yn ei ddeall pan siaradai'r iaith, oherwydd roedd o dan y gamargraff bod pawb yn siarad Cymraeg yng Nghymru.

"Yna, gwelais hysbyseb am y cwrs hwn, a meddyliais y buaswn yn cael defnyddio'r iaith yma. Ond mae'r criw yn mynnu siarad *inglés* drwy'r amser a dim ond chi, Señor Williams, sydd yn trafferthu egluro i mi beth sy'n digwydd."

"Mi ddangosa i fywyd Cymreig go iawn i ti, os lici di," meddai Owi. "Mae croeso i ti aros yma efo fi am 'chydig ar ôl y cwrs 'ma. Yna, mi gei di weld bod yna'r fath beth â chymdeithas Gymraeg yn parhau mewn ambell lecyn yn ochra Llŷn 'ma, er gwaetha'r mewnlifiad. Rŵan, gad yr eira 'na. Mae'n amlwg nad oes modd i ni symud o'r Nant tan y bydd hi wedi dechrau dadmar. Mae'r gwynt yn dechrau codi a synnwn i ddim na wneith hi ragor o eira yn y man."

"Ond beth am yr olion traed? Mae rhywun wedi dringo i fyny ffordd hyn. Gwell i mi fynd i edrych rownd y gornel nesaf."

"Bydda di'n ofalus," rhybuddiodd Owi. "Does wybod pwy allai fod yno yn aros amdanat ti."

Anwybyddodd Pedro rybuddion yr hen ddyn a dechreuodd ddringo'r llethr gan ddefnyddio'r gaib i'w helpu drwy'r eira. Ond er ei fod yn ifanc ac yn llawn egni, doedd o ddim wedi mynd yn bell cyn iddo orfod cyfaddef iddo'i hun ei bod yn ormod o ymdrech. Gwell oedd iddo ddychwelyd i lawr at Owi. Wrth droi'n ôl, sylwodd ar rywbeth drwy gornel ei lygad – rhywbeth coch a orweddai'n llonydd o dan binwydden gyfagos. Aeth yn nes a chlirio'r eira oedd wedi disgyn yn bentwr wrth fôn y goeden.

"Dios mío!" ebychodd wrth sylwi mai person oedd yn gorwedd yno. Yn ofalus, ysgubodd yr eira oddi ar yr wyneb gwelw ac ebychodd unwaith eto pan sylweddolodd mai Becca oedd yn gorwedd yno'n llonydd ac yn oer fel carreg. Roedd ei chroen bron cyn wynned â'r eira ac roedd gwawr las yn glais o amgylch ei cheg a'i llygaid. Oedd hi'n fyw? Ymbalfalodd am ei garddwrn i geisio teimlo'i phyls, ac ar ôl sbel teimlodd guriad gwan o dan ei fysedd. Tynnodd ei gôt a'i thaenu drosti cyn rhedeg yn llawn cyffro yn ôl at Owi.

"O Dduw mawr, be nesa?" holodd y gofalwr â phanig yn ei lais ar ôl clywed beth oedd gan Pedro i'w ddweud. "Ti'n siŵr ei bod hi'n dal i anadlu?"

"Ydi. Ond does dim posib iddi allu goroesi yn hir yn yr oerni 'ma," atebodd Pedro, a grynai fel deilen ei hun heb ei gôt erbyn hynny.

"Dos di i lawr i nôl y meddyg ac mi arhosa i efo hi," meddai Owi gan grafangu rownd y gornel yn ôl troed Pedro. Ar ôl cyrraedd at Becca, gorweddodd yn glòs wrth ei hochr gan obeithio y byddai gwres ei gorff yn helpu i'w chynhesu. Ond cyn hir dechreuodd yntau deimlo'r oerfel yn ymdreiddio trwyddo a gobeithiai'n fawr na fyddai'n rhaid iddo aros yn hir cyn i help gyrraedd.

Pan ddaeth Pedro o hyd i Sharon yn ei hystafell, doedd hi ddim yn awyddus i helpu Becca. "Eitha peth â'r hogan wirion yn ceisio dianc drwy'r eira. Gobeithio caiff hi ddos iawn o annwyd am wneud peth mor hurt. A beth bynnag, mae Simon Parry wedi gofyn i mi fynd draw i'r stafell ddosbarth am gyfweliad."

"Ond mae hi mewn *mala condición*," ceisiodd Pedro ei darbwyllo gan droi i'r Sbaeneg. "Dewch, neu mi fydd hi yn rhy hwyr."

Yn anfoddog, cofiodd Sharon am y Llw Hipocratic a gymerodd pan gymhwysodd yn feddyg. Felly, gan afael yn ei bag, dilynodd Pedro i fyny'r allt.

"Gwell gofyn i Ioan ddod i helpu i'w chario i lawr hefyd," meddai wrth weld hwnnw'n ceisio adeiladu dyn eira ar y llain gwastad o flaen y tai.

Cyn hir, cyrhaeddodd y tri y fan lle'r oedd Owi a Becca yn gorwedd yn yr eira.

"Ydach chi'n iawn, Owain Williams?" holodd Sharon wrth weld yr olwg rynllyd ar yr hen ŵr.

"Peidiwch chi â phoeni amdana i, Doctor, mi fydda i'n

tsiampion ar ôl cael panad o de poeth, ond dwi'n bryderus iawn am yr hogan 'ma – dwi wedi methu'n glir â'i deffro hi."

"Mae hi'n diodde o effaith hypothermia," meddai Sharon a thynnu ei stethosgop o'i chlustiau. "Mi ro i chwistrell o adrenalin iddi gan obeithio y daw hwnnw â hi at ei hun. Dewch hogia, helpwch fi i'w chodi hi allan o'r eira 'ma."

Wedi gwrando ar guriad ei chalon unwaith yn rhagor, bodlonwyd Sharon y byddai Becca'n ddigon cryf i gael ei chario'n ôl i'r pentref. Yna, cododd Ioan a Pedro hi'n ofalus yn eu breichiau ac ymlwybro i lawr yr allt cyn gynted ag yr oedd modd drwy'r eira llithrig.

"Rhowch chithau eich braich i mi, Owain Williams, rhag ofn imi lithro hefyd," meddai Sharon, a oedd yn bryderus am yr effaith y gallai'r oerni a'r pryder ei chael ar yr hen ddyn. Ond doedd dim angen iddi boeni am Owi, a oedd yn hynod o wydn o ddyn o'i oed ac wedi dod ato'i hun yn iawn erbyn cyrraedd yn ôl i'r pentref.

"Fel dudis i, Doctor – panad o de ac mi fydda i'n rêl boi," meddai wrth ollwng braich Sharon y tu allan i dŷ'r Starlings, lle'r oedd y bechgyn wedi gadael Becca yng ngofal Mary.

Ar ôl i Sharon a Mary dynnu ei dillad gwlyb a rhwbio'i chorff oer gyda thyweli cynnes er mwyn adfer ei chylchrediad, dechreuodd Becca ddadebru'n araf. Wrth i'w gwaed ailddechrau rhedeg yn rhydd drwy ei gwythiennau, teimlai fel petai miloedd o forgrug yn ymosod arni o dan wyneb ei chroen. Yn raddol, wrth i'w chorff feirioli, diflannodd y morgrug a daeth rhywfaint o liw yn ôl i'w gruddiau. Gwisgodd y merched hi mewn dillad sych a'i swatio dan y cwilt cynnes a'r carthenni gwlân.

"Beth sy'n digwydd?" holodd mewn llais cryglyd.

Eglurodd Sharon sut yr oedd Pedro ac Owi wedi dod o hyd

iddi'n anymwybodol ar yr allt. "Ti'n lwcus iawn – hanner awr arall ac mi fuaset ti wedi marw. Be ddaeth dros dy ben di yn ceisio dianc o'r Nant ar dy ben dy hun?"

"Y seico 'na ddaeth i'r llofft 'ma a fy mygwth i."

"Pa seico? Am bwy wyt ti'n sôn?"

"Yr Ioan Penwyn 'na. Dwi'n sicr mai fo laddodd Rich ac mi ddaeth o i chwilio amdana i er mwyn fy lladd i hefyd."

"Ti wedi cam-ddallt – fysa fo ddim yn lladd pry. Ti'n dal mewn sioc a dwyt ti ddim yn gwybod yn iawn be ti'n ei ddweud. Rŵan, yfa'r te cynnes 'ma mae Mary wedi ei baratoi i ti ac wedyn tria gysgu am dipyn."

"Plis, peidiwch â fy ngadael i! Be tasa fo'n dŵad yn ôl ac yn fy lladd i?"

"'Neith o ddim siŵr – tasat ti wedi gweld pa mor dyner roedd o a Pedro wrth dy gario di i lawr yr allt."

"Be? Wnaethoch chi adael i'r perfert yna fy nghario i?"

"Stopia'r lol 'ma rŵan, Becca! Rwyt ti'n bod yn afresymol…! Os wyt ti isio, mi arhosith Mary efo ti, dwi'n siŵr." Edrychodd Sharon dros ei hysgwydd ar y wraig a safai wrth droed y gwely. "Dwi'n mynd draw i weld Simon Parry cyn iddo anfon *posse* i fy nôl i!"

Ar ôl cario Becca i lawr i'r pentref, penderfynodd Pedro y byddai'n well iddo fynd i ymolchi a newid ei grys gan ei fod wedi chwysu cymaint wrth glirio'r eira. Ond pan agorodd ddrws ei lofft, sylwodd ar unwaith fod rhywun wedi bod yno. Roedd ei ysgrepan yn agored ar ei wely a'i ddillad yn un swp blêr ar hyd y lle. Wrth godi ei ddillad a'u plygu er mwyn eu rhoi yn ôl yn y bag, sylwodd ar staen brown ar un o'i grysau. O edrych yn fanylach, gallai fod yn eithaf sicr mai olion gwaed oedd arno. Ond gwaed pwy tybed? Gwyddai Pedro ei fod yn agos at gael pwl arall o banig. Felly, stwffiodd y crys i waelod y bag cyn mynd i'r gawod, lle sgwriodd ei gorff yn galed a cheisio, yn ofer, i waredu'r amheuon a'r ofnau gyda llif y dŵr poeth.

15

"LLE 'DACH CHI wedi bod? Rwy'n aros amdanoch ers meitin! Ydach chi'n sylweddoli gwaith mor anodd sydd gen i i'w wneud?" holodd Simon gan edrych yn awgrymog ar ei oriawr pan gyrhaeddodd Sharon yr ystafell ddosbarth o'r diwedd.

Eglurodd hithau sut y bu'n rhaid iddi fynd i helpu Becca ar yr allt. "Felly, mae'n bryd i chi sylweddoli nad chi ydi'r unig un â chyfrifoldebau yn y lle yma," meddai'n dalog gan syllu'n heriol arno.

Er nad oedd Simon yn hoff o agwedd herfeiddiol Sharon, ni allai beidio â'i hedmygu gan fod rhywbeth mor gadarn amdani.

"Beth oedd Becca yn ei wneud ar yr allt?" holodd.

"Rhaid i chi ofyn hynny iddi hi. Yr unig beth wn i ydi ei bod yn dda i Owain Williams a Pedro ddod o hyd iddi pan wnaethon nhw. Hanner awr arall ac mi fysa gennym gorff arall."

Felly, fe anwybyddodd y ddau hynny ei orchymyn i aros yn y pentref hefyd, meddyliodd Simon. Roedd hi'n hen bryd iddo ddangos i'r criw pwy oedd mewn awdurdod yno. Sut roedd disgwyl iddo arwain yr ymchwiliad heb gefnogaeth lawn? "Iawn, mi adawaf i Becca Roberts am y tro a chanolbwyntio arnoch chi, Dr Jones," meddai gan edrych ar ei nodiadau. "Sylwaf eich bod yn rhannu'r un cyfenw â'r diweddar diwtor. Oes yna unrhyw arwyddocâd i hynny?"

Chwarddodd Sharon gan ddangos rhes o ddannedd gwyn perffaith cyn ateb ei bod hi o dan yr argraff bod hanner pobl Cymru yn rhannu'r un cyfenw.

"Ond 'dach chi ddim yn hanu o Gymru – acen de-ddwyrain Lloegr sydd gennych, dybiwn i."

"Mae 'na lawer iawn o Jonesiaid yn Lloegr hefyd," atebodd hithau'n swta.

Penderfynodd Simon nad oedd pwrpas dilyn y trywydd hwnnw, felly gofynnodd iddi'n blwmp ac yn blaen beth yn union oedd y berthynas rhyngddi hi a Richard. "Waeth i chi heb â gwadu, oherwydd roedd y syndod ar ei wyneb pan gyflwynoch chi eich hun yn y sesiwn ddoe yn amlwg i bawb."

"Ro'n i'n arfer ei adnabod flynyddoedd yn ôl," cyfaddefodd ar ôl sbel. Roedd hi wedi dod ar draws diawliaid ystyfnig fel hwn o'r blaen ac os na fyddai'n rhoi tamaid bach iddo gnoi cil arno, ni fyddai byth yn rhoi'r gorau i holi.

Mae'n dechrau cracio, meddyliodd yntau. Mi fydd wedi cyfaddef y cwbl cyn hir. "Sawl blwyddyn yn ôl?"

"Dwi ddim yn hollol siŵr. Tua deg i bymtheg mlynedd ar hugain, efallai."

"A beth yn union oedd natur eich perthynas y pryd hynny?"

"Ro'n ni'n rhannu'r un criw o ffrindiau."

"Dewch, Doctor, dydach chi ddim yn disgwyl i mi gredu mai dyna'r cwbl oedd rhyngoch chi?"

"Credwch chi beth fynnoch chi, ond dyna'r gwir i chi." Dyna'r unig beth gei di allan ohona i, y pwysigyn ddiawl, meddyliodd wrth syllu arno'n herfeiddiol.

Doedd Simon ddim yn credu y buasai Sharon yn gwybod beth oedd y gwir petai'n ei tharo. Felly newidiodd ei drywydd. "Cawsoch eich gweld gan lygad-dyst yn mynd i dŷ Ioan Penwyn a Pedro Manderas drwy'r storm neithiwr. Fedrwch chi egluro'r rheswm am eich ymweliad os gwelwch yn dda?"

"Roedd Becca wedi gadael ac ro'n i'n teimlo'n ofnus yn y tŷ ar ben fy hun yn y tywyllwch."

"Mae'n anodd gen i gredu hynny. Rydych yn fy nharo i fel gwraig hynod o hunanfeddiannol."

"Credwch chi be fynnoch chi," meddai drachefn. "Ond do'n i ddim isio bod ar fy mhen fy hun."

"Felly, penderfynoch fynd i gael cwmni'r bechgyn ifanc?"

"Do."

"Oedd y ddau yno i'ch croesawu?"

"Na, dim ond Pedro. Roedd Ioan Penwyn wedi mynd i'w wely ar ei union ar ôl dychwelyd drwy'r storm, dwi'n credu."

"Beth oedd natur y sgwrs rhyngddoch chi a Pedro Manderas?"

"Dim ond mân siarad."

Daeth yn amlwg i Simon y byddai'n haws cael gwaed allan o garreg na chael Sharon i gyfaddef i unrhyw beth, felly rhoddodd derfyn ar y cyfweliad drwy ofyn a oedd hi wedi clywed unrhyw beth amheus yn ystod y nos. Ond atebodd hithau ei bod wedi mynd ar ei hunion i'w gwely ar ôl dychwelyd o dŷ'r bechgyn a'i bod wedi cysgu hyd at yr amser y cafodd ei deffro gan Owain Williams yn y bore yn gofyn iddi ddod i archwilio'r corff.

"Dyna'r cwbl am rŵan, Dr Jones," meddai Simon gan godi o'r tu ôl i'w ddesg a'i hebrwng at y drws. "Disgwyliaf i chi ysgrifennu adroddiad meddygol i ddisgrifio amser ac achos marwolaeth Richard Jones fel y galla i ei roi yn y ffeil."

"Mi fydd yr adroddiad yn barod i chi o fewn yr awr," atebodd hithau'n ffurfiol cyn camu drwy'r drws. Doedd ganddi ddim problem gyda'i rôl broffesiynol fel meddyg yn yr achos, ond mater arall oedd ateb cwestiynau personol am ei pherthynas â Richard. Diolch byth, wnaeth hi ddim datgelu llawer, ond gwyddai fod yn rhaid iddi fod yn eithriadol o ofalus oherwydd roedd Simon fel hen ffured â'i drwyn ym mhob dim, a doedd o'n sicr ddim wedi gorffen â hi eto. Gallai deimlo'i lygaid craff yn ei dilyn wrth iddi droedio'n ôl i'w thŷ drwy'r eira, yr hen fochyn hunanbwysig.

Ni allai Simon gofio iddo erioed ddod ar draws rhywun oedd yn gallu rhaffu celwyddau fel Sharon. Doedd dim pwynt gwastraffu mwy o amser yn ei holi ar y pryd; fe gâi gyfle eto i wasgu mwy arni a'i gorfodi i gyfaddef ei bod yn briod â Richard

Jones. Wrth edrych arni'n cerdded yn ôl i'w thŷ, llongyfarchodd ei hun ar ei benderfyniad i ymchwilio i'w chefndir tra oedd ym Mhwllheli y prynhawn cynt. Heblaw iddo wneud hynny, gallai hi fod wedi lluchio llwch i'w lygaid.

Ar ôl teipio nodiadau byr ar ei liniadur, gadawodd yr ystafell ddosbarth ac aeth draw i dŷ'r Starlings er mwyn holi am gyflwr Becca.

Erbyn iddo gyrraedd ei hystafell wely roedd y ferch yn eistedd i fyny gan bwyso'i phen ar ei gobennydd. Wrth ei hochr, eisteddai Mary gan ddal mygiaid o siocled poeth at ei gwefusau.

"Ydach chi'n teimlo'n ddigon da i mi holi rywfaint arnoch chi, Becca?" holodd wrth gamu at erchwyn y gwely. Yna, heb aros am ateb, trodd at Mary. "A wnewch chi ein gadael os gwelwch yn dda, Mrs Starling? Dwi'n siŵr bod gennych bethau eraill i'w gwneud."

Cododd Mary'n anfoddog; doedd hi ddim yn siŵr a ddylai adael Becca ar ei phen ei hun gyda Simon. "Peidiwch â'i blino hi yn ormodol, Mr Parry," mentrodd yn nerfus. "Mae Becca druan wedi diodde heddiw ac mae hi'n dal yn wan iawn."

"Mi fydda i'n ocê, Mary, peidiwch â phoeni. Ond mi faswn i'n licio i chi ddŵad yn ôl wedi i Mr Parry fynd."

Ar ôl i Mary adael, eisteddodd Simon yn y gadair wrth erchwyn y gwely a holi Becca pam roedd hi wedi ceisio dianc o'r Nant ac yntau wedi rhoi gorchymyn pendant i bawb aros yn y pentref.

"Doedd gen i ddim dewis," eglurodd Becca. "Roedd Ioan Penwyn wedi trio fy lladd i."

"Ioan Penwyn?" chwarddodd Simon. "Dwi'n siŵr eich bod yn camsynio, Becca. Fuasai'r creadur diniwed hwnnw ddim yn lladd pry."

"Dyna union eiriau Sharon hefyd. Ond wnaethoch chi ddim gweld ei wyneb o fel y gwnes i. Dwi'n bendant mai fo laddodd Rich ac mi fu bron iddo fo fy lladd innau hefyd. Ewch i chwilio amdano fo plis, a rhowch o dan glo tan y gallwn ni fynd o'r lle 'ma!"

"Peidiwch â chynhyrfu eich hun, Becca. Wedi camddeall ydach chi – gweithio i mi oedd Ioan Penwyn. Fi ofynnodd iddo chwilio'r tai am unrhyw dystiolaeth yn ymwneud â'r llofruddiaeth. Dyna pam y daeth o yma, i'ch stafell chi. Rŵan, os ydach chi'n teimlo'n ddigon cryf, mi hoffwn ofyn ychydig o gwestiynau a allai fod o gymorth i mi ddal y gwir lofrudd."

Amneidiodd Becca i ddangos ei bodlonrwydd cyn pwyso'i phen yn ôl ar y gobennydd. Er nad oedd wedi ei hargyhoeddi o ddiniweidrwydd Ioan Penwyn, doedd ganddi mo'r nerth i ddadlau am y peth.

Dechreuodd Simon drwy holi am ei pherthynas â Richard, ac yn wahanol i Sharon, bu Becca'n gwbl agored, gan roi'r manylion i gyd am sut roeddent wedi cyfarfod rhyw ddwy flynedd ynghynt yn ystod cwrs preswyl yn Aberystwyth. Disgrifiodd yn ei llais cryglyd sut roeddent wedi cael eu denu at ei gilydd a sut y datblygodd eu perthynas ar ôl hynny. "Pan fysa Rich yn arwain cyrsiau, bysai'n ychwanegu fy enw i i ddod arnyn nhw. Ond wrth gwrs, yma i gael cwmni ein gilydd yn ystod yr amser rhydd o'n i mewn gwirionedd."

"Oeddech chi yma ar yr un cwrs â'r Starlings y tro diwetha?"

"Na, mi fethais i ddŵad gan 'mod i yn yr ysbyty yn cael tynnu fy mhendics ar y pryd."

"Soniodd Richard Jones rywbeth am beth ddigwyddodd y tro hwnnw?"

"Na, dim byd. Ond fe geisiodd fy rhybuddio i gadw draw oddi wrth Tim ar ôl i mi gyrraedd bore ddoe. Ond dwi ddim yn deall pam achos mae o a Mary wedi bod yn andros o glên efo fi."

"Sut oeddech chi'n teimlo pan gawsoch eich esgeuluso gan Richard wedi iddo gyfarfod Sharon Jones bnawn ddoe?"

"Mi faswn i wedi gallu ei ladd o…" Gwridodd Becca a cheisio

tynnu ei geiriau yn ôl, gan daeru na fyddai hi byth yn brifo Richard mewn gwirionedd.

"Ond mi wnaethoch chi ymosod yn filain iawn ar Dr Jones yn y stafell ddosbarth neithiwr."

"Wedi gwylltio oeddwn i."

"Felly, ydach chi'n dueddol o golli rheolaeth arnoch eich hun pan fyddwch wedi eich cythruddo?"

Doedd gan Becca ddim ateb i hynny.

"Mae'n debyg mai chi oedd y person ola i weld Richard yn fyw, gan i chi adael y tŷ roeddech i'w rannu gyda Dr Sharon Jones â'r bwriad o aros efo fo. Beth ddigwyddodd wedyn?"

Eglurodd Becca sut y daeth o hyd i'w chariad yn gorwedd yn feddw ar ei wely. Doedd ganddi ddim awydd treulio'r noson gydag o ac yntau yn y fath stad. Felly aeth i aros at y Starlings.

"Pam aros gyda'r Starlings?"

Doedd hi ddim am ddychwelyd at Sharon ar ôl beth ddigwyddodd rhyngddynt yn yr ystafell ddosbarth. "Ro'n i'n eitha siŵr na fyddech chi'n fodlon i mi rannu efo chi."

"Pam wnaethoch chi feddwl y fath beth?" holodd Simon gan geisio celu'r wên a ymddangosodd ar ôl y datganiad annisgwyl.

"Clywais eich bod wedi mynnu cael tŷ i chi eich hun ar ddechrau'r cwrs."

Digon teg, meddyliodd. Roedd yn rhaid iddo gyfaddef ei fod yn dechrau dod yn hoff o'r eneth bengoch yma a'i hatebion gonest. Mor wahanol i'r meddyg caled y bu yn ei holi rhyw hanner awr ynghynt!

"Felly roedd yn rhaid i mi aros naill ai gydag Ioan a Pedro neu gyda'r Starlings," eglurodd Becca. "Mi fuasai Pedro wedi bod yn iawn ond doedd gen i fawr o awydd rhannu gydag Ioan Penwyn. Ydach chi'n hollol siŵr nad fo ydi'r llofrudd?" erfyniodd gan estyn am fraich Simon. "Mae o'n codi cryd arna i."

"Ydach chi'n sicr bod Richard Jones yn fyw pan adawoch

chi o?" Tynnodd Simon ei fraich yn rhydd gan anwybyddu ei hamheuon am Ioan. Wedi'r cwbl, roedd o wedi ceisio tawelu ei hofnau am y creadur hwnnw unwaith yn barod.

"Perffaith siŵr, achos roedd o'n chwyrnu dros y lle!"

Yna, dechreuodd Becca grio, a thrwy ei dagrau dywedodd mai arni hi roedd y bai i Richard gael ei ladd. Mi fyddai'n fyw ac yn iach petai hi wedi aros yn lle ei adael ar ei ben ei hun. Ceisiodd Simon ei chysuro gan ddweud efallai y byddai yna ddau gorff marw ar ei ddwylo petai hi wedi gwneud hynny.

Wrth glywed hyn, torrodd Becca ei chalon yn llwyr ac nid oedd posib ei holi ymhellach. Roedd yr eneth yn amlwg mewn gwendid ar ôl ei phrofiadau ar yr allt, meddyliodd Simon a chodi oddi wrth erchwyn y gwely. "Ceisiwch orffwys, Becca," meddai a cheisio ei chysuro'n lletchwith. "Mi anfona i Mary Starling yn ôl atoch chi rŵan."

16

P AN ADAWODD SIMON ystafell wely Becca, roedd Mary'n
aros amdano wrth droed y grisiau. "Ydi hi'n iawn?" holodd
yn eiddgar. "Ro'n i'n meddwl 'mod i'n ei chlywed hi'n crio."

"Doeddech chi ddim yn gwrando ar gyfweliad tyst gobeithio,
Mrs Starling," meddai Simon yn llym. "Mi fysa hynny'n beth
difrifol iawn i'w wneud o dan yr amgylchiadau."

"Na, na!" gwadodd Mary a'i llais yn llawn panig. "Dim ond
clywed sŵn crio wrth i chi agor y drws wnes i. Rhaid i chi fy
nghredu i – faswn i byth…"

Ond doedd gan Simon ddim amser i wrando ar eglurhad y
wraig druenus. Roedd ganddo lawer mwy o ddiddordeb clywed
beth oedd gan ei gŵr i'w ddweud.

"Professor Starling, dewch gyda mi i'r stafell ddosbarth!
Fydd 'na ddim peryg i rywun â chlustiau hirion wrando arnom
ni yn y fan honno," meddai'n goeglyd gan gamu allan i'r eira.

Bum munud yn ddiweddarach eisteddai Tim yn wynebu
Simon ar draws y ddesg, a chyn i hwnnw gael cyfle i ddechrau ei
holi, dechreuodd achwyn am y ffaith eu bod yn gorfod aros yn
segur yn y Nant. Credai y dylent gael eu ffioedd yn ôl ac iawndal
yn ogystal i wneud yn iawn am y gwastraff amser. "Fel tasa gan
rywun ddim byd gwell i'w wneud nag aros yn cicio'i sodlau fan
hyn!"

Roedd gan Simon syniad go lew beth oedd y pethau "gwell"
yr hoffai'r Athro eu gwneud, ond daliodd ei dafod a gadael iddo
gael rhaff i grogi ei hun, ac fel y tybiodd ni fu'n rhaid iddo aros
yn hir.

"Meddyliwch am y peth mewn gwirionedd, dod â'r sesiwn

gynta i ben cyn i ni prin gyflwyno ein hunain, ac yna methu mynychu'r ail sesiwn am ei fod wedi meddwi! Dwi ddim yn gwybod beth ddaeth dros y dyn. Roedd llawer gwell strwythur i'r cwrs diwetha."

Reit, dyma fi wedi dy ddal di, meddyliodd Simon cyn holi, "Cwrs diwetha? Fuoch chi ar gwrs arall gyda Richard Jones cyn hyn felly?"

Oedodd yr Athro am funud cyn ateb, "Wel do, mi fu Mary a finnau yma ryw chwe mis yn ôl. Fel roeddwn i'n dweud, roedd llawer gwell strwythur i'r cwrs hw—"

"Sut oeddech chi'n dod ymlaen gyda Richard Jones?"

"Roedd gen i barch mawr at ei arweinyddiaeth y tro hwnnw. Roedd yn diwtor heb ei ail a dysgais lawer ganddo."

"Ond ro'n i dan yr argraff nad oedd pethau'n rhy dda rhyngoch chi gan i honiadau go ddifrifol gael eu gwneud yn eich erbyn y tro diwetha i chi fod yma."

"Pwy ddwedodd y fath beth?" holodd Tim gan sythu yn ei gadair. "Roedd perthynas dda iawn rhyngon ni a'r tiwtor, dyna pam y penderfynon ni ddychwelyd."

Gwyddai Simon y byddai'n rhaid iddo roi rhagor o bwysau ar yr hen lwynog cyn y byddai'n cyfaddef dim yn wahanol. Felly, agorodd ddrôr ei ddesg a thynnu ei ffôn allan a'i ddangos iddo.

"Dewch â hwnna'n ôl i mi," ceisiodd Tim gipio'r ffôn o law Simon. "Mae hyn yn achos o erledigaeth! Mi fydda i'n gwneud cwyn…"

"Mae 'na lawer o ddelweddau difrifol iawn ar hwn a dwi'n siŵr y buasai gan y tîm sy'n ymwneud â phornograffi anghyfreithlon lawer o gwestiynau i'w gofyn i chi. Ond mater o lofruddiaeth sydd yn cymryd fy sylw i ar hyn o bryd ac mae gen i le i gredu bod Richard Jones yn ymwybodol o'ch arferion afiach chi a'ch bod yn talu iddo gadw'n dawel."

Roedd Tim fel anifail wedi ei gornelu a doedd ganddo ddim dewis ond ymosod yn ôl. "Gan na allaf gysylltu â fy nghyfreithiwr, does gen i ddim mwy i'w ddweud wrthych chi a dwi ddim am aros i wrando arnoch chi'n parddu fy enw da. Unwaith y byddwn yn gallu gadael y Nant, bydda i'n cwyno'n swyddogol am y ffordd rydych yn ymdrin ag achos o lofruddiaeth. Does gennych chi ddim hawl i gymryd cyfrifoldeb o'r achos fel hyn. Mae gen i gyfeillion dylanwadol yn y Swyddfa Gartref allai roi terfyn ar eich gyrfa chi mewn chwinciad, *cwnstabl*! Ydach chi'n dallt beth sydd gen i?" gofynnodd gan gamu trwy'r drws a'i gau'n glep ar ei ôl.

Atseiniai'r gair "cwnstabl" ym mhen Simon wrth iddo syllu'n gegagored ar y drws caeedig. Doedd neb wedi ei drin â chymaint o ddirmyg ers iddo fod yn blismon ifanc ar y bît pan fyddai disgwyl iddo gael trefn ar lafnau meddw ar eu ffordd o'r tafarnau ar ddiwedd nos. Ond wrth iddo ddringo i fyny'r ysgol yn ei yrfa daeth i ddisgwyl, ac yn wir i fwynhau, y parch a'r ofn a welai yn llygaid troseddwyr a'i gyd-swyddogion; fel y rhingyll nerfus hwnnw y daeth ar ei draws ym Mhwllheli'r diwrnod cynt. Ond roedd wedi camddarllen cymeriad yr hen Athro hunanbwysig; fel llawer o academyddion, roedd gan hwn ddirmyg at bawb nad oedden nhw wedi treulio eu bywydau yn pori mewn llyfrau sychlyd yn eu tyrau ifori. Doedd ganddo ddim parch at rywun a wnâi ddiwrnod gonest o waith ac a ymdrechai'n galed i wella'i hun yn y byd go iawn. Ond doedd o ddim wedi darfod â Tim Starling eto. Fe fyddai'n difaru ceisio'i fygwth, oherwydd gwyddai Simon fod ganddo ei fan gwan yn ei wraig, Mary – gallai gael yr holl wybodaeth yr oedd ei hangen gan y greadures honno. Efallai mai gwell fyddai mynd i chwilio amdani cyn i'w gŵr gael amser i'w rhybuddio i gau ei cheg, meddyliodd wrth gadw'r ffôn yn ôl yn ofalus yn nrôr y ddesg.

Fel y tybiai Simon, aeth Tim ar ei union i rybuddio'i wraig pan gyrhaeddodd yn ôl i'r tŷ.

"Taw, Tim!" sibrydodd Mary gan ddal ei bys at ei cheg. "Paid â'i deffro hi."

Er bod gan Tim bob cydymdeimlad â'r ferch, doedd ganddo ddim amser i boeni am Becca'r funud honno. Felly llusgodd ei wraig yn ddiseremoni oddi wrth erchwyn y gwely a'i rhybuddio dan ei wynt i beidio â sôn yr un gair wrth Simon am drafferthion y cwrs blaenorol, nac am yr arian a dalwyd i Richard Jones i gadw'n dawel. "Mae rhywun wedi achwyn wrtho am y camddealltwriaeth a fu'r tro diwetha, ond mae'n amlwg nad oes ganddo unrhyw dystiolaeth gadarn. Felly cofia, taw piau hi!"

Ni chafodd gyfle i ddweud rhagor cyn i rywun gnocio ar y drws.

"Dos di i'w ateb ac mi arhosa i yma i warchod Becca," meddai gan wthio'i wraig at ddrws y llofft.

"Iawn, Tim. Ond cofia, paid â gwneud dim i'w chynhyrfu hi."

Daeth cnoc arall, un uwch y tro hwn. Rhedodd Mary i lawr y grisiau i'w ateb cyn i'r sŵn ddeffro Becca.

Pan agorodd y drws, safai Simon yno gan lenwi'r ffrâm â'i gorff llydan.

"Mi hoffwn gael gair efo chi, Mrs Starling," meddai. "Dewch efo fi os gwelwch yn dda."

Ar ôl gwisgo'i hesgidiau rwber a'i chôt, dilynodd Mary'r heddwas i gyfeiriad yr ystafell ddosbarth gan obeithio na fyddai'n bradychu Tim yn ystod y cyfweliad.

"Eisteddwch," meddai Simon ar ôl iddynt gyrraedd. "Wna i ddim eich cadw chi'n hir. Ydych chi'n cytuno â datganiad eich gŵr bod Richard Jones yn ymwybodol o'i weithgareddau anghyfreithlon ers y cwrs diwetha i chi ei fynychu yn y Nant yma rhyw chwe mis yn ôl?"

"Ond ddeudodd Tim nad oeddech yn gwy—" stopiodd Mary ei hun rhag mynd ymhellach.

"Do'n i ddim yn gwybod beth, Mrs Starling? Na, mae'r heddlu'n gyfarwydd â hanes eich gŵr, a'r rheswm pam y bu'n rhaid i chi adael Caergrawnt mor sydyn. Roedd o'n ffodus iawn bod awdurdodau'r coleg wedi gallu dwyn perswâd ar y myfyrwyr i ollwng y cyhuddiadau. Rŵan, Mrs Starling, mi fasa'n well i chi gydweithio â mi; wedi'r cwbl, mae achos o lofruddiaeth yn beth difrifol iawn ac mae'r ffaith y bu Richard Jones yn blacmelio'r Athro yn ddigon o reswm iddo fod eisiau ei ladd, ddywedwn i."

Wrth glywed y fath honiadau, teimlai Mary'n ddiymadferth ac ni wyddai beth y dylai ei ddweud. Roedd hi'n amlwg fod yr heddwas yn gwybod eu hanes i gyd. Pam roedd Tim heb ei rhybuddio? Teimlai'r gwaed yn llifo o'i phen, clywai sŵn dŵr yn ei chlustiau a llais Tim yn atseinio: "Paid ti â phoeni, mi setla i Richard Jones!" Oedd hi'n bosib ei fod wedi codi yn y nos a... a...? Llewygodd Mary a bu'n rhaid i Simon ei helpu'n ôl i'r tŷ ar ôl iddi ddod ati ei hun.

Teimlai Simon yn fodlon iawn â'i hun wrth gerdded yn ôl tuag at yr ystafell ddosbarth. Ni allai gofio pryd y cafodd fwynhad fel hyn o'r blaen – rhyddid llwyr i holi'r grŵp fel y mynnai heb gael ei rwystro gan bresenoldeb cyfreithiwr nac offer recordio na dim byd arall. Credai'r Athro y gallai gael y gorau arno, ond roedd Simon wedi profi mai fo oedd â'r llaw uchaf. Llongyfarchodd ei hun unwaith yn rhagor am weithredu ar ei amheuon y diwrnod cynt. Doedd ei chweched synnwyr ddim wedi ei siomi oherwydd gwyddai o'r funud y cyrhaeddodd y Nant bod mwy i'w ddysgu am ei gyd-fyfyrwyr a bod ganddynt i gyd eu cyfrinachau.

Wrth iddo agosáu at y Plas, ebychodd mewn syndod pan sylwodd ar Ioan Penwyn yn gorwedd ar ei gefn ynghanol yr eira, gan chwifio'i freichiau a'i goesau yn ôl a blaen yn ddiddiwedd. "Be ddiawl ti'n wneud?" holodd yn anghrediniol.

"O helô, Mr Parry. Fi'n gneud angel eira," meddai Ioan gan godi a phwyntio at ôl ei gorff yn yr eira. "Ti'n hoffi fo?"

"Edrych arnat ti," meddai Simon. "Mae dy gefn yn eira i gyd

ac mae 'na olwg wedi fferru arnat. Fysa hi ddim yn well i ti fynd i'r tŷ i newid i ddillad sych?"

Ond doedd gan Ioan ddim dillad eraill, a beth bynnag, roedd yn rhaid iddo aros allan i warchod y Nant. Doedd rhyw fymryn o oerni ddim yn cymharu â'r hyn allai ddigwydd petai'r datblygwyr yn cael gafael ar y lle, eglurodd wrth ysgwyd yr eira oddi ar ei siaced ddenim denau.

Sut yn y byd gallai Becca feddwl mai'r creadur diniwed hwn oedd y llofrudd? meddyliodd Simon wrth edrych arno'n syn. Ond yna ystyriodd y byddai'n well iddo glywed y stori o safbwynt Ioan, rhag ofn i'r ferch barhau â'i honiadau hurt.

"'Nest ti fynd i stafell Becca bore 'ma? Mae hi'n honni dy fod ti eisiau ei lladd hi."

Cynhyrfodd Ioan drwyddo a bu'n rhaid i Simon ei berswadio nad oedd wedi rhoi coel ar yr honiadau. "Dwi'n gwybod mai gwneud dy ddyletswydd oeddet ti er mwyn fy helpu i ddod o hyd i dystiolaeth. Ond mae'n rhaid dy fod wedi dychryn yr hogan gan iddi geisio dianc i fyny'r allt o dy flaen."

Eglurodd Ioan yn ei ffordd ddryslyd ei hun mai Becca ymosododd arno fo gydag esgid cyn rhedeg allan o'r tŷ. "Fi dim cyffwrdd pen bys ynddo hi!"

Ar ôl tawelu ei ofnau, gofynnodd Simon iddo fynd i chwilio am Owi gan ei fod angen ei holi. "Dwi'n siŵr y buasai'n rhoi benthyg côt a throwsus sbâr i ti hefyd, cyn i ti ddal niwmonia yn y dillad gwlyb yna."

Ymsythodd Ioan wrth dderbyn y cyfarwyddiadau ac anghofiodd bopeth am honiadau Becca wrth gychwyn ar ei union am dŷ'r gofalwr. Gwyliodd Simon o'n brasgamu drwy'r eira. Y creadur tlawd – biti garw na fyddai gweddill y criw mor ufudd a hawdd eu trin, meddyliodd a pharhau ei daith yn ôl i'r ystafell ddosbarth.

17

Troediai Pedro yn ôl ac ymlaen yn ei ystafell wely gyfyng gan geisio rhoi trefn ar ei feddyliau cythryblus. Methai'n glir gael gwared â'r syniad mai fo oedd yn gyfrifol am ladd y tiwtor. Ceisiai ddarbwyllo'i hun nad oedd ganddo unrhyw fath o offer i gyflawni'r drosedd, ond mynnai'r amheuon ei gorddi. O ble daeth y staen gwaed ar ei grys? Oedd hi'n bosib ei fod o wedi codi yn ei gwsg a gwireddu'r anfadwaith? Oedd hi'n bosib bod ei ymennydd wedi dewis anghofio'r holl beth? Cofiai ddarllen rhyw dro am achosion o bobl oedd yn honni bod ganddynt gof dethol. Doedd o erioed wedi rhoi fawr o goel ar beth felly. Ond eto, beth os? Troellai'r amheuon yn ei ben yn ddi-baid. Ambell waith, deuai'r awydd i fynd at Simon Parry a chyfaddef y cwbl wrth hwnnw. Ond beth ddigwyddai iddo wedyn? Fel tramorwr, doedd o ddim yn gyfarwydd â system gyfreithiol Prydain. Petai'n cael ei garcharu am oes, beth ddeuai o'i nain yn ôl ym Mhatagonia? Neu, beth os oedd y gosb eithaf yn dal i gael ei defnyddio? Filoedd o filltiroedd o gartref, doedd ganddo neb i droi ato. Neb i falio dim.

Yna, cofiodd am y cyfeillgarwch a ddangosodd Owi Williams tuag ato'n gynharach ar yr allt. Fe âi i weld yr hen ddyn a gofyn am ei gyngor.

"Dwi'n amau mai fi laddodd Richard Jones!" Byrlymodd y geiriau allan cyn gynted ag y gwelodd yr hen ofalwr. Roedd cael cyfle i rannu baich ei ofidiau yn rhyddhad.

Edrychodd Owi arno a'i geg yn agored. Dyma'r peth olaf y disgwyliai ei glywed ond daliodd ei dafod a rhoi cyfle i'r bachgen egluro, ac unwaith y dechreuodd Pedro siarad, llifodd ei holl ofnau a'i amheuon allan yn un gymysgfa o Gymraeg a Sbaeneg. Yna, pan ddaeth Owi o hyd i'w lais, ceisiodd ei ddarbwyllo ei bod yn annhebygol iawn y byddai Pedro wedi gallu lladd y tiwtor tra oedd o'n dal i gysgu. "Mi fysat ti wedi deffro'n syth wrth fynd allan i'r storm 'na neithiwr. A beth bynnag, doedd gen ti ddim cymhelliad i'w ladd, yn nag oedd?"

Eglurodd Pedro sut roedd Sharon wedi dod i'w weld y noson cynt i ddweud mai Richard Jones oedd yn gyfrifol am ladd ei dad.

"Y sguthan gelwyddog!" gwylltiodd Owi. Pam gythraul oedd honno wedi trio cythruddo'r bachgen efo'r fath stori? Gwyddai i Richard Jones gymryd rhan yn rhyfel y Malvinas ond roedd yn eithaf siŵr na fu'n agos i'r *Conqueror* na'r *Belgrano*. Roedd ei hanes yn blastar yn y papurau newydd ar ddiwedd y rhyfel, gan iddo gael medal am ei ddewrder yn achub rhai o'i gyd-filwyr oddi ar long y *Sir Galahad* pan aeth honno'n wenfflam.

"Mi ddyliat ti fynd i ddeud wrth Simon Parry, achos mae'n amlwg fod rhywun yn ceisio lluchio'r bai arnat ti," oedd cyngor Owi. Doedd ganddo fawr i'w ddweud wrth weddill y grŵp – hen griw digon rhyfedd ac oeraidd oedden nhw ar y cyfan. Roedd Pedro'n werth mwy na nhw i gyd efo'i gilydd.

"Na, fedra i ddim dweud wrtho fo. Dim ond fy ngair i yn erbyn un Sharon fysa ganddo fo, ac mae gen i deimlad nad ydi Simon Parry yn rhy hoff ohona i."

"Dwi angen mynd draw i'r caffi i nôl cyflenwad o fwyd. Os na wnawn ni ei ddefnyddio, bydd wedi difetha cyn i'r caffi ailagor," meddai Owi toc gan resymu y byddai'n well ceisio cadw Pedro'n brysur er mwyn symud ei feddwl oddi ar yr helynt. "Ti awydd dŵad efo fi i helpu i'w gario fo?"

Cerddasant yn araf trwy'r eira i lawr i gyfeiriad y caffi. Roedd y gwynt wedi gostegu erbyn hynny a'r cymylau du wedi cilio a gadael awyr glir uwchben y Nant. Arhosodd y ddau wrth adfeilion Tŷ Hen gan edrych dros eu hysgwyddau ar y pentref yn edrych mor dawel a hamddenol o bellter, heb unrhyw arwydd o'r erchyllterau a fu yno. Uwchben y tai, roedd boncath yn hofran yn llonydd yn yr awyr, fel petai amser wedi aros yn ei unfan. Daliodd y dynion eu hanadl yn ddisgwylgar. Yna, yn ddirybudd, plymiodd yr aderyn i'r ddaear fel saeth a chipio'i ysglyfaeth yn ei grafangau cryf. Dychwelodd y pryderon fel cwmwl du dros feddyliau Pedro. Sylwodd Owi ar y pryder yn llygaid ei gydymaith a cheisiodd symud ei feddwl.

"Weli di fyny fan'cw?" meddai gan bwyntio at lecyn ychydig yn uwch na'r adfail. "Dyna lle'r oedd y Babell Goed yn arfar bod – hen adeilad pren lle bysa'r bobl yn addoli cyn i'r capel gael ei godi. A draw ffor'cw oedd y barics, lle'r oedd rhai o'r chwarelwyr yn byw. Ond yn 1925 mi fuo 'na dirlithriad ac mi ddiflannodd y barics…"

Daeth araith Owi i ben yn ddisymwth wrth iddo sylwi nad oedd Pedro'n gwrando arno. Yn hytrach, syllai hwnnw i gyfeiriad y llwybr a arweiniai i lawr i'r traeth gan ryfeddu wrth ystyried mai dim ond pedair awr ar hugain ynghynt y bu Becca ac yntau'n cerdded law yn llaw ar ei hyd, heb unrhyw ofal yn y byd. Edrychodd ar y môr a orweddai'n llonydd oddi tano a rhoddai'r byd y funud honno am gael bod ar fwrdd ryw *Mimosa* a'i cludai drosto yn ôl i ddiogelwch Patagonia.

"Ty'd, gwell i ni fynd i'r caffi cyn i ni rewi'n gorn," torrodd Owi ar draws ei fyfyrdodau. "Mae'r haul ar fin machlud, ac unwaith bydd hi'n nosi mi fydd y tymheredd yn gostwng a rhewi gwynab yr eira a'i gneud hi'n beryg bywyd i ni gerddad 'nôl efo'r bwydydd."

Wedi i Mary ddychwelyd ar ôl ei chyfweliad, gwrthododd fynd am dro gyda Tim trwy ddweud mai ei dyletswydd hi oedd gwarchod Becca. Doedd Tim ddim yn hoff o'r newid yn ei wraig, a arferai fod mor ofalus ohono gan gytuno â phopeth a awgrymai. Gydag ochenaid bwdlyd, gwisgodd ei gôt ac aeth allan am fymryn o awyr iach ar ei ben ei hun. Ar ôl gadael y stryd o'i ôl, arhosodd yn ei unfan i werthfawrogi'r olygfa. Colled Mary oedd hi na fyddai hi wedi dod efo fo i brofi'r harddwch a'i hamgylchynai. Roedd y Nant yn odidog o dan yr eira. Byddai wedi cael lluniau gwych petai Simon Parry heb gymryd ei ffôn.

Ar hynny, gwelodd ddau ffigwr yn troedio draw o gyfeiriad y caffi. O edrych yn fanylach, sylwodd mai Owi a Pedro oedd yno. Aeth draw atynt i dynnu sgwrs – roedd o angen ymarfer ei Gymraeg.

"Prynhawn da, gyfeillion," meddai gan gyfarch y ddau yn ei Gymraeg gorau. "Mae'r Nant yn ogoneddus heddiw. Ydych chi'n cytuno? Edrychwch ar yr Eifl, mae hi fel morwyn bur ar fore ei phriodas ac adlewyrchiad yr haul yn tywynnu fel miloedd o ddiemwntau dros ei mantell wen."

"Dwi'n falch ein bod ni wedi dod ar eich traws," anwybyddodd Owi ddisgrifiad gor-ramantus yr Athro. "Mi gowch chi helpu Pedro a finnau i gario rhai o'r bwydydd 'ma i gegin y Plas."

"Philistiaid!" meddai Tim dan ei wynt gan gymryd y pecyn lleiaf o ddwylo Owi. "Beth sydd yn hwn? Mae'n pwyso tunnell!"

Wrth iddynt nesáu at y Plas, daeth Ioan Penwyn i'w cyfarfod a'i wynt yn ei ddwrn.

"Fi wedi chwilio pobman am ti – mae Mr Parry isio ti roi dillad sych i fi!"

"Ydi o wir?" meddai Owi yn goeglyd dan ei wynt. "Tybad pwy oedd gwas hwnnw flwyddyn d'waetha?" Yna, sylwodd ar yr olwg rynllyd oedd ar Ioan yn ei ddillad gwlyb a thosturiodd wrtho. "Ty'd, mi gei di ddillad gen i ar ôl i ni ddanfon y bwyd 'ma. Dwi'n siŵr bod gen i gôt gynhesach na'r peth denim 'na i ti hefyd."

Ar ôl dilladu Ioan mewn siwmper a chôt gynnes o'i eiddo ei hun, cychwynnodd Owi am ei orchwyl yn y gegin. Ond cyn iddo fynd drwy'r drws, gwaeddodd Ioan ar ei ôl.

"Wps! Fi newydd cofio, mae Mr Parry isio siarad â ti."

"Be mae hwnnw isio eto, tybad?" holodd Owi heb fawr o frwdfrydedd. "Pam na 'neith y dyn ddallt bod gen i bethau rheitiach i'w gneud na bod yn was bach iddo bob munud?"

Pan gyrhaeddodd yr ystafell ddosbarth, anwybyddwyd o gan Simon, a gymerai arno ei fod yn brysur yn cofnodi ei nodiadau ar ei liniadur. Safodd Owi am funud dan fwmian yn ddiamynedd dan ei wynt, a chan nad oedd hynny'n tycio, cliriodd ei wddw'n uchel cyn troi'n ôl at y drws gyda'r bwriad o adael. Ar hynny, cododd Simon ei olygon oddi ar y sgrin a gorchymyn iddo eistedd.

"Lle 'dach chi wedi bod, Williams? Mi anfonais i Ioan Penwyn i'ch nôl chi hanner awr yn ôl," holodd yn sychlyd.

Eglurodd Owi yr un mor sychlyd ei fod wedi bod yn nôl bwyd o'r caffi ac yn chwilio am ddillad i Ioan. "Ond gan fy mod i yma, dwi'n credu y bysa'n well i chi gael gwybod sut y bu'r doctor yn rhaffu celwyddau neithiwr." Yna adroddodd y cwbl a ddywedodd Pedro wrtho am ymweliad Sharon.

"Pam na fuasa Pedro wedi dod ata i gyda'r stori yma, tybed?"

"Wel, mae'r bachgen yn nerfus a does ganddo fawr o Saesneg. Felly, dwi'n meddwl ei bod hi'n haws iddo ymddiried yn'o i."

"Ia, ia!" meddai Simon gan anwybyddu eglurhad Owi. "Ar ôl te, dwi am i chi wneud yn siŵr bod pawb yn dod yma i glywed beth fydd gen i i'w ddweud am yr achos."

"Ond beth am Becca? Fedrwch chi ddim disgwyl iddi hi ddod allan heno ar ôl beth mae hi wedi'i ddiodda ar yr allt yn gynharach heddiw."

"Wel, iawn 'ta. Mi wnawn ni gwrdd yn nhŷ'r Starlings. Siawns na fydd hi'n ddigon da i ddod i lawr y grisiau aton ni yn fan'no," meddai Simon yn ddiamynedd cyn ailddechrau byseddu'r allweddau.

Gadawodd Owi â gwên ar ei wyneb – o leiaf roedd o wedi cael y diawl hunanbwysig i gyfaddawdu rhywfaint. Ac yn awr roedd ganddo ddigon o amser i baratoi pryd o fwyd iawn gan fod pawb yn siŵr o fod ar eu cythlwng ar ôl y dŵr golchi llestri a baratôdd y Starlings amser cinio.

Yn y cyfamser, eisteddai Sharon ar gadair ledr gyfforddus yn ei hystafell yn ceisio darllen y *Lancet*, ond nofiai brawddegau ac ystadegau dyrys yr erthygl ar draws y tudalennau gan achosi cur yn ei phen. Ta waeth am ganlyniadau'r ymchwil diweddaraf i ordewdra, meddyliodd wrth luchio'r cylchgrawn meddygol i'r llawr, roedd ganddi bethau llawer amgenach i boeni amdanynt.

Ers iddi blygu dros gorff Richard y bore hwnnw, daethai rhyw deimlad o wacter a braw drosti. Am ragor na deg mlynedd ar hugain, meddiannwyd hi â chasineb llethol – casineb a'i cynhaliodd ac a'i cymhellodd i oresgyn pob rhwystr yn ei hymdrech i wella'i bywyd fel y gallai brofi ei bod yn gallu ymdopi a llwyddo ar ei phen ei hun. Ond bellach roedd ei farwolaeth wedi ei gadael heb unrhyw beth i anelu ato. Aeth hi'n rhy bell yn ei hawydd i ddial? Yn sicr, cafodd foddhad wrth weld y boen yn ei lygaid wrth iddi ei hysbysu am fodolaeth eu mab. Petai hi ond wedi bodloni ar hynny, yn lle mynd ati i adrodd y stori gelwyddog honno wrth Pedro pan oedd wedi cael gormod i'w yfed y noson cynt. Petai hwnnw'n penderfynu ailadrodd y stori byddai Simon Parry'n sylweddoli ar ei union ei bod wedi mynd ati'n fwriadol i gythruddo'r bachgen, ac fe allai gael ei chyhuddo o'i gymell i lofruddio Richard. Ar y pryd, â'r fodca'n pylu ei gallu i fod yn synhwyrol, credai ei fod yn syniad da codi gwrychyn y bachgen, gan y byddai casineb Pedro yn ffordd arall o wneud bywyd ei gŵr yn anodd. Ond doedd hi ddim wedi dychmygu am funud y byddai'n ymateb mewn ffordd mor eithafol. Doedd hi ddim wedi ystyried natur wyllt, Ladin-Americanaidd y bachgen.

Gorffwysodd ei phen ar fraich y soffa a chaeodd ei llygaid, ond cyn gynted ag y gwnaeth hynny gwelodd wyneb marw Richard yn syllu arni'n gyhuddgar. Agorodd ei llygaid ac estyn am y botel fodca. Ond yna, ystyriodd mai gwell oedd iddi atal rhag yfed – byddai angen pen clir arni tra oedd Simon Parry yn dal i snwffian o gwmpas. Wedi'r cwbl, roedd ganddi gyfrifoldeb i warchod ei hun a'i mab.

18

"YDACH CHI'N SIŴR mai i fan hyn oedd o am i ni ddod, Owi Williams?" holodd Sharon wrth i'r criw aros yn ddisgwylgar am y Dirprwy Brif Gwnstabl yn ystafell fyw lawn y Starlings.

"Perffaith siŵr. Mi ddudis i wrtho nad oedd Becca druan ddim ffit i fynd draw i stafall ddosbarth y Plas yn y tywydd oer 'ma, ar ôl popeth mae hi wedi'i ddiodda, ac yn y diwadd mi gytunodd ein bod ni i gyd yn dŵad i fama," atebodd Owi gan edrych ar y ferch a led-orweddai'n llipa ar y soffa.

"Da iawn chi, Mr Williams, mi wnaethoch yn iawn," meddai Mary gan daenu carthen yn ofalus dros ei chlaf. "Ro'n i'n flin iawn gyda Simon Parry am fynnu holi Becca yn gynharach a hithau yn ei gwendid – ac mi ddywedais i hynny wrtho fo yn blwmp ac yn blaen hefyd."

Cododd Tim ei aeliau, gan edrych yn syn ar ei wraig, na fyddai wedi meiddio lleisio ei barn mor gyhoeddus cyn hyn; roedd y cyfrifoldeb o warchod Becca wedi rhoi rhyw hyder newydd iddi a doedd o ddim yn hollol siŵr oedd hynny'n beth da ai peidio. Arferai Mary fod mor ufudd a chefnogol iddo, ond prin y cymerai sylw ohono ers iddi fynd mor obsesiynol am y ferch. Fel hyn y byddai pethau wedi bod petai wedi ildio flynyddoedd ynghynt a chytuno iddi gael plentyn; byddai wedi ymgolli'n llwyr a diystyru ei anghenion o'n gyfan gwbl. Mi fyddai'n rhaid iddo'i hatgoffa pwy oedd y meistr ar ôl iddyn nhw adael y Nant, pryd bynnag fyddai hynny.

Da iawn ti, Mary. Roedd hi'n hen bryd i ti ddechrau dangos dipyn o asgwrn cefn, meddyliodd Sharon wrth sylwi ar Tim yn edrych yn feirniadol ar ei wraig. Dim ond gobeithio y byddai ganddi hithau ddigon o asgwrn cefn hefyd i herio Simon Parry pan gyrhaeddai hwnnw. Gallai synhwyro ei fod yn gwybod llawer mwy nag y bu'n fodlon ei gyfaddef yn ystod ei chyfweliad yn gynt y prynhawn hwnnw. Doedd o ddim yn ffŵl o bell ffordd ac ni fyddai'n hawdd taflu llwch i'w lygaid.

Wrth y ffenest, eisteddai Owi a Pedro gan sgwrsio dan eu gwynt yn Gymraeg. "Yli, dwi'n falch 'mod i'n cael cyfle i ddeud wrthat ti cyn i Parry gyrraedd; dwi wedi deud am ymweliad nacw â thi neithiwr," amneidiodd Owi i gyfeiriad Sharon. "Doedd o ddim yn iawn beth wnaeth hi – trio dy gythruddo di wrth balu'r fath gelwydda."

"Beth ddywedodd Señor Parry? Ydi o'n meddwl mai fi laddodd y tiwtor?"

"Nac ydi siŵr. Ond roedd hi'n bwysig iddo gael gwybod bod rhywun yn trio taflu'r bai arnat ti a bod gan honna rywbath i'w neud â'r peth."

"Ond beth os bydd o —?"

"Yli, trystia fi – 'na i ddim gadael i neb dy feio di ar gam."

Caeodd Pedro'i lygaid. Pam wnaeth o benderfynu bwrw'i fol a lleisio'i bryderon wrth Owi? Ar y pryd, credai y gallai ymddiried yn yr hen ddyn, ond roedd hwnnw wedi mynd a dweud y cwbl wrth Simon Parry. Beth oedd yn bod ar bawb? Arferai fod o dan yr argraff bod Cymru'n llawn o bobl groesawgar a chlên. Pam o pam y daeth o i'r fath le? Pam na fyddai wedi bodloni ar aros yn yr Ariannin? Teimlai fel anifail wedi ei ddal mewn magl heb unrhyw obaith o ddianc. Gydag ochenaid, plygodd ymlaen yn ei gadair a dal ei ben yn ei ddwylo.

Eisteddai Ioan Penwyn yn dawel yng nghornel yr ystafell, cyn belled ag y gallai o olwg Becca. Nid oedd am i'r ferch ddechrau ei gyhuddo eto fel y gwnaeth pan gyrhaeddodd y tŷ. Doedd hi ddim yn fodlon aros yn yr un ystafell ag o hyd yn oed, nes i Mary Starling ei darbwyllo nad oedd o am ei niweidio hi. Methai'n lân ddirnad beth oedd yn bod arni'n mynnu ei alw'n bob enw a lluchio cyhuddiadau ato ac yntau heb wneud dim byd iddi hi. Pesychodd yn uchel a pheri i'w boer ledaenu drwy'r awyr. Doedd gorwedd yn yr eira yn creu angylion ddim yn beth call i'w wneud, meddyliodd wrth sychu ei geg ar lawes ei gôt.

"Oes raid i'r perfert 'na fod mor anghynnes, yn gwasgaru ei facteria dros y lle?" holodd Becca a tharo cipolwg llawn casineb arno dros ei hysgwydd. "Wnaeth ei fam erioed mo'i ddysgu i roi ei law dros ei geg a defnyddio hances?"

"Mae'n drwg gen i ond…" cychwynnodd Ioan ymddiheuro, ond ar hynny agorodd y drws a chamodd Simon Parry fel corwynt i'w canol, gan ddwyn ias y rhew a'r eira tu allan i mewn i'r ystafell gynnes o'i ôl, ac anghofiodd pawb yn syth am Ioan a'i annwyd.

"Symudwch y bwrdd 'na i ganol y llawr a gosodwch gadair i mi y tu ôl iddo," gorchmynnodd yn awdurdodol wrth dynnu ei gôt a'i rhoi i Owi i'w chadw. Yna, ar ôl gosod ei liniadur a'i lyfr nodiadau yn ofalus ar y bwrdd a'i friffces ar y llawr wrth ei draed, eisteddodd yn ôl i edrych ar ei gynulleidfa a theimlo'n fodlon bod ei awr fawr wedi cyrraedd – ei awr Poirotaidd! Sawl gwaith yr wfftiodd wrth wylio ffilmiau Agatha Christie pan fyddai'r ditectif bach ffuglennol o wlad Belg yn dadansoddi'r achosion o flaen llond ystafell o gymeriadau a fyddai o dan amheuaeth, gan feddwl pa mor annhebygol fyddai sefyllfa o'r fath mewn bywyd go iawn? Ond rŵan, roedd yntau'n paratoi i wneud yn union yr un peth; ganddo fo yr oedd yr holl bŵer ac roedd y grŵp a eisteddai'n ddisgwylgar o'i flaen yn barod i fwyta o'i ddwylo. Tagodd yn sydyn a chlirio'i lwnc cyn dechrau ei anerchiad.

"Fel rydych i gyd yn ymwybodol, rydyn ni wedi cael ein dal mewn sefyllfa ddifrifol ac anarferol iawn. Am na fydd modd cysylltu â'r byd tu allan am rai dyddiau, mae'r cyfrifoldeb am yr achos wedi disgyn yn gyfan gwbl ar fy ysgwyddau i, gan fy mod i, fel y gwyddoch erbyn hyn, yn Ddirprwy Brif Gwnstabl Heddlu Gwynedd."

"Sut gallwn ni feiddio anghofio?" meddai Tim yn wawdlyd.

Penderfynodd Simon anwybyddu'r Athro am y tro; fe ddeuai cyfle i dorri crib hwnnw'n ddigon buan. "Yn ystod y dydd, bûm yn holi ac yn ymchwilio'n ddyfal a chredaf erbyn hyn fy mod wedi dod o hyd i lawer o ffeithiau diddorol iawn sy'n taflu goleuni ar yr achos…"

Gwingodd Owi yn ei gadair. Pwy oedd Simon Parry'n ei feddwl oedd o yn siarad i lawr at bawb? Efallai ei fod o'n swyddog uchel yn yr heddlu ond Owi oedd gofalwr y Nant ac arno fo roedd y cyfrifoldeb am y lle a phawb oedd yno.

"Esgusodwch fi, Mr Parry," torrodd ar draws yr heddwas, fel roedd hwnnw'n dechrau mynd i hwyl. "A phob parch, 'dach chi ddim yn meddwl y buasai'n well aros i'r heddlu ein cyrraedd ac i betha gael eu gneud yn y ffordd iawn?"

"Ydach chi'n amau fy awdurdod i?"

"Na, dim ond rhyw feddwl o'n i y buasai'n well i ni aros…"

"Oes ganddoch chi rywbeth i'w guddio, Mr Williams? Pam, tybed, eich bod mor awyddus i adael i bethau fod? Deallais nad oedd llawer o Gymraeg rhyngoch chi a'r ymadawedig. Yn wir, mae gen i rywun sy'n fodlon tystio ei fod wedi eich clywed chi'n ffraeo gyda Richard Jones brynhawn ddoe," meddai Simon gan edrych ar Ioan Penwyn.

"Dim ond trio ei rybuddio bod y tywydd am droi wnes i."

"Ond doedd o ddim yn fodlon gwrando arnoch chi, nag oedd? Yn ôl tystiolaeth y tyst, deallaf iddo fygwth dweud wrth yr Ymddiriedolwyr nad oedd ansawdd eich gwaith yn ateb y gofynion a'i fod am argymell y dylech gael eich diswyddo; yn enwedig gan eich bod wedi eu camarwain ar hyd y blynyddoedd wrth ddweud wrthynt eich bod wedi eich magu yn y Nant yma, pan mewn gwirionedd roeddech wedi gadael y lle cyn eich bod yn fawr hŷn na blwydd."

"Ydach chi'n trio deud 'mod i wedi'i ladd o am hynny?" heriodd Owi gan ysgwyd ei ben yn anghrediniol.

"Mae 'na rai wedi lladd am lawer llai, Mr Williams, coeliwch chi fi. A dim ond eich gair chi sydd gen i eich bod wedi darganfod Richard Jones yn farw bore heddiw."

"Ond —"

"Na, Mr Williams, dydw i ddim am i chi dorri ar fy nhraws i eto, neu fydd gen i ddim dewis ond eich cloi chi mewn stafell i fyny'r grisiau yn y Plas ar eich pen eich hun."

Rhegodd Owi'n isel dan ei wynt: sut roedd y diawl yn meddwl y byddai pawb yn ymdopi hebddo fo? Ond wrth weld yr olwg fygythiol ar wyneb Simon, penderfynodd ddal ei dafod am y tro.

Ar ôl cael cip sydyn ar ei nodiadau, trodd y Dirprwy Brif Gwnstabl at Becca a thrafod ei pherthynas â Richard – perthynas agos, os ychydig yn gythryblus ac anghyfartal, oedd wedi para am ddwy flynedd. Awgrymodd mai Richard oedd wedi arfer rheoli'r berthynas a bod Becca wedi bod yn fodlon gollwng popeth i redeg ato bob tro y dymunai gael ei chwmni.

Ceisiodd hithau wadu hynny ond doedd Simon ddim am glywed ei phrotest. Felly aeth ymlaen i sôn am y siom aruthrol a'r digofaint yr oedd hi'n siŵr o fod wedi ei deimlo pan esgeulusodd Richard hi ar ôl cwrdd â Sharon y prynhawn cynt. Yna, trodd at weddill y grŵp a'u hatgoffa sut roedd Becca wedi colli rheolaeth ar ei thymer, pan ymosododd ar Sharon.

"Dydach chi ddim o ddifri yn credu y byswn i'n gallu lladd Rich? Ro'n i'n ei garu o!"

"Mae pobl mewn cariad yn gallu gwneud pethau eithafol ambell waith, Miss Roberts."

"Ond fedrwn i byth!" Edrychodd Becca o amgylch yr ystafell i geisio cael cefnogaeth o rywle. "Gofynnwch i Tim a Mary," meddai. "Maen nhw'n gwybod fy mod i wedi aros gyda nhw drwy'r nos."

"Ond yn ôl eich cyfaddefiad eich hun, mi aethoch chi i ystafell wely Richard Jones neithiwr cyn dod yma at Professor a Mrs Starling. Cawsoch chi ddigon o gyfle'r adeg hynny i drywanu eich cariad."

Roedd hyn yn ormod i Becca a dechreuodd feichio crio.

"Cywilydd arnach chi'n pigo ar yr hogan a hithau mewn gwendid," meddai Mary'n ffyrnig. "Ydach chi ddim yn gallu gweld ei bod hi wedi torri ei chalon, druan bach?" Yna, trodd at Tim a'i gymell i amddiffyn y ferch ac i ddweud nad oedd golwg rhywun oedd newydd lofruddio arni pan ddaeth atynt am loches y noson cynt.

"Mae Mary'n dweud y gwir ac rwyt ti wedi mynd yn rhy bell wrth gyhuddo Becca heb unrhyw dystiolaeth," meddai'r Athro.

Trodd Simon at Tim gan ddweud nad oedd wedi cyhuddo neb eto, dim ond wedi awgrymu rhai cymhellion posib.

"Ac wrth sôn am gymhellion, mae gennych chi, Professor Starling, cystal rheswm â neb i fod eisiau cael gwared ar Richard Jones."

Heb ddweud gair ymhellach, tynnodd gopïau o gyfriflen banc a argraffodd cyn gadael swyddfa'r arolygydd ym Mhwllheli a ddangosai sut yr oedd deg mil o bunnoedd wedi eu trosglwyddo o gyfri'r Starlings i gyfri Richard. "Mae blacmel yn gymhelliad cryf iawn i lofruddiaeth, ddwedwn i." Sodrodd y papurau dan drwyn yr Athro.

Bu distawrwydd llethol yn yr ystafell ar ôl hynny. Edrychai pawb ar eu traed er mwyn osgoi llygaid ei gilydd, ac am unwaith doedd gan Tim ddim ateb. Teimlai fel dyn wedi ei lorio a methai'n lân ddeall sut roedd Simon wedi dod o hyd i'r holl wybodaeth.

Fel y diflannai golau gwan y dydd i'r gwyll, plymiodd y tymheredd yn is gan rewi'r eira'n galed. Edrychodd Pedro ar y patrymau barrug a ffurfiwyd fel miloedd o sêr bach gloyw ar wydr y ffenest. Er na fedrodd ddilyn beth oedd wedi cael ei ddweud, roedd yn ymwybodol o'r tensiwn yn yr ystafell a bod ias fel y rhew tu allan yn yr awyrgylch o'i gwmpas. Gallai deimlo i sicrwydd hefyd y byddai'r sylw'n siŵr o droi ato yntau unrhyw funud.

19

DOEDD SIMON PARRY erioed, yn ystod ei yrfa hir gyda'r heddlu, wedi profi pŵer fel hyn o'r blaen. Pan benderfynodd ymuno â'r heddlu'n fachgen ifanc, roedd ar dân dros gyfraith a threfn, er mawr ddifyrrwch i'w efaill. Gwelai ei hun fel rhyw angel gwarcheidiol a fyddai'n dal drwgweithredwyr ac yn sicrhau bod cymdeithas yn lle gwell a mwy diogel i fyw ynddi. Ond nid felly y bu mewn gwirionedd, gan na chafodd erioed gyfle i ddal fawr ddim gwaeth na gyrwyr afreolus ac ambell leidr ceiniog a dimai. Pan fyddai achosion mwy difrifol, byddai'r *plain clothes* yn cymryd yr awenau'n syth.

Ond daeth ei gyfle o'r diwedd ac roedd ganddo rwydd hynt i wneud fel y mynnai yn y Nant heb i unrhyw ben bach o'r CID ymyrryd. Cyn y cyrhaeddai'r rheini byddai wedi cael trefn ar bopeth a byddai'n anorfod wedyn mai fo fyddai'n olynu'r Prif Gwnstabl pan ddôi'r amser i hwnnw ymddeol. A gorau po gyntaf y digwyddai hynny hefyd, oherwydd doedd dim dal beth fyddai'r Prif presennol yn ei wneud nesaf. Byth ers iddo lyncu'r holl lol Cymraeg 'na, roedd wedi colli ei ffordd yn lân. Pan ddeuai cyfle Simon i arwain y ffôrs, mi fyddai'n dod â phethau'n ôl i drefn.

Edrychodd ar ei nodiadau cyn syllu'n syth ar Sharon, a syllai'n ôl arno'n heriol. Penderfynodd nad oedd pwynt gwastraffu amser; gwell oedd mynd ar ei union at wraidd y mater lle'r oedd hon yn y cwestiwn a pheidio â rhoi unrhyw gyfle iddi raffu mwy o gelwyddau.

"Dr Sharon Jones, fe sylwodd pawb, dwi'n siŵr, ar yr effaith a gawsoch chi ar Richard Jones yn ystod y sesiwn gyntaf ddoe. Edrychai fel ei fod ar fin cael trawiad pan gyflwynoch chi eich hun. Ond doedd dim rhyfedd iddo ymateb fel y gwnaeth, nag oedd? Oherwydd doedd o ddim wedi breuddwydio y buasai'n gweld ei wraig yn eistedd o'i flaen."

Ochneidiodd Becca'n uchel pan glywodd hyn. Rich yn briod â'r sguthan 'na! Pam na ddwedodd o?

Rhybuddiodd Simon nad oedd pwynt i Sharon geisio gwadu gan fod copi o'r dystysgrif briodas yn ei feddiant.

"Yn ddiddorol iawn, fe'ch priodwyd mewn swyddfa gofrestru yn Aldershot union bedair blynedd ar ddeg ar hugain i ddoe. Tybed a ddaethoch i'r Nant i ddathlu pen-blwydd eich priodas?" meddai gan ddangos copi o'r dystysgrif fel y gallai pawb ei gweld.

"Doedd 'na ddim byd i'w ddathlu," atebodd Sharon, a sylweddolai erbyn hynny nad oedd pwynt iddi wadu ei pherthynas â Richard. "Roedd pethau ar ben ers blynyddoedd."

"Ond chawsoch chi erioed ysgariad?"

Yn anfoddog, eglurodd Sharon iddi adael Richard ar ôl derbyn un gurfa'n ormod ganddo a'i bod wedi addo iddi hi ei hun yr adeg hynny na fyddai'n cysylltu â'i gŵr byth wedyn – ddim hyd yn oed i drefnu ysgariad. Yna, ceisiodd egluro mai cyd-ddigwyddiad llwyr oedd iddi ei gyfarfod y diwrnod cynt.

"Cyd-ddigwyddiad? Mae'n haws gen i gredu eich bod am ddial ar eich gŵr oherwydd y ffordd dreisgar roedd o wedi ymddwyn tuag atoch ar ôl iddo ddychwelyd o Ryfel y Falklands."

Roedd Simon yn amlwg wedi gwneud ei waith cartref, meddyliodd Sharon, felly roedd yn rhaid iddi hi gadw'i phen a pheidio â cholli arni ei hun yn wyneb y cyhuddiadau a fyddai'n siŵr o ddilyn.

"Cynigiaf eich bod wedi dod yn unswydd i'r Nant y penwythnos yma i ddial ar eich gŵr. Tybed ai cyllell drwy ei galon oedd eich anrheg iddo ar ben-blwydd eich priodas?"

"Dwi ddim yn mynd i aros i wrando arnoch yn taflu

cyhuddiadau di-sail." Cododd Sharon ar ei thraed a chychwyn cerdded allan o'r ystafell ddosbarth. Ond cyn iddi gyrraedd y drws, cododd Ioan Penwyn a rhedeg ati gan weiddi, "Mummy!"

Rhewodd Sharon a sefyll fel delw ar ganol y llawr. "O, John bach, be ti 'di wneud?" meddai. "'Nes i dy rybuddio di i gadw'n dawel."

Pan sylweddolodd Ioan ei fod wedi gollwng y gath o'r cwd, rhuthrodd i'w chesail. "Sori. Fi dim meddwl. Fi cael ofn pan 'nath Mr Parry gweiddi arnat ti a dweud y petha yna am ti a'r tiwtor!" Yna, dechreuodd igian crio ym mreichiau ei fam.

Edrychodd y gweddill mewn syndod ar y ddrama emosiynol oedd yn cael ei datgelu o'u blaenau.

Ar ôl i Ioan ddod ato'i hun, eglurodd Simon nad oedd angen iddo feio'i hun am ddatgelu'r gyfrinach gan ei fod yn ymwybodol o berthynas y ddau ers y diwrnod cynt. "Wedi'r cwbl, mae 'na ddigon o sôn amdanat ti yng nghofnodion yr heddlu oherwydd dy weithgarwch gyda Chyfeillion y Ddaear o dan dy enw iawn – John Whitehead. Peth cymharol newydd yw'r chwiw iaith 'ma, 'te? Dyna pam rwyt ti'n galw dy hun yn Ioan Penwyn y dyddiau hyn; cyfieithiad digon gwirion o dy enw iawn. Pan welais mai Sharon Whitehead oedd enw dy fam cyn iddi briodi, mater hawdd oedd rhoi dau a dau at ei gilydd."

Yna, aeth ymlaen i egluro fel y daeth o hyd i'r wybodaeth bod John Whitehead wedi cael ei eni yn Llundain ar y trydydd ar ddeg o Fawrth, 1983 – union naw mis wedi i'w dad ddychwelyd o'r Falklands.

Edrychodd Ioan ar ei fam yn ddryslyd. "Pam ti heb deud i fi?"

Gwyrodd Sharon o flaen ei mab gan gymryd ei ddwylo'n dyner yn ei dwylo'i hun. "Ro'n i wedi bwriadu dweud wrthyt ti'r penwythnos yma – dyna pam 'nes i ofyn i ti ddŵad ar y cwrs. Ond ches i ddim cyfle i dy gyflwyno di i Richard ac mae'n ddrwg calon gen i am hynny."

Ceisiodd egluro wrtho sut y dioddefodd drais ofnadwy ar ôl i Richard ddychwelyd o'r rhyfel. Roedd rhywbeth wedi digwydd iddo yno a newidiodd ei gymeriad yn llwyr. Er iddi drio'i gorau i'w helpu, bu'n rhaid iddi ei adael yn y diwedd er mwyn ei lles ei hun, ac er mwyn lles y babi roedd hi'n ei gario ar y pryd.

"Fi oedd y babi?"

Caeodd Sharon ei llygaid ac anadlu'n ddwfn cyn egluro i Ioan fel y bu bron iddi ei golli ar ôl y gurfa olaf. Yna, trodd at Simon Parry a dweud bod y meddygon ar y pryd yn meddwl ei bod yn wyrth ei bod heb erthylu ac i'w mab gael ei eni gyda chyn lleied o niwed i'w ymennydd. Ond doedd plentyndod John ddim wedi bod yn hawdd. Dioddefodd fwlio didrugaredd ar hyd ei ddyddiau ysgol. Yn wir, ni chafodd fawr o hapusrwydd tan y daeth ar draws grŵp o Gyfeillion y Ddaear. Derbyniodd y protestwyr o fel ag yr oedd, a blodeuodd yntau yn eu cwmni i ddod yn aelod blaenllaw yn eu hymgyrchoedd i warchod yr amgylchedd.

Cusanodd Sharon dalcen ei mab a chodi i wynebu gweddill y grŵp a syllai arnynt yn syn.

"Gofynnwyd i mi gynnau ai fy mwriad i wrth ddod yma oedd rhoi anrheg pen-blwydd priodas i Richard. Wel, waeth i mi gyfadde'r cwbl erbyn hyn. Pan welais hysbyseb am y cwrs, mi wnes ychydig o ymchwil a darganfod mai fy ngŵr oedd yn ei gynnal a chofrestrais fy enwau innau a John. Gan nad oedd Richard yn ymwybodol o fodolaeth ein mab, penderfynais ei oleuo ar y mater ddoe, ar ben-blwydd ein priodas. Roedd gweld y dryswch a'r boen ar ei wyneb ar ôl i mi ddatgelu'r gwir wrtho yn bleser pur. Breuddwydiais lawer gwaith am gyfle i ddial. Ond y gwir amdani ydi i mi ddial arno ar hyd y blynyddoedd trwy gelu'r ffaith bod ganddo fab oddi wrtho."

Sychodd Mary ddeigryn o gornel ei llygad. "I feddwl bod Mr Jones wedi marw heb gael cyfle i adnabod ei —"

"Cadwa allan o bethau sydd â dim byd i'w wneud â thi!" rhybuddiodd Tim gan roi pwniad i'w wraig.

"Doedd dim rhyfedd i'r cradur feddwi'n dwll neithiwr felly," oedd sylw Owi. "Meddwi faswn inna hefyd tasa —"

"Reit, mae'n rhaid i ni fynd ymlaen," torrodd Simon ar draws y sylwadau rhag colli rheolaeth ar y cyfarfod. "Mae'n ddyletswydd arnaf i'ch atgoffa ein bod ni yma i drafod mater o lofruddiaeth. Beth bynnag oedd ei gefndir teuluol, mae'n ffaith i Richard Jones gael ei drywanu i farwolaeth tra oedd o'n gorwedd yn feddw ar ei wely."

Yna, trodd at Sharon, "Dr Sharon Jones, rwy'n eich cyhuddo chi o gynllwynio i ladd eich gŵr," meddai'n llym cyn ei rhybuddio'n ffurfiol.

Bu distawrwydd llethol yn yr ystafell. Roedd pawb wedi eu hysgwyd ar ôl bod yn dystion i'r fath ddrama. Ochneidiodd Mary ei rhyddhad yn isel wrth sylweddoli nad oedd a wnelo Tim ddim byd â'r llofruddiaeth. Teimlodd ei hun yn gwrido. Sut gallai hi fod wedi amau ei gŵr? Roedd arni gymaint o gywilydd ei bod wedi ystyried y fath beth.

Roedd Tim ei hun yn parhau i deimlo'n ddig, gan i Simon dynnu ei enw da drwy'r mwd yn ddiangen. Pam roedd eisiau iddo ddatgelu holl fanylion ei fywyd personol o flaen pawb, pan oedd o'n ymwybodol o'r dechrau mai Sharon oedd y llofrudd?

Eisteddai Becca'n fud. Ni allai amgyffred popeth. Tybiai ei bod yn adnabod Richard yn well na neb ac nad oedd unrhyw gyfrinachau rhyngddynt. Edrychodd yn ddirmygus ar Ioan Penwyn. Sut gallai Rich genhedlu mab fel hwnna?

Er nad oedd gan Owi fawr i'w ddweud wrth y dyn, roedd rhaid iddo gydnabod gallu'r Dirprwy Brif Gwnstabl. Rywsut neu'i gilydd roedd o wedi dod o hyd i'r holl wybodaeth am gefndir pawb. Er nad oedd y rhan fwyaf o'r grŵp erioed wedi cyfarfod o'r blaen, daeth o hyd i gysylltiadau rhyngddynt a Richard Jones ac aeth ati i blethu'r ffeithiau er mwyn creu rhesymau pam y gallai unrhyw un ohonynt fod yn euog o'r llofruddiaeth. Gwaith ditectif o'r radd flaenaf – ni allai hyd yn oed Inspector Morse fod wedi gwneud gwell gwaith!

Trwy gydol y cyfarfod, bu Pedro'n aros yn bryderus i glywed ei enw ei hun yn cael ei grybwyll, ond ni fu sôn amdano. Sylweddolai fod rhywbeth go ddifrifol wedi digwydd yn ymwneud â Sharon ac Ioan Penwyn, ond ni ddeallai'n iawn beth ydoedd am nad oedd ganddo ddigon o Saesneg. Trodd at Owi am eglurhad, ond cyn i hwnnw gael amser i ateb cododd Simon Parry ar ei draed unwaith eto, ac roedd yn amlwg ar ei wyneb fod yna fwy i ddod.

"Cyhuddo Dr Sharon Jones o gynllwynio i lofruddio ei gŵr wnes i," meddai'n bwyllog. "Dwi ddim yn credu iddi drywanu Richard Jones ei hun, ond mae'n ddigon posib iddi annog rhywun arall i weithredu."

"Be ti'n awgrymu?" holodd Sharon.

"Pam aethoch chi draw drwy'r storm eira i gyfarfod Pedro Manderas neithiwr, a rhaffu celwyddau wrtho am rôl eich gŵr yn y Falklands?"

"Be wyt ti 'di bod yn ei ddweud?" gofynnodd Sharon gan fynd at Pedro a'i bwnio'n egr.

Cododd Pedro ei ysgwyddau ac edrych arni'n ddryslyd.

"Paid â chymryd arnat nad wyt ti'n dallt. Mae'n rhaid mai ti ddwedodd, doedd neb arall yn gwyb—"

"Y fi ddudodd," torrodd Owi ar ei draws.

"Ti? Sut oeddet ti'n gwybod?"

"Pedro ddaeth ata i heddiw'n bryderus iawn. Be oedd dy gêm di, tybad? Pam wnest ti ddeud stori mor gelwyddog wrtho? Oeddat ti'n gobeithio y buasai o'n gneud y gwaith budur yn dy le di?"

Syllai Pedro ar y ddau'n dadlau'n ffyrnig. Clywodd ei enw'n cael ei grybwyll fwy nag unwaith a gwyddai ei fod o'n cael ei gysylltu â'r holl beth erbyn hyn. Ond cyn iddo ofyn am eglurhad, roedd Simon wedi gafael ynddo ac wedi gosod gefynnau am ei arddyrnau a'i rybuddio'n swyddogol.

"Pedro Gwilym Manderas, rwy'n dy arestio di ar amheuaeth o lofruddio Richard Jones."

Ysgydwodd Tim ei ben mewn anghrediniaeth tra adroddai Simon weddill y rhybudd swyddogol. Roedd Parry wedi delio â phopeth mewn ffordd hynod o slic, fel petai'n gwybod o flaen llaw y byddai llofruddiaeth yn y Nant y penwythnos hwnnw. Roedd o hyd yn oed wedi dod â phâr o efynnau gydag o! Yna, sylweddolodd mewn braw mai ei efynnau o'i hun oeddent. Sut oedd o wedi cael gafael arnyn nhw, tybed? Oedd hi'n bosib cadw unrhyw beth yn gyfrinach rhag y dyn? Agorodd ei geg i leisio'i brotest ond yna ailystyriodd – gwell fyddai peidio â thynnu mwy o sylw ato'i hun am y tro.

Doedd Owi chwaith ddim yn hoffi sut roedd y Dirprwy Brif Gwnstabl wedi ymdrin â'r holl beth. "Oes raid i chi gadw'r hogyn yn y gefynnau 'na, Parry? 'Dach chi'n ei drin o fel tasai o'n llofrudd gwallgo!"

"Wel dyna'n union ydi o."

"Ond edrychwch arno fo mewn difri, does 'na ddim golwg llofrudd arno; a beth bynnag, tydi'r creadur bach ddim wedi dallt gair o be sy wedi bod yn mynd ymlaen. 'Sa'n well i mi drio egluro iddo'n Gymraeg?"

"Does dim angen i chi, gan fy mod i'n ddigon abl i wneud hynny fy hun," atebodd Simon yn surbwch, ac i brofi hynny ailadroddodd y rhybudd swyddogol mewn Cymraeg perffaith.

Pan ddeallodd Pedro ei fod wedi ei gyhuddo o lofruddiaeth, ceisiodd wadu'r cyhuddiad gan ddweud nad oedd unrhyw brawf pendant yn ei erbyn. Ond anwybyddodd Simon ei brotest ac aeth ymlaen i egluro ei fod yn ymwybodol o ymweliad Sharon drwy'r storm y noson cynt.

Gostyngodd Owi ei ben mewn cywilydd pan ddeallodd fod Parry wedi defnyddio ei dystiolaeth yntau yn erbyn Pedro. Roedd y bachgen wedi ymddiried ynddo, ond roedd o a'i geg fawr wedi gwneud pethau'n saith gwaeth iddo. Y creadur bach, mor bell o'i gartref a heb ddeall dim oedd yn digwydd o'i gwmpas.

"Clywodd pawb oedd yn bresennol yn y stafell ddosbarth neithiwr dy ymateb pan gollaist dy dymer gyda'r Athro Starling, wrth i hwnnw sôn am Ryfel y Falklands. Sut roeddet yn teimlo am farwolaeth dy dad a sut yr arweiniodd hynny at hunanladdiad dy fam," meddai Simon gan syllu'n oeraidd ar y bachgen. "Felly, pan ddaeth Sharon atat i ddweud mai Richard Jones oedd yn gyfrifol am ladd dy dad, roedd hynny'n ddigon i dy wthio dros y dibyn a phenderfynaist y buasai'n rhaid i ti ddal ar y cyfle i ddial."

"*Eso no es cierto* – tydi hynna ddim yn wir!" ceisiodd Pedro wadu.

Ond anwybyddodd Simon ei brotest a throi at y gweddill gan egluro, yn Saesneg, fod diwylliant o ddial yn parhau i fod yn ffordd o fyw mewn rhai ardaloedd o Dde America, ac wrth ladd Richard Jones, credai Pedro iddo adennill balchder ei deulu ac unioni'r cam.

Estynnodd Simon fag plastig clir o'i friffces gyda'r gyllell waedlyd ynddo a'i ddal o dan drwyn Pedro. "Cafwyd hyd i'r gyllell yma wedi ei chuddio mewn crys yng ngwaelod dy fag. Felly, yn wyneb y dystiolaeth ddigamsyniol yma, mae gen i ddigon o wybodaeth i dy arestio di."

Dechreuodd Pedro grynu drosto. Dychwelodd yr amheuon a fu'n ei boeni'n gynharach. Oedd o wedi lladd y tiwtor yn ei gwsg? Sut gallai egluro na allai gofio'r peth? Yna, ymbwyllodd ac ystyried. Roedd o'n berffaith siŵr na welodd erioed mo'r gyllell o'r blaen. Sut y daeth hi i fod yn ei fag o, tybed? Edrychodd o'i gwmpas yn wyllt. Roedd rhywun yn ceisio taflu'r bai arno. Ymbiliodd ar Simon i wrando arno pan geisiai egluro ei fod yn ddieuog. Ond trodd hwnnw glust fyddar i'w brotestiadau a dweud ei fod am ei gadw dan glo yn ei lety ei hun er mwyn diogelwch pawb arall. Yna fe'i gwthiodd yn ddiseremoni o'r ystafell ac allan i'r tywyllwch a'i orfodi i gerdded o'i flaen trwy'r eira tuag at Drem y Mynydd.

Pesychodd Ioan gan dorri ar y distawrwydd llethol a fu yn yr ystafell ar ôl ymadawiad Simon Parry a Pedro. Rhoddodd Sharon ei llaw ar ei dalcen. "Mae dy dymheredd di'n uchel, John, ac mae'n rhaid i ti fynd i dy wely ar unwaith i swatio cyn i'r annwyd 'na droi'n rhywbeth gwaeth," meddai gan arwain ei mab o dŷ'r Starlings.

"Mae'n anodd amgyffred bod Ioan yn fab i Sharon," meddai Mary wedi iddynt adael. "Maen nhw mor wahanol."

"Wel, wrth gwrs eu bod nhw yn wahanol achos mae'n amlwg nad ydi Penwyn neu Whitehead, neu beth bynnag ydi ei enw fo, ddim yn llawn llathen," atebodd Tim.

"Dydi o ddim mor ddiniwed ag y mae o'n ymddangos," meddai Becca. "'Na i byth anghofio'r olwg ar ei wyneb pan ddaeth i fy stafell – ac i feddwl ei fod o'n fab i Rich!"

"Fedra i ddim peidio meddwl bod gan Sharon fwy o ran yn y llofruddiaeth," meddai Owi, a fu'n ddistaw tan hynny. "Ganddi hi oedd y rheswm cryfa i ddial ar Richard. Roedd gan bob un ohonom reswm dros fod yn ddig efo fo, ond doedd 'run o'r rhesymau hynny'n ddigon i ni ei ladd o. A dwi'n berffaith siŵr nad ydi Pedro'n euog chwaith – Sharon sy wedi ei fframio, gowch chi weld!"

Bu'r pedwar yn trafod ymysg ei gilydd am ryw chwarter awr ymhellach cyn i Becca ddweud ei bod wedi blino a'i bod am ddychwelyd i'w gwely.

"Wnewch chi ddod efo fi, Mary, ac aros am dipyn, plis?"

"Wrth gwrs, cariad bach," meddai Mary. "Mi arhosa i gyda ti drwy'r nos."

"A beth amdana i?" protestiodd Tim.

"Twt! Timothy, rwyt ti'n hen ddigon tebol i edrych ar ôl dy hun am un noson, siawns!"

"Mae'n amser i mi ei throi hi hefyd," sodrodd Owi ei gap ar ei ben a chau ei gôt. "Mae heddiw wedi bod yn ddiwrnod hir."

20

"BE TI WEDI ei wneud, John bach?" holodd Sharon cyn gynted ag iddynt gyrraedd preifatrwydd ystafell Ioan. "Dwi wedi bod yn trio cael gafael ynot ti ar dy ben dy hun trwy'r dydd."

Trodd Ioan ei gefn ati gan anwybyddu ei chwestiwn a chymryd arno ei fod yn brysur yn ffidlan â sip ei gôt. Gwyddai Sharon y gallai ei mab fod yn hynod o benstiff pan ddymunai, felly gafaelodd yn ei freichiau a'i orfodi i edrych arni.

"Ateba fi – pam 'nest ti o? Dwi'n gwybod mai ti 'nath, achos mi ddois i o hyd i hwn yn ei geg o," meddai gan ddal cadach oren o flaen ei wyneb. "Dy fandana di ydi o, 'te? Roeddet ti'n ei wisgo fo ddoe – waeth i ti heb â gwadu. Mi gipiais i o dan drwyn Simon Parry pan alwodd hwnnw arna i i archwilio'r corff."

Ysgydwodd Ioan ei ben a gwrthododd ateb.

"Paid â bod yn bengaled, John – mae beth 'nest ti'n ofnadwy ac mi fydd hi'n ddrwg iawn, iawn arnat ti os daw Simon Parry i wybod," ceisiodd Sharon esbonio wrtho.

"Fi'n ffrindia efo Mr Parry a fi'n helpu fo i ffeindio pwy sydd isio gneud y Nant yn Disneyland," atebodd Ioan o'r diwedd.

"Fo ddudodd beth felly wrthyt ti?"

"Ia. Ma fi a fo am stopio nhw. Dydi'r peth ddim yn iawn…"

Ochneidiodd Sharon yn ddiolchgar; roedd llygedyn o obaith wedi'r cwbl. Os byddai John yn cael ei gyhuddo, gallai bledio *diminished responsibility* a dweud mai Parry a'i harweiniodd i weithredu fel y gwnaeth drwy raffu ryw stori hurt a fyddai'n siŵr o'i gythruddo.

"A dyna pam 'nest ti beth 'nest ti! Roeddet ti'n credu bod Richard am ddatblygu'r lle 'ma yn Disneyland!"

"Na."

"Na?" Plymiodd ei gobeithion ac eisteddodd fel cadach ar y gadair agosaf. "Pa reswm oedd gen ti felly?"

"Fi dim isio deud."

"Ond mae'n rhaid i ti ddweud y cwbl, os wyt ti am i mi dy helpu di. Wyt ti'n sylweddoli dy fod wedi fy llusgo innau i'r holl helynt hefyd?"

Yna, ceisiodd egluro mor bwyllog ag y gallai sut yr oedd wedi sylwi ar ei hunion, pan welodd y corff, mai cael ei ladd drwy ei fygu gafodd Richard, ac iddo gael ei drywanu rywbryd ar ôl ei farwolaeth. Petai wedi cael ei drywanu drwy ei galon ac yntau'n fyw ar y pryd, mi fyddai'r lle'n waed i gyd, ond ychydig iawn o waed oedd yno mewn gwirionedd, a synnai nad oedd Simon Parry wedi sylwi ar hynny hefyd ac yntau, yn ei feddwl ei hun, yn gymaint o dditectif.

"Ond pan gyrhaeddith y tîm fforensig, fyddan nhw fawr o dro yn canfod y gwir. Yna, mi fydd y cyhuddiad o lofruddiaeth yn cael ei ollwng oddi ar Pedro, oherwydd trywanu corff marw wnaeth y ffŵl hwnnw. Wedyn, mi fyddan nhw'n dechrau chwilio am y person a fygodd Richard, ac os bydd Simon neu Owi'n cofio am y bandana oren, fyddan nhw fawr o dro cyn dod ar dy ôl di. Pam 'nest ti ei stwffio i'w geg o?"

"Fi isio fo stopio chwerthin."

"Chwerthin? Pam oedd o'n chwerthin?"

"Fi dim yn gwybod. Ond fi isio fo stopio. Wedyn, fi cymryd *pillow* fo a gwasgu fo dros wyneb fo. 'Nath o dim chwerthin wedyn."

"Ond dwi ddim yn deall pam yr est ti ato fo ynghanol nos."

"I deud mai fi ydi mab fo."

"Sut oeddet ti'n gwybod hynny?"

"Fi gwrando ar grisiau ar ti yn deud i Pedro mai fo ydi dad fi."

"O, John bach, be dwi wedi neud?" cofleidiodd Sharon ef yn dynn. "Arna i mae'r bai, mi ddylwn i fod wedi dweud wrthyt cyn i ni ddod yma fy mod i wedi dod o hyd i dy dad. Ro'n i am eich cyflwyno chi i'ch gilydd y penwythnos yma. Dyna pam 'nes i dalu i ti ddod ar y cwrs a dweud wrthyt am gymryd arnat nad oedden ni'n nabod ein gilydd. Ro'n i am roi syrpréis i'r ddau ohonoch chi. Ond rŵan, mae hi'n rhy hwyr."

Pwysodd Ioan ei ben ar ysgwydd ei fam gan arogli'r persawr hyfryd a chyfarwydd a gysylltai â hi, ac am y tro cyntaf y diwrnod hwnnw teimlai'n gynnes a diogel. Gwasgodd hithau o'n dynnach a'i fwytho fel plentyn a bu distawrwydd rhyngddynt am rai munudau cyn i Ioan gael pwl arall o beswch.

"Reit, dos i folchi a llnau dy ddannedd cyn mynd i dy wely. Mi bicia i i nôl Lemsip i ti. Dwyt ti ddim isio i'r annwyd 'na fynd yn waeth," meddai Sharon wrth ailddarganfod ei hochr ymarferol.

"Mi fyddi di'n teimlo'n well ar ôl yfed hwn a chael noson dda o gwsg," meddai ar ôl dychwelyd gyda gwydraid o'r moddion poeth. "Mae hi wedi bod yn ddiwrnod anodd iawn a dwi am fynd i fy ngwely yn gynnar hefyd. A chofia, dim gair wrth neb am beth 'dan ni wedi bod yn ei drafod heno 'ma."

Pwysai popeth yn drwm ar feddwl Owi. Nid oedd yn fodlon o gwbl â'r modd y cafodd Pedro ei drin. Roedd wedi cymryd at y bachgen ar ôl bod yn ei gwmni yn ystod y dydd ac ni allai gredu am funud ei fod yn euog.

Edrychodd ar y cloc a sylwi ei bod yn tynnu at naw o'r gloch y nos. Daeth rhyw deimlad o flinder drosto wrth iddo ddwyn i gof holl ddigwyddiadau'r dydd a gwyddai o'r gorau y gallai orfod wynebu sawl diwrnod caled arall cyn y byddai gweddill staff y Nant yn gallu cyrraedd i rannu'r baich. Rhoddodd y tegell ymlaen er mwyn cael paned cyn noswylio'n gynnar. Yna, wrth yfed y te cryf, cafodd bwl o euogrwydd wrth gofio am Pedro. Doedd gan y bachgen neb ond Owi i'w warchod. Sut gallai feddwl am fynd i'w wely heb wybod beth ddeuai ohono? Mi lenwai fflasg o de ac mi âi draw i weld sut roedd pethau yn nhŷ Simon Parry.

Gyda'r fflasg dan ei gesail, ymlwybrodd ar hyd y llwybr llithrig ac wrth agosáu, gallai weld golau yn ystafell *en suite* yr heddwas. Cyn iddo gnocio ar y drws, clywodd lais cras yn gweiddi'n uchel, ac er na allai glywed beth oedd yn cael ei ddweud, doedd Owi ddim yn hoffi'r dôn fygythiol. Roedd y diawl yn dal i hambygio'r hogyn felly, a doedd hynny ddim yn iawn. Dylai Pedro gael llonydd gan na allai dderbyn cyngor cyfreithiol – deallai Owi gymaint â hynny am ddeddf gwlad. Efallai y byddai'n well iddo aros i wrando ar beth oedd yn mynd ymlaen. Gwyrodd ar ei gwrcwd o dan y ffenest a thrwy fwlch cul yn y llenni gwelodd Parry'n sefyll â'i gefn tuag ato. Ar lawr o'i flaen eisteddai Pedro, wedi ei rwymo gyda'r gefynnau i goes y gwely.

Rhoddodd Owi ei glust wrth y gwydr er mwyn clywed yn union beth oedd yn cael ei ddweud. Roedd Simon yn mynd i hwyl gan fygwth y bachgen â phob math o bethau os na fyddai'n cyffesu.

"Yli, Manderas, does gen ti ddim siawns cael dy draed yn rhydd oherwydd rwyt ti yn y wlad 'ma yn anghyfreithlon. Oes gen ti syniad sut mae'r awdurdodau'n mynd i dy drin di? Mi fyddan nhw'n dy amau o fod yn perthyn i ryw grŵp terfysgol. Maen nhw ar bigau'r drain y dyddiau yma ac yn amau pob tramorwr. A dweud y gwir, fe gafodd cymydog i ti o Dde America ei saethu'n gelain mewn gorsaf danddaearol yn Llundain dro'n ôl, er nad oedd gan hwnnw ddim oll i'w wneud â therfysgaeth. Gwna bethau'n haws i ti dy hun a chyffesa i'r llofruddiaeth 'ma!"

"*Por favor*, Señor Parry – mae'n rhaid i chi fy nghredu i – dim fi drywanodd Richard Jones. Welais i erioed mo'r gyllell yna o'r blaen."

"Dwi'n gwybod nad wyt ti'n ddigon o ddyn i allu trywanu rhywun drwy ei galon a theimlo'i fywyd yn llifo allan ohono mewn ffrydiau o waed. Ti'n meddwl na wnes i sylwi mai cael ei fygu i farwolaeth gyda gobennydd ei wely wnaeth o? Gwaith hawdd oedd goresgyn dyn oedd yn cysgu'n feddw gaib ac yna gwthio cyllell i'w gorff marw. Gweithred lwfr a phathetig!"

"Ond wnes i mo'i fygu chwaith, rhaid i chi fy nghredu i!"

Wrth glywed hyn, cofiodd Owi am wyneb marw Richard Jones yn syllu arno pan ddaeth o hyd iddo'r bore hwnnw a bu bron iddo roi ebychiad uchel pan sylweddolodd ei fod yn gwybod yn union beth oedd y cadach a oedd wedi ei stwffio i'w geg – y clwtyn oren a wisgai Ioan Penwyn ar ei ben y diwrnod cynt! Oedd hi'n bosib mai'r creadur diniwed hwnnw laddodd y tiwtor? Roedd hi'n anodd amgyffred y fath beth ond roedd hi'n hen bryd i'r achos gael ei ymchwilio'n drylwyr gan yr heddlu.

"Yli, fe gei di lai o gosb os arwyddi di'r gyffes yma dwi wedi ei pharatoi. Carchar am oes fydd hi fel arall."

"Wna i ddim arwyddo unrhyw gyffes! 'Dach chi'n gwybod fy mod i'n ddieuog. Pam 'dach chi'n mynnu lluchio'r bai arna i? Pam nad ewch chi i chwilio am y llofrudd iawn?"

"Does dim angen i mi wneud hynny. Dwi wedi dod o hyd i'r llofrudd a ti ydi hwnnw! Rŵan, tyrd yn dy flaen, arwydda," meddai a chicio'r bachgen yn frwnt yng ngwaelod ei gefn.

Bu'n rhaid i Owi atal ei hun rhag ymyrryd i geisio rhoi terfyn ar y cam-drin, ond sylweddolai na allai oresgyn Simon Parry ar ei ben ei hun. Petai ond ddeugain mlynedd yn 'fengach, meddyliodd. Ond doedd dim amser i'w golli, roedd yn rhaid iddo wneud rhywbeth i roi stop ar yr holl beth. Doedd y ffordd yr hambygiai Parry'r bachgen ddim yn dderbyniol o gwbl ac roedd ei gasineb personol a'i hiliaeth yn ei ddallu i'r posibilrwydd mai rhywun arall oedd yn euog. Cododd Owi oddi ar ei gwrcwd ac wedi i deimlad ddychwelyd i'w goesau diffrwyth, ymlwybrodd cyn gyflymed ag y gallai tuag at dŷ'r Starlings. Er nad oedd ganddo fawr i'w ddweud wrth yr Athro, teimlai Owi ym mêr ei esgyrn nad oedd gan hwnnw ddim oll i'w wneud â'r llofruddiaeth, a'i fod fel yntau yn cwestiynu dulliau'r Dirprwy Brif Gwnstabl.

"Ro'n i'n amau bod rhywbeth o'i le efo'r cwnstabl hunanbwysig 'na ers y cychwyn," meddai Tim pan eglurodd Owi wrtho y pethau y bu'n dyst iddynt. "Dwi'n cytuno, mae'n rhaid i ni wneud rhywbeth i roi stop ar Parry – mae o allan o reolaeth. Biti garw na fuasai 'na ryw fodd i ni fynd o'r Nant i alw am help. Mae hi'n noson dawel heno – petai gennym gwch, buasem yn gallu hwylio oddi yma, dwi'n siŵr. Dwi'n cofio fel yr arferwn byntio ar yr afon yn ystod fy nyddiau fel myfyriwr yng Nghaergrawnt…"

"Wrth gwrs!" Dobiodd Owi'r bwrdd yn galed â'i ddwrn. Sut gallai fod mor dwp? Roedd wedi anghofio popeth am y cwch pysgota a gadwai o dan gysgod tarpolin i lawr wrth y traeth dros fisoedd y gaeaf. Gyda help yr Athro, mater hawdd fyddai ei wthio i'r dŵr a rhwyfo draw am Nefyn neu Drefor.

Aeth Tim i fyny'r grisiau i ystafell Becca i ddweud wrth Mary beth oedd eu cynlluniau. "Clo'r drws ar ôl i ni fynd a phaid â'i agor i neb tan y bydda i 'nôl," rhybuddiodd cyn gadael.

Edrychai'r Nant fel gwlad hud a lledrith yn llewyrch y lleuad lawn a adlewyrchai ei golau ar yr eira nes bod pobman yn ymddangos yn loyw fel arian. Ond er mor swynol yr olygfa, nid oedd modd i'r ddau a ymlwybrai'n ofalus i gyfeiriad llwybr y traeth aros i'w gwerthfawrogi. Rhaid oedd iddynt ganolbwyntio ar bob cam gan fod yr eira a'r rhew mor llithrig o dan draed, a'r peth olaf fydden nhw eisiau fyddai disgyn a thorri clun.

Cael a chael oedd hi i Owi beidio â llithro wrth ddringo i lawr y stepiau serth ar gychwyn y llwybr ac fe fu bron i Tim neidio o'i groen pan gamodd un o'r geifr gwyllt o'u blaenau a thaflu golwg fileinig arnynt drwy ei gannwyll llygad petryalog.

"Arglwydd mawr! Ro'n i'n meddwl am funud fod Satan ei hun wedi dod i'n cyfarfod!" ebychodd Tim wrth wylio'r afr yn dringo heibio iddynt yn ddi-hid. Daeth pethau fymryn yn haws wrth iddynt nesáu at y traeth, gan nad oedd yr eira mor drwchus i lawr yno. Ar ôl cyrraedd gwaelod y llwybr o'r diwedd, arweiniodd Owi'r ffordd at encil ger hen adfail o ddyddiau'r chwarel, lle cadwai ei gwch dros y gaeaf. Tynnodd y tarpolin oddi arno gan ddadorchuddio'r cwch pren a'r ffrâm olwynog y safai arno.

Gan fod y llanw'n uchel, ni fu'r ddau fawr o dro yn powlio'r cwch at lan y dŵr. Yna, ar ôl ei godi'n ofalus oddi ar yr olwynion, llithrodd yn llyfn fel pysgodyn i'r môr. Camodd Owi i mewn iddo a gafael yn y rhwyfau a orweddai ar ei waelod.

"Ydych chi'n siŵr y gallwch chi drin y cwch 'ma ar eich pen eich hun yn y tywyllwch?"

"Perffaith siŵr. Mae'r môr fel gwydr a dwi wedi rhwyfo o amgylch yr arfordir yma ers pan o'n i'n ddim o beth. Fydda i fawr o dro cyn cyrraedd traeth Trefor heno 'ma."

"Wel *bon voyage*, Williams, a brysiwch yn ôl gyda chymorth i ni wir."

"Dyma chi, fflachlamp, rhag ofn i'r lleuad benderfynu cuddiad tu ôl i gwmwl," estynnodd Owi y dortsh i Tim. "A byddwch yn ofalus ar eich ffordd yn ôl i fyny'r llwybr yna hefyd, yn enwedig os daw rhai o'r geifr i'ch cyfarfod!" Gwenodd a gostwng y rhwyfau i'r dŵr.

Arhosodd Tim ar y lan i wylio'r cwch yn nofio'r don a gwrando ar sŵn rhythmig y rhwyfau'n cosi'r dŵr. Ymestynnai'r môr fel carped gloyw dan lewyrch y lleuad a chyn hir ymddangosai silwét y cwch yn fawr mwy na sbotyn du wrth iddo agosáu at Drwyn y Gorlech. Gydag ochenaid, trodd ei gefn ar y môr a chychwyn dringo'r llwybr llithrig yn ôl i'r pentref.

Yn y cyfamser bu Simon yn cerdded yn ôl ac ymlaen fel dyn gwyllt ar hyd llawr yr ystafell wely. Roedd o bron â chyrraedd pen ei dennyn. Os na fyddai'n gallu dwyn perswâd ar Pedro i arwyddo'r gyffes, gallai popeth fod ar ben. Anadlodd yn ddwfn er mwyn ceisio cadw rheolaeth arno'i hun. Doedd fiw iddo guro gormod ar y bachgen na gadael marc arno. Pwysau seicolegol, dyna'r unig ffordd i'w dorri. Ond roedd hynny'n cymryd amser achos roedd o'n gythraul pengaled.

Penderfynodd mai ei gyfle gorau fyddai dweud wrtho na fyddai byth yn cael dychwelyd i Batagonia. Disgrifiodd yr effaith y byddai'r holl beth yn ei gael ar ei nain pan ddeuai i ddeall bod ei hŵyr yn cael ei garcharu am oes ym Mhrydain. Petai'n arwyddo'r gyffes, byddai pethau'n haws iddo ac mi fyddai'r gosb yn llawer ysgafnach.

Torrwyd Pedro'n llwyr wrth glywed hyn. Roedd popeth yn ei erbyn a doedd ganddo neb i'w gynghori. Os oedd Parry'n dweud y gwir ac y byddai'r gosb yn ysgafnach, efallai y dylai gyffesu. Dyna'r unig ffordd y byddai ganddo unrhyw obaith o ddychwelyd adref rhyw dydd. Felly, ildiodd o'r diwedd a thorrodd ei enw ar waelod y gyffes. Ar ôl arwyddo, cyrliodd yn belen wrth droed y gwely lle'r oedd yn dal ynghlwm. Roedd o'n llwglyd ac yn sychedig, ond yn fwy na dim roedd o wedi llwyr ymlâdd, ac ymhen dim syrthiodd i drwmgwsg anghysurus.

Gollyngodd Simon ochenaid o ryddhad gan iddo ddechrau ofni na fyddai byth yn cael y bachgen i gydsynio. Ond roedd hynny wedi ei wneud erbyn hyn ac roedd y ffordd yn glir iddo fynd ymlaen â'i gynlluniau. Tywalltodd wydraid o ddŵr iddo'i hun a chynigiodd lwncdestun i ddarpar Brif Gwnstabl nesaf Heddlu Gwynedd cyn tynnu ei ddillad yn ofalus a newid i'w dracwisg ar gyfer ei ymarferion corff nosweithiol.

21

N ID MATER HAWDD oedd dringo'r llwybr llithrig i fyny o'r
traeth ac fe gymerodd Tim gryn amser i gwblhau'r daith.
Bob hyn a hyn fe'i gorfodwyd i orffwyso'i gyhyrau blinedig,
ac ar yr achlysuron hynny cafodd amser i feddwl am bopeth a
ddigwyddodd ers iddynt gyrraedd y Nant. Os oedd Owi wedi
deall y sefyllfa'n iawn pan fu'n gwrando o dan y ffenest, roedd
lle i gredu bod Simon Parry wedi colli pob synnwyr o'r hyn oedd
yn briodol wrth ymdrin â'r achos; ac i feddwl mai hwnnw fu
wrthi'n tynnu enw da Tim drwy'r mwd! Wel, doedd o ddim am
ddioddef rhagor o hynny, a chyn iddo orffen dringo'r llwybr,
gwyddai'n iawn beth oedd angen iddo'i wneud ar ôl cyrraedd
yn ôl i'r pentref.

"Dwi am i ti ddod gyda mi i'r Plas ar unwaith, Mary," meddai
pan agorodd hi'r drws iddo.

"Ond beth am Becca? Dwi wedi addo ei gwarchod."

"Fyddwn ni fawr o dro, ond mae'n rhaid iti ddod gyda mi i
gadw golwg, rhag ofn i Parry ddod draw a fy nal i."

Yn bur anfodlon, gwisgodd Mary ei chôt a'i hesgidiau rwber,
cloi drws y tŷ'n ofalus a dilyn ei gŵr drwy gefnau tai Trem y
Mynydd. Wedi iddynt gyrraedd y Plas, gorchmynnodd Tim iddi
gadw golwg y tu allan tra byddai o'n mynd i archwilio'r ystafell
ddosbarth. "Os byddi di'n clywed rhywun yn agosáu, cnocia
ar y ffenest i fy rhybuddio," meddai wrth wasgu rhifau'r cod a
agorai'r drws yng ngolau'r dortsh.

Cerddodd drwy'r gegin ac i'r ystafell ddosbarth, ac aeth ar

ei union at y ddesg. Er mawr ryddhad iddo roedd y drôr heb ei gloi, felly bachodd ei ffôn a'r un pâr o efynnau a oedd ar ôl ynddo. Gwasgodd y botwm i ddeffro'i iPhone a diolchodd i'r drefn bod digon o fywyd ar ôl yn y teclyn ac na fyddai angen iddo'i wefru cyn y gallai agor y ffeil lle cadwai ei holl ddelweddau – gwaith ymchwil blynyddoedd. Ni allai atal ei hun rhag cymryd un golwg hiraethus ar rai o'r lluniau oedd yn ei gasgliad, cyn eu dileu. Pan gâi gyfle, byddai'n lluchio'r ffôn i'r môr rhag ofn bod modd adfer y lluniau. Hanner awr yn ddiweddarach, llithrodd y ffôn i'w boced ac aeth allan at Mary a oedd bron â chorffi ar ôl bod yn sefyll yn llonydd y tu allan i'r Plas cyhyd.

"Ble yn y byd ti 'di bod mor hir?" cwynodd wrth iddynt gychwyn yn ôl am eu tŷ yn Nhrem y Môr. "Dwi ddim yn hapus i Becca druan fod ar ei phen ei hun yr holl amser yma."

"Twt! Roedd hi'n cysgu'n sownd pan adewais di hi, a fydd hi ddim callach i ti fod oddi wrthi."

Er i'r Starlings gredu eu bod wedi bod yn hynod o ofalus i beidio â thynnu sylw neb wrth fynd i'r Plas, roedd Ioan Penwyn wedi digwydd codi o'i wely ac edrych allan drwy ffenest gefn ei ystafell ar y pryd, ac wedi sylwi arnynt yn mynd heibio cefn y tai yn llechwraidd.

Bu'r oriau diwethaf yn rhai anodd iddo a bu'n troi a throsi ers i Sharon ei adael. Fel rheol roedd popeth yn ddu a gwyn yn ei fywyd syml, heb le i unrhyw amwysedd. Ond newidiodd hynny pan glywodd ei fam yn dweud wrth Pedro ei fod yn fab i'r tiwtor. Richard Jones yn dad iddo fo? Pam rhannu'r wybodaeth gyda dieithryn fel Pedro a hithau heb ddweud gair am y peth wrth Ioan ei hun? Doedd o erioed wedi ystyried cyn hynny bod ganddo dad, a doedd o ddim yn sicr oedd o eisiau un chwaith. Fyddai popeth yn newid ar ôl i Richard Jones ddod i'w fywyd? Fyddai o'n dod rhyngddo fo a'i fam? Troellai'r cwestiynau ym mhen Ioan a gwyddai fod yn rhaid iddo fynd i'w weld ar unwaith y noson honno i geisio cael atebion.

Roedd wedi aros tan y clywodd Pedro'n noswylio, yna sleifiodd allan i'r eira a chan frwydro ei ffordd drwy'r storm, cyrhaeddodd ddrws cefn tŷ Richard, a oedd ar agor am ryw reswm. Dringodd i fyny'r grisiau ac yng ngolau cannwyll, edrychodd ar y tiwtor a orweddai ar y gwely yn union fel y gadawyd o gan Simon Parry, Owi Williams ac yntau ychydig oriau cyn hynny. Cyffyrddodd ei foch yn ysgafn ac aeth rhyw wefr ddieithr trwyddo wrth iddo sylweddoli ei fod yn cyffwrdd cnawd o'r un cnawd. Hwn oedd ei dad!

"Mr Jones?"

Dim ymateb, felly ysgydwodd o i'w ddeffro. Yn anfodlon, gadawodd Richard ei freuddwydion meddw ac agorodd ei lygaid clwyfus i weld Penwyn yn sefyll yno. Caeodd ei lygaid drachefn. Roedd miloedd o forthwylion yn taro yn ei ben a theimlai'n chwil. Ysgydwodd Ioan o eto a'i orfodi i edrych arno.

"Dos o 'ma. Gad lonydd i mi," meddai'n gryglyd a throi at y pared.

Ond doedd Ioan ddim am adael llonydd iddo. Gafaelodd yn y botel ddŵr a adawodd wrth ochr y gwely ychydig oriau ynghynt a thywalltodd beth dros ben Richard. Neidiodd hwnnw i fyny ar ei eistedd gan wingo wrth deimlo'r morthwylion yn dobio'n ddidrugaredd yn ei ben.

"Be sy mater efo chdi? Pam wyt ti'n fy mhlagio i fel hyn?"

"Fi dod i weld dad fi," meddai Ioan a gorfodi Richard i edrych arno.

"Be? Be ddudist ti?" holodd hwnnw wrth i'r niwl ddechrau clirio.

"Ti ydi dad fi."

"Paid â malu cachu, dwi ddim yn dad i beth fel ti!"

"Ond ti ydi dad fi, a Sharon ydi mam fi," mynnodd Ioan.

"Ti ydi mab Sharon?" Dechreuodd Richard chwerthin yn

afreolus er gwaethaf y cur yn ei ben. "Ac mae hi'n disgwyl i mi gredu fy mod i wedi cenhedlu peth mor anobeithiol â chdi!"

Wrth glywed y chwerthiniad llawn malais, cliciodd rhywbeth yn ymwybyddiaeth Ioan. Roedd wedi gorfod goddef chwerthiniad fel hyn sawl tro yn ystod ei lencyndod pan fyddai ei gyfoedion yn tynnu arno. Ond roedd bellach yn oedolyn a doedd dim rhaid iddo oddef mwyach. Tynnodd ei fandana oren oddi ar ei ben a'i wthio i geg Richard er mwyn rhoi taw ar y chwerthin. Tagodd hwnnw a cheisio tynnu'r defnydd allan o'i geg, ond roedd Ioan yn rhy chwim. Cipiodd y gobennydd o'r tu ôl iddo a'i ddal yn dynn dros ei wyneb. Yna, â'i holl nerth, gwthiodd ei dad yn ôl ar ei gefn ar y fatres. Ceisiodd hwnnw frwydro am ei fywyd drwy gicio a thaflu dillad y gwely oddi arno, ond daliodd Ioan i wasgu'r gobennydd, a chyn hir teimlodd y corff oddi tano'n llonyddu. Yna, yn araf, tynnodd y gobennydd oddi ar wyneb ei dad a syllu am rai munudau ar y corff marw. Ni fyddai hwnnw'n chwerthin am ei ben byth eto.

Ni theimlai Ioan fymryn o euogrwydd am yr hyn a wnaeth. Doedd ei dad yn haeddu dim gwell, meddyliodd gan ddringo 'nôl i'w wely. Ond ni ddaethai cwsg oherwydd roedd un peth arall yn ei boeni. Byth ers i Becca ymosod arno yn y bore a'i gyhuddo o fod eisiau ei lladd, bu'n ceisio cael cyfle i dawelu ei feddwl a dweud wrthi ei fod yn maddau iddi am ymosod ar ei fam a'i alw yntau'n bob enw. Ond sut y câi gyfle â Mary Starling yn ei gwarchod trwy'r adeg? Yna, cofiodd iddo weld y Starlings yn mynd i gyfeiriad y Plas. Efallai fod amser cyn iddynt ddychwelyd.

Ar ôl gwisgo'n gyflym a dod o hyd i'r *master key* a gafodd gan Simon Parry ynghynt yn y dydd, cychwynnodd ar ei union am dŷ'r Starlings yn Nhrem y Môr. Agorodd y drws a dringodd yn dawel i fyny'r grisiau i'r ystafell lle cysgai Becca. Safodd yn llonydd gan syllu arni yng ngolau gwan y lamp wrth ochr ei gwely. Roedd golwg mor ddiniwed arni yn ei chwsg, heb ei cholur arferol a chyda brychni mân yn bupur dros ei thrwyn a'i bochau gwelw, a'i gwallt cringoch hir wedi ei daenu'n ddeniadol dros y gobennydd. Gorweddai un fraich fain ar ben y dillad gwely a gallai Ioan weld y tatŵ ar ei hysgwydd. 'Gwna bopeth yn Gymraeg' – byddai yntau wrth ei fodd yn cael tatŵ fel yna. Gwyrodd ymlaen a chyffwrdd yr ysgrifen gain â blaen ei fys. Agorodd hithau ei llygaid a sgrechiodd yn uchel wrth sylwi mai Ioan Penwyn oedd yno'n plygu drosti.

"Sh! Paid bod ofn, Becca," meddai gan wasgu ei braich. "Ioan dim isio brifo ti…"

Ond yn sydyn teimlodd boen ddifrifol wrth i rywun dynnu'n ddidrugaredd ar gudynnau ei wallt. Gollyngodd fraich Becca er mwyn ceisio rhyddhau ei hun, ond roedd ei wrthwynebydd yn barod amdano. Fe'i trawyd ar ei ben gyda rhywbeth trwm a chaled, ac aeth pobman yn dywyll.

"Tim, helpa fi i'w gael o oddi ar y gwely," gwaeddodd Mary, a ddaliai ei gafael yn dynn yn y badell a gipiodd o'r gegin cyn sleifio i fyny'r grisiau. "Mi ddudis i na ddylien ni fod wedi ei gadael ar ei phen ei hun."

"Wel mae'n debyg ein bod ni wedi dychwelyd yn union mewn pryd."

"Dim diolch i ti! Be petai o wedi lladd Becca druan?"

Gyda pheth ymdrech, llusgodd y ddau'r corff anymwybodol i'r ystafell ymolchi, lle caethiwodd Tim arddyrnau Ioan o amgylch pedestal y sinc gyda'r gefynnau yr oedd newydd eu hailfeddiannu. Yna, clymodd ei figyrnau'n dynn gyda phâr o deits neilon Becca cyn iddo ddod ato'i hun.

"Paid â phoeni, ddaw o ddim yn rhydd," meddai Tim wrth geisio tawelu Becca, a eisteddai erbyn hynny ar y soffa yn yr ystafell fyw. "Ro'n i'n gwybod y buasai'r gwersi gwneud clymau a gefais yn y Sgowtiaid ers talwm yn siŵr o ddod yn ddefnyddiol rywbryd."

"Mae hi mor ddrwg gen i, Becca fach, fy mod wedi mynd â dy adael di, ond roedd Tim yn mynnu na fysen ni ddim yn hir." Taflodd Mary gipolwg blin i gyfeiriad ei gŵr.

"Fedra i'm dychmygu beth fyddai wedi digwydd petaech chi heb ddychwelyd pan wnaethoch chi," meddai hithau gan grynu. "Ro'n i'n gwybod bod yna rywbeth sinistr am y Penwyn 'na o'r dechrau. Mi driais i ddweud, ond doedd neb yn fy nghredu."

"Wyt ti'n meddwl y dylen ni adael i Simon Parry wybod beth sy wedi digwydd?" holodd Mary.

"Na, mae hwnnw wedi gwneud digon o gawlach o bethau fel ag y mae hi," edrychodd Tim ar ei oriawr. "A pheth arall, fydd Owain Williams ddim yn hir cyn dychwelyd â'r heddlu, gobeithio."

Ar ôl cyrraedd traeth Trefor yn ddidrafferth, clymodd Owi'r cwch wrth gylch rhydlyd ger grisiau cerrig y cei. Yna, ar ôl croesi'r tywod gwlyb, cychwynnodd ddringo'r allt, a arweiniai o'r traeth, yng ngolau'r lleuad. Sylwai fod haen o eira yno hefyd, ond dim i'w gymharu â beth oedd yn y Nant. Cnociodd yn uchel ar ddrws tŷ a safai hanner ffordd i fyny'r allt gan weddïo nad oedd y perchnogion yn cysgu'n rhy drwm. Ond er mawr ryddhad iddo, fu gŵr y tŷ fawr o dro yn dod i'r drws yn ei ddillad nos. Syllodd mewn syndod ar Owi, a edrychai fel petai wedi rhewi'n gorn, a hebryngodd o i mewn o'r oerni a'i roi i eistedd o flaen yr Aga yn y gegin gyda phaned o de poeth i'w feirioli. Tan y funud honno, fu Owi ddim yn ymwybodol ei fod mor oer, ac fe gymerodd rai munudau iddo ddod ato'i hun yn ddigon da i holi a oedd ffôn y tŷ'n gweithio. Wedi iddo ddeall bod y lein wedi ei hadfer y prynhawn hwnnw, ar ôl storm y noson cynt, eglurodd yn frysiog am yr helyntion yr ochr draw i'r mynydd. Gwrandawodd gŵr y tŷ yn gegagored ar yr hanes ac estynnodd y ffôn iddo cyn mynd i fyny'r grisiau i adrodd yr hanes wrth ei wraig.

Mewn llais crynedig, ceisiodd Owi egluro popeth wrth y swyddog heddlu a oedd ar ddyletswydd ben arall i'r ffôn, ond pan glywodd hwnnw fod a wnelo'r achos â Simon Parry, dywedodd ei fod am basio'r alwad ymlaen i uwch swyddog. Aeth hyn ymlaen sawl gwaith nes yn y diwedd, sylwodd ei fod yn siarad â'r Prif Gwnstabl ei hun. Ac o'r diwedd, cafodd wrandawiad llwyr.

Ar ôl rhoi derbynnydd y ffôn wrth ochr ei wely yn ôl yn ei grud, crafodd y Prif Gwnstabl ei ben mewn penbleth. Beth ddylai o ei wneud? Gwnaed cyhuddiad difrifol iawn yn erbyn ei ddirprwy. Oedd yr alwad yn un ddilys, tybed? A allai fforddio anwybyddu'r holl beth? Doedd o erioed wedi ymddiried yn llawn yn Simon Parry – roedd rhywbeth amdano a wnâi iddo deimlo'n anghyfforddus. Gwyddai ei fod yn celu cyfrinachau oddi wrtho, fel y ffaith ei fod yn rhugl ei Gymraeg. A phan geisiodd ei gymell i gyfaddef hynny, cymerodd arno mai ychydig oedd ei ddealltwriaeth o'r iaith a chytunodd, er mawr syndod, i fynd ar gwrs i Nant Gwrtheyrn. Penderfynodd y Prif fod yn rhaid gweithredu, a hynny ar unwaith. Cododd y ffôn a gorchymyn i'w Brif Arolygydd a'i dîm gasglu Owain Williams o Drefor ac yna i fynd ar eu hunion i'r Nant mewn hofrenydd.

Hanner awr wedi dau yn y bore, deffrowyd llawer o drigolion Trefor gan sŵn hofrenydd yn glanio yng nghae chwarae'r pentref ac ychydig funudau'n ddiweddarach cododd yn ôl drachefn i'r awyr a hedfan dros y clogwyn ac ystlys yr Eifl. Yn fuan wedi hynny, chwalodd sŵn y peiriant ar ddistawrwydd llethol y Nant a goleuwyd y lle gan olau llachar. Chwipiwyd yr eira'n gymylau o bowdr gwyn wrth i'r hofrenydd lanio'n ddiogel ar y llain gwastad o flaen y tai. Rhuthrodd Sharon, Simon a'r Starlings at eu ffenestri mewn pryd i weld swyddogion yr heddlu ac Owi'n dringo ohono gan wyro eu pennau a dal eu capiau rhag y gwynt nerthol a achoswyd wrth i'r llafnau droelli ac i'r hofrenydd godi'n ôl i'r awyr.

Cyn pen fawr o dro, eisteddai'r Prif Arolygydd wrth y ddesg yn ystafell ddosbarth y Plas, lle bu Simon Parry yn tra-arglwyddiaethu ychydig oriau cyn hynny. O'i flaen, eisteddai Sharon, Tim ac Owi, ac yn sefyll yn fygythiol o'i flaen roedd Simon Parry ei hun.

"Beth yw ystyr hyn, Chief Inspector?" holodd a tharo'i ddwrn ar y ddesg. "Mae popeth o dan reolaeth yma ac mae'r llofrudd wedi cyfaddef a llofnodi ei gyffes, diolch i fy ymdrechion i. Felly, doedd dim angen i chi wastraffu adnoddau prin yr heddlu a dod â hofrenydd yma ynghanol nos fel hyn, oherwydd bod rhywun wedi gorymateb." Taflodd olwg llawn atgasedd i gyfeiriad Owi.

"Credwn i achos o gamweinyddu difrifol ddigwydd yma, Parry. Felly os wnewch chi ganiatáu i ni fwrw ymlaen â'r ymchwiliad…" meddai'r Prif Arolygydd gan amneidio ar yr heddwas a safai tu ôl iddo i wasgu botwm yr offer recordio ar y ddesg.

"Ydych chi'n sylweddoli pwy ydw i?"

"Rydw i yma ar orchymyn y Prif Gwnstabl ei hun, ac rwy'n gwybod yn union pwy ydych chi, syr. Mae'n syndod i mi fod rhywun o'ch statws chi wedi gweithredu yn y fath fodd, a rŵan mi fuaswn i'n ddiolchgar petaech yn eistedd yn ddistaw a gadael i mi holi'r bobl yma."

Winciodd Owi yn slei ar Tim wrth glywed y Dirprwy Brif Gwnstabl yn cael ei sodro yn ei le. Roedd hi'n hen bryd torri peth o'i grib o!

"Tra bydd aelodau'r tîm fforensig yn archwilio safle'r

drosedd a'r corff, mi alwa i ar bob un ohonoch i wneud datganiad yn eich tro. Ydi pawb oedd yn y Nant yn bresennol yma ar hyn o bryd?"

"Nac ydi," atebodd Owi. "Dydi Pedro ddim yma gan ei fod yn gaeth yn llety Simon Parry."

"Mae fy ngwraig yn ein llety ni yn gwarchod Becca, merch ifanc a ddioddefodd fymryn o hypothermia yn gynharach heddiw," meddai Tim.

"A dydi John, fy mab i, ddim yma chwaith," meddai Sharon. "Mae'n rhaid na chlywodd o mo'r hofrenydd yn glanio gan ei fod yn gysgwr mor drwm."

Cysgwr trwm o ddiawl, meddyliodd Tim. Beth fyddai ymateb Sharon, tybed, petai'n gwybod lle'r oedd ei hannwyl fab y funud honno? "Fedra i gael gair preifat efo chi, Chief Inspector?" holodd gan daro cip sydyn dros ei ysgwydd ar y gweddill. "Bu datblygiad pwysig ers i Owi Williams ein gadael yn gynharach."

"Mae gen i hawl i aros i glywed beth sydd gan Starling i'w ddweud," meddai Simon Parry, gan wrthod gadael yr ystafell gydag Owi a Sharon. "Wedi'r cwbl, fy achos i ydi hwn!"

"Fel y mynnwch, Parry," meddai'r Prif Arolygydd. "Os ydi'r tyst yn fodlon i chi fod yn bresennol."

"Tybed beth sy gan Starling i'w ddeud sy mor gyfrinachol?" holodd Owi ar ôl i Sharon ac yntau adael yr ystafell.

"Trio seboni, gan obeithio na fydd yr heddlu'n delio'n llym efo fo pan ddôn nhw i glywed am ei arferion ffiaidd mae'n debyg," oedd sylw Sharon. "Ydych chi'n meddwl y dylwn i fynd draw i ddeffro John?"

"Mi fyswn i'n eich cynghori i aros nes cewch chi ganiatâd yr Inspector."

"Ia, chi sy'n iawn, mae'n debyg. Mae o wedi cael dos o annwyd a gwell iddo gael cwsg."

Ar ôl cytuno nad oedd yn gwrthwynebu i Simon aros yn ystod y cyfweliad, ac ar ôl rhannu ychydig o fanylion personol amdano'i hun, adroddodd Tim sut yr oedd o a'i wraig wedi atal Ioan Penwyn rhag gwneud rhywbeth ofnadwy i Becca a'i fod wedi ei garcharu yn yr ystafell ymolchi yn y tŷ yn Nhrem y Môr.

"Mae'n anodd gen i gredu eich stori, Starling," torrodd Simon Parry ar ei draws. "Mae Penwyn yn greadur diniwed."

"Diniwed o ddiawl! Tasat ti wedi ei weld o'n plygu dros Becca! Duw a ŵyr beth fuasai o wedi ei wneud taswn i heb gyrraedd pan wnes i!"

"Fedrwch chi fynd â fi i weld yr Ioan Penwyn 'ma, Professor?" anwybyddodd y Prif Arolygydd farn Simon.

Chwarter awr yn ddiweddarach, rhyddhawyd Ioan o'i garchar yn yr ystafell ymolchi ac aethpwyd ag o dan oruchwyliaeth yn ôl i'r Plas.

"Be 'dach chi'n feddwl 'dach chi'n ei wneud efo fo?" holodd Sharon yn ffyrnig pan welodd sut roedd Ioan yn cael ei drin. "Dudwch wrth eich dynion ei ollwng o'r munud 'ma achos tydi o ddim wedi gwneud unrhyw ddrwg i neb!"

"Mae yna honiad difrifol iawn wedi ei wneud yn erbyn eich mab, Dr Jones, ac mae angen i ni fynd at wraidd y mater," meddai'r Prif Arolygydd ar ôl cloi Ioan yn un o ystafelloedd y Plas. "Mae'r achos yma'n datblygu i fod yn un cymhleth iawn gyda honiadau difrifol ar bob llaw a dwi'n credu mai doethach fyddai i ni aros tan y bore pan fydd tîm cyflawn wedi cyrraedd i ymchwilio'n drylwyr i bopeth. Felly am rŵan, dwi am i chi fynd yn ôl i'ch tai er mwyn i mi gael llonydd i bori drwy'r holl wybodaeth sydd gennyf yn barod."

Cyn toriad gwawr, dychwelodd yr hofrenydd i'r Nant, gyda'r Prif Gwnstabl a rhagor o heddweision a thîm fforensig arall ac aethant ati gyda chrib mân i ymchwilio i bopeth. Yna, erbyn canol y bore, dechreuasant gyf-weld pawb yn eu tro. Yn raddol, daeth y ffeithiau i'r amlwg wrth i'r criw sylweddoli mai dweud y gwir oedd yr opsiwn gorau ac nad oedd diben celu dim mwyach. Erbyn diwedd y prynhawn, rhyddhawyd Pedro a chyhuddwyd Ioan Penwyn o ladd ei dad.

"Beth am ei ymosodiad ar Becca?" holodd Mary.

"Mae arna i ofn nad oes digon o dystiolaeth i'w gyhuddo o unrhyw drosedd yn yr achos yna," meddai'r Prif Arolygydd. "Ond mi fydd digon o dystiolaeth fforensig fydd yn profi mai fo laddodd Richard Jones os bydd olion poer yr ymadawedig ar y bandana."

"Ond dwi'n crefu arnoch i wrando arna i," meddai Sharon, a oedd bron â thorri ei chalon erbyn hynny, ac yn gwybod nad oedd dim y gallai ei wneud i ddwyn perswâd ar yr heddlu bod ei mab yn ddieuog. "Dwi'n derbyn bod John wedi mygu Richard, ond fysa fo byth bythoedd yn ei drywanu â chyllell. Mae o'n casáu trais ac mae'n gas ganddo dywallt gwaed."

"Fe wnawn ni nodi beth ddywedoch chi, Dr Jones, ac mi gawn ni weld beth fydd y tîm fforensig yn ei ddarganfod ar ôl iddyn nhw gwblhau eu harchwiliad."

Yna trodd at y Prif Gwnstabl a gofyn a oedd ganddo unrhyw wrthwynebiad i'r criw adael y Nant yn hofrenydd yr heddlu.

22

BYTHEFNOS YN DDIWEDDARACH, fe ddaeth y glaw i glirio'r eira, ac roedd hi'n bosib i'r criw ddychwelyd i'r Nant i nôl eu heiddo a'u ceir, y bu'n rhaid eu gadael tra bo'r heddlu'n archwilio'r lle.

Tawedog iawn oedd Tim am unwaith, gan y gwyddai iddo gael dihangfa ffodus. Mynnodd Mary, a oedd wedi magu llawer o hunanhyder ers eu profiadau yn y Nant, ei fod yn rhoi'r gorau i'w arferion afiach am byth neu byddai'n ei adael. Felly, gan na allai ddychmygu bywyd heb Mary, addawodd y byddai'n canolbwyntio ar dynnu lluniau'r tirwedd ac adar.

Edrychodd draw at y Jaguar du oedd ar fin cael ei yrru o'r Nant gan aelod o'r heddlu. Doedd Parry ddim yn ddigon o ddyn i ddod i lawr i nôl ei gar ei hun ac i wynebu pawb ar ôl y ffordd roedd wedi ymddwyn, mae'n amlwg.

Digon tawel oedd Becca hefyd, a bwysai'n drwm ar fraich Mary. Roedd dychwelyd i'r Nant wedi ailagor y clwyfau ac roedd hiraeth am Rich yn dal i'w llethu. Ni allai aros i gefnu ar y lle.

"Fedra i ddim dwyn perswâd arnat ti i aros yma am ychydig yn hirach, fel y gelli di gael profiad gwell o Gymru cyn i ti fynd yn ôl i Batagonia?"

"*Gracias* am y cynnig, Owi Williams," atebodd Pedro gan wenu'n ymddiheurol. "Ond dwi bron â thorri fy mol isio mynd adre."

"Wel, fedra i ddim gweld bai arnat ti, fy machgan i, ar ôl bob dim wyt ti wedi ei ddiodda. A deud y gwir, dwi'n cysidro gadael y Nant 'ma fy hun erbyn hyn, 'sti. Ond mae Gwyndaf Price, y rheolwr, wedi cynnig i mi ddŵad 'nôl bob hyn a hyn i adrodd yr hanesion wrth yr ymwelwyr, chwarae teg iddo."

"Lle wnewch chi fyw os byddwch chi'n gadael y Nant?"

"Mae gen i chwaer yn Nefyn ac mae hi'n deud bod croeso i mi aros efo hi nes caf i dŷ fy hun. Cofia di, mi fydd hi'n rhyfadd gadael ar ôl yr holl flynyddoedd." Edrychodd Owi o'i gwmpas yn hiraethus ar y Nant, a oedd bellach wedi diosg pob tamaid o'i gorchudd gwyn heblaw am ambell asgwrn eira ystyfnig a oedd yn mynnu glynu i lechweddau ucha'r mynydd. "Ond ar ôl popeth a ddigwyddodd, fysa hi ddim yr un fath yma eto rywsut."

Yna, trodd at Sharon a safai'n benisel wrth ddrws ei char. Roedd pob arwydd o'r Grace Kelly urddasol wedi diflannu erbyn hynny ac roedd yr euogrwydd a deimlai wedi gadael ei ôl arni. "Ydach chi wedi clywad be sy'n debygol o ddigwydd i'ch mab?" gofynnodd iddi'n garedig.

"Mae ei dwrna am bledio achos o *diminished responsibility* ar ei ran, ac os bydd hynny'n cael ei dderbyn, bydd o'n cael ei gadw mewn uned seiciatryddol yn rhywle. Ond dwi'n dal i gredu'n bendant na wnaeth o drywanu Richard." Tarodd gipolwg cyhuddgar i gyfeiriad Pedro.

Tueddai'r Prif Gwnstabl i gyd-weld â Sharon a chafodd gadarnhad o hynny pan ddaeth adroddiad seicolegol i law yn honni nad oedd John Whitehead yn debygol o fod wedi defnyddio'r gyllell. Ar sail hynny, gorchmynnodd fod ymchwiliad llawn yn cael ei gynnal i rai agweddau amwys ar yr achos.

Yn y cyfamser, ataliwyd Simon Parry o'i waith ar gyhuddiad o gamymddwyn proffesiynol difrifol, ac yn ystod ei absenoldeb cafodd tîm a oedd yn atebol yn uniongyrchol i'r Prif Gwnstabl ei roi ar waith i ymchwilio i gefndir y dirprwy. Wrth archwilio hen chwiliadau ar ei gyfrifiadur, gwelwyd iddo dreulio blynyddoedd yn astudio pob adroddiad ar Ryfel y Falklands a hefyd i bob agwedd ar fywyd Richard Jones.

Yn ystod y cyfnod hwn, derbyniwyd ebost oddi wrth yr

Arolygydd ym Mhwllheli hefyd, yn sôn am sut roedd ei ringyll o dan bwysau, gan ei fod yn aros i dderbyn cwyn swyddogol ar ôl ymweliad Simon Parry â'r orsaf. Aeth aelodau o'r tîm draw yno i holi ymhellach ac ar ôl edrych ar hanes diweddar y chwiliadau ar gyfrifiadur yr Arolygydd, gwelwyd bod Simon wedi ymchwilio'n fanwl i gefndir ei gyd-ddysgwyr y prynhawn Sadwrn hwnnw cyn i Richard Jones gael ei ladd.

Ar sail yr holl dystiolaeth, derbyniodd Simon wŷs i fynychu Pencadlys yr Heddlu, lle cafodd ei holi gan y Prif Gwnstabl a'r Prif Arolygydd a fu'n gyfrifol am yr achos.

"Yn ystod chwiliad dy lety di yn Nant Gwrtheyrn, daethpwyd o hyd i wain ledr a oedd yn amlwg yn perthyn i'r gyllell a ddefnyddiwyd i drywanu corff Richard Jones, ac mae gennym le i gredu i ti osod y gyllell yn ysgrepan Pedro Manderas gyda'r bwriad o luchio'r bai arno. Daethant o hyd i gôt o dy eiddo di hefyd a oedd wedi ei chuddio o dan fatres dy wely gydag olion gwaed y dioddefwr ar ei llawes. Felly, Parry, mae gennym ddigon o dystiolaeth i dy gyhuddo, nid yn unig o gamymddwyn proffesiynol difrifol, ond hefyd o drywanu corff marw Richard Jones, ac o weithredu i atal cwrs cyfiawnder. Oes gen ti rywbeth i'w ddweud cyn i ni dy gyhuddo di'n swyddogol?"

Yn ei gell yng ngorsaf yr heddlu y noson honno cafodd Simon gyfle i gofio am bethau na feiddiodd eu dwyn i gof ers blynyddoedd.

Fe'i magwyd gyda'i efaill, Mark, ar fferm fechan ym Meirionnydd. Wrth dyfu i fyny roedd y ddau'n hynod o agos ac fe dreuliasant eu holl amser yng nghwmni ei gilydd. Anaml iawn y byddent yn anghydweld, oherwydd roeddent yn rhannu'r un syniadau ac mi fyddai'r naill efaill yn gwybod beth fyddai ar feddwl y llall cyn iddo leisio hynny. Ceisiodd rhai athrawon ysgol eu gwahanu ond yn fuan iawn deuai'n amlwg fod y ddau'n gweithio'n well gyda'i gilydd a daeth pawb i feddwl am y ddau fel un.

Wrth iddynt fynd yn hŷn, ceisiodd ambell ferch ddod rhyngddynt, ond heb lwyddiant – Mark a ddeuai'n gyntaf gan Simon, a Simon a ddeuai'n gyntaf gan Mark. Roedd hi felly'n ddisgwyliedig y byddai'r ddau'n gadael yr ysgol ac yn mynd adref i weithio ar y fferm gyda'i gilydd pan ddeuai'r amser. Ond nid felly y bu, oherwydd pan oedd yr efeilliaid yn bymtheg oed, torrodd iechyd eu tad, ac er i'r bechgyn ymbilio arno i beidio â gwneud hynny, penderfynodd roi'r gorau i'r fferm a symud y teulu i fyw i dref glan môr gyfagos. Chwe mis yn ddiweddarach bu farw'r tad, gan adael y bechgyn a'u mam i ymdopi â'u bywydau newydd.

Cymerodd eu mam at fywyd y dref a dechreuodd weithio rhai oriau bob wythnos mewn bwyty poblogaidd. Flwyddyn yn ddiweddarach, cyfarfu â gŵr busnes o Sais a oedd ar ymweliad â'r dref ac ymhen cwta flwyddyn arall penderfynodd ailbriodi a symud i Loegr i ddechrau bywyd newydd gyda'i gŵr newydd.

Roedd yr efeilliaid yn ddeunaw oed erbyn hynny ac roeddent yn gwbl sicr nad oeddent am ddilyn eu mam i Loegr. Felly, roedd yn rhaid iddynt benderfynu beth roeddent am ei wneud ar ôl cwblhau eu cyrsiau lefel A yn yr ysgol; ac er syndod i bawb, am y tro cyntaf yn eu bywydau fe wnaeth Simon a Mark benderfyniadau gwahanol.

Ymunodd Simon â'r heddlu tra rhoddodd Mark ei fryd ar fynd i'r fyddin. Bu'r naill yn ceisio perswadio'r llall i newid ei feddwl ond doedd yr un ohonynt am ildio ac, ar ôl deunaw mlynedd o fyw ym mhocedi ei gilydd, gwahanodd y ddau. Tra oedd Simon yn plismona strydoedd trefi gogledd Cymru bu Mark ar ddyletswydd yng Ngogledd Iwerddon. Cadwai'r ddau mewn cysylltiad cyson a byddent yn treulio pob gwyliau yng nghwmni ei gilydd.

Yna, yn ddirybudd, yng ngwanwyn 1982, anfonwyd catrawd

Mark i ymladd ym mhen draw'r byd ar ryw ynysoedd na chlywsai fawr neb amdanynt cyn hynny – Ynysoedd y Falkland. Ac yno ar fwrdd llong y *Sir Galahad*, bu farw Mark yn ugain oed.

Torrodd Simon ei galon ac ystyriodd ladd ei hun gan na allai feddwl am fywyd heb ei efaill, ond gwyddai na fyddai Mark am iddo wneud hynny. Felly, taflodd ei hun gydag arddeliad i'w waith, a chyn hir dechreuodd wneud enw iddo'i hun o fewn rhengoedd yr heddlu.

Bum mlynedd ar hugain yn ddiweddarach cafodd gyfle i ymweld â'r ynysoedd ac yno gwelodd enw Mark ar y gofeb a godwyd er cof am y rhai a gollodd eu bywydau yn y rhyfel. Yn ystod yr ymweliad hwnnw, cyfarfu â chyn-filwr a gofiai Mark yn iawn. Roedd y ddau yn yr un criw ar fwrdd y *Sir Galahad*. Disgrifiodd y cyn-filwr funudau olaf Mark: sut y cafodd ei ddal yn gaeth o dan drawst a ddisgynnodd pan ddifrodwyd y llong; sut y ceisiodd ei orau i'w ryddhau a sut yr ymbiliodd yn ofer ar filwr arall oedd gerllaw i'w helpu i godi'r trawst. Gyda chwerwder yn ei lais, dywedodd sut yr anwybyddodd hwnnw ei gri am help, a sut y dringodd drostynt yn ei frys hunanol i gyrraedd diogelwch. Yna, gostyngodd y cyn-filwr ei lais wrth iddo ddisgrifio sut y bu'n rhaid iddo adael Mark i'w dynged pan aeth gwres y tân a'r mwg yn ormod iddo.

"Dwi'n dal i glywed sgrechiadau dy frawd yn fy mhen bron bob nos. Tasai'r diawl arall ond wedi aros i helpu, mi fysa hi wedi bod yn bosib ei ryddhau. Ond roedd y llwfrgi'n rhy brysur yn trio achub ei groen ei hun!" Poerodd cyn ychwanegu, "Ond dwyt ti ddim wedi clywed ei hanner hi eto. Beth sydd mor ofnadwy o annheg, ac sy'n dal i ferwi fy ngwaed i, ydi'r ffaith i'r cachgi bach ddatgan iddo fentro'i fywyd i drio achub dy frawd a rhai o'r hogiau eraill, ac iddo gael medal am hynny."

"Pam na fysat ti wedi cwyno?" holodd Simon.

"Mi ges i fy anafu'n reit ddrwg yn y rhyfel, a do'n i ddim mewn stad i wneud dim am y peth ar y pryd."

Cyn gadael, rhoddodd y cyn-filwr enw'r cachgi i Simon ac ers hynny bu'n ymchwilio i'w hanes ac yn cynllunio'n ofalus sut roedd am wneud iddo dalu'r pris am yr hyn a wnaeth. Pan ddaeth cyfle i dreulio penwythnos yn y Nant yng nghwmni Richard Jones, gwyddai fod yr amser y bu'n dyheu amdano wedi cyrraedd o'r diwedd. Ond roedd Penwyn wedi difetha popeth drwy achub y blaen arno a'i amddifadu o'i un cyfle mawr i ddial. Roedd cael ei fygu gyda gobennydd ei wely yn ddiwedd rhy dda i'r diawl.

Edrychodd Simon ar furiau moel ei gell gan sylweddoli bod popeth ar ben ac nad oedd dyfodol iddo bellach. Estynnodd y gynfas a orchuddiai ei wely caled ac ar ôl mesur yn ofalus, dringodd ar gadair a chlymodd un pen i'r gynfas i un o fariau ffenest ei gell a gwneud dolen o'r pen arall. Llithrodd y ddolen dros ei ben, caeodd ei lygaid a chan alw enw ei frawd, gollyngodd ei hun oddi ar y gadair.

"Ac rŵan, mae'n bleser gennyf gyflwyno ichi'r darlun olew yma o'r Nant, Owi Williams, fel arwydd o'n gwerthfawrogiad o'ch gwasanaeth hir ac anrhydeddus. Rydych chi, drwy eich atgofion hynod a'ch gofal arbennig, wedi bod yn gyfrwng gwerthfawr i bontio gorffennol yr hen le yma â'i bresennol, a does yr un dyn byw sy'n adnabod y Nant 'ma fel chi." Ysgydwodd Gwyndaf Price law Owi yn wresog.

"Clywch, clywch!" torrodd llais Nansi ar draws araith y rheolwr a dilynwyd hynny gan don o gymeradwyaeth gan weddill y staff a'r gwesteion oedd yn bresennol yn y neuadd ar gyfer y parti ffarwél.

Wedi i bawb dewi o'r diwedd, aeth y rheolwr ymlaen â'i araith. "Fel ro'n i'n dweud, does neb yn fwy cyfarwydd â hanes yr hen le yma, a dyna pam rydyn ni wedi comisiynu portread ohonoch i'w arddangos yn y Ganolfan Dreftadaeth fel y bydd pawb fydd yn dod yma o hyn ymlaen yn ymwybodol o'ch cyfraniad diflino. Ac yn wir, i fy atgoffa innau yn bersonol hefyd i beidio â diystyru cynghorion doeth o hyn ymlaen. Petawn wedi gwrando ar eich cyngor chi y bore Sadwrn hwnnw a chanslo'r cwrs, mae'n debyg na fuasai'r fath drasiedi wedi digwydd yn y Nant."

Clywyd murmur o amgylch y neuadd wrth i bawb gofio am ddigwyddiadau erchyll y penwythnos hwnnw yn Chwefror. Yna, tynnodd y rheolwr eu sylw yn ôl i'r presennol drwy godi ei wydr. "Ond yma i ddathlu yr ydyn ni heno, ac felly, gyfeillion, ga i ofyn i chi godi eich gwydrau i Owi Williams."

"I Owi!" aeth bonllef o gymeradwyaeth wresog drwy'r adeilad.

Sychodd Owi ddeigryn ac edrych allan drwy ffenest y neuadd ar yr olygfa anhygoel o'r machlud dros y môr, fel y gwnaeth filoedd o weithiau cyn hynny. Oedd, roedd geiriau'r gân yn ddigon gwir, mi fyddai'r hen le yno ar ei ôl yntau a'r holl helyntion a fu.

"Byw fyddi Nant Gwrtheyrn!" meddai gan godi ei wydr.

Nodyn gan yr awdur:

Carwn ddiolch i Gyngor Llyfrau Cymru am eu nawdd; i wasg y Lolfa am eu cymorth a'u cefnogaeth; ac yn arbennig i Meleri Wyn James a Nia Peris am eu gwaith diflino ac i Sion Ilar am gynllunio clawr mor drawiadol. Diolch hefyd i Ymddiriedolwyr a staff Nant Gwrtheyrn ac yn arbennig i Mathew Penri, Swyddog Marchnata'r Nant, am ei barodrwydd i ateb fy nghwestiynau ac am fy nhywys o amgylch y pentref.

Hoffwn gydnabod fy nyled i'r awduron Carl Clowes a'i gyfrol *Nant Gwrtheyrn* ac i'r ddiweddar Eileen M. Webb a'i chyfrol hithau, *This Valley was Ours*, am lawer o'r wybodaeth gefndirol a ddefnyddiwyd yn y nofel hon.

Nofel am blentyndod yn y pumdegau

Beti Bwt

Bet Jones

y Lolfa

£6.95

£6.95

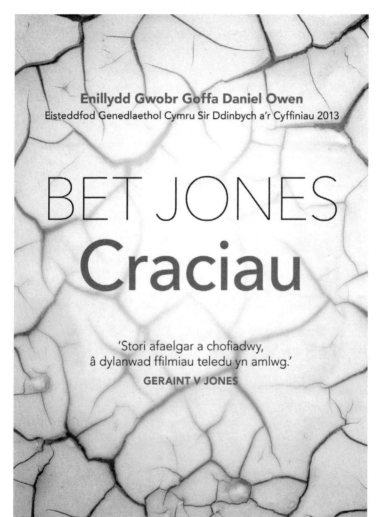

Enillydd Gwobr Goffa Daniel Owen
Eisteddfod Genedlaethol Cymru Sir Ddinbych a'r Cyffiniau 2013

BET JONES
Craciau

y Lolfa

£8.95

Bet Jones

Cyfrinach
CRAIG
YR WYLAN

Tŷ gwag ger traeth bach
tawel. Ond mae antur
gyffrous ar y gwynt...

y Lolfa

£4.95

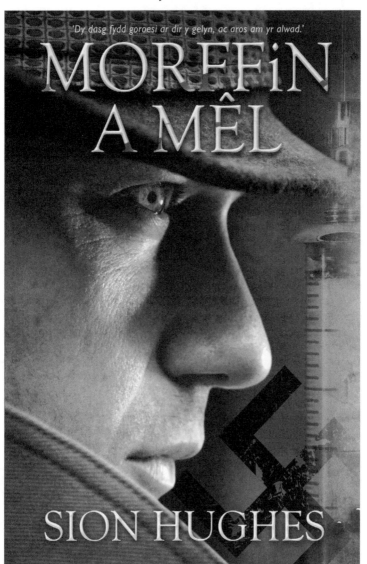

'Dy dasg fydd goroesi ar dir y gelyn, ac aros am yr alwad.'

MORFFiN
A MÊL

SION HUGHES

£7.99

Am restr gyflawn o lyfrau'r Lolfa, mynnwch
gopi am ddim o'n catalog
neu hwyliwch i mewn i'n gwefan

www.ylolfa.com

lle gallwch archebu llyfrau ar-lein.

TALYBONT CEREDIGION CYMRU SY24 5HE
ebost ylolfa@ylolfa.com
gwefan www.ylolfa.com
ffôn 01970 832 304
ffacs 832 782